Mestres do GÓTICO BOTÂNICO

e outros suspenses venenosos

Mestres do
GÓTICO
BOTÂNICO

e outros suspenses venenosos

ALGERNON BLACKWOOD
Charlotte Perkins Gilman, William Hope Hodgson,
Lucy H. Hooper, M. R. James,
Nathaniel Hawthorne e outros autores

TRADUÇÃO	**ILUSTRAÇÕES DOS CONTOS**
Luiz Henrique Batista	Lorena Provin
Cláudia Mello Belhassof, com o conto *A filha de Rappaccini*	**REVISÃO**
Bruno Anselmi Matangrano, com o conto *Wood'stown*	Karine Ribeiro, Carolina Rodrigues e João Rodrigues
CAPA E DIAGRAMAÇÃO	**AVALIAÇÃO LITERÁRIA**
Marina Avila	Giulia Vasovino
PREPARAÇÃO	**TEXTOS DAS BIOGRAFIAS**
Karen Alvares e Cristina Lasaitis	Laura Brand

1ª edição | 2022 | Capa dura | Geográfica

DADOS INTERNACIONAIS DE CATALOGAÇÃO NA PUBLICAÇÃO (CIP)
(Câmara Brasileira do Livro, SP, Brasil)
Catalogação na fonte: Bibliotecária responsável: Ana Lúcia Merege - CRB-7 4667

M 586
 Mestres do gótico botânico e outros suspenses venenosos / Algernon Blackwood [et al.]; tradução de Luís Henrique Batista; prefácio de Bruno Anselmi Matangrano; ilustrado por Lorena Provin. - São Caetano do Sul, SP: Editora Wish, 2022
 256 p. : il.
 Vários autores.
 ISBN 978-65-88218-82-2 (Capa dura)
 1. Antologia de ficção 2. Ficção inglesa 3. Contos de suspense
 I. Blackwood, Algernon II. Batista, Luís Henrique III. Matangrano, Bruno Anselmi IV. Provin, Lorena   CDD 808.83

ÍNDICE PARA CATÁLOGO SISTEMÁTICO:
1. Antologia de ficção 808.83

 EDITORA WISH
www.editorawish.com.br
São Caetano do Sul - SP - Brasil

© **Copyright** 2022. Este livro possui direitos de tradução e projeto gráfico reservados e não pode ser distribuído ou reproduzido, ao todo ou parcialmente, sem prévia autorização por escrito da editora.

SUMÁRIO | MESTRES do GÓTICO BOTÂNICO

21
PREFÁCIO
Quando a flora se revela fatal

33
O HOMEM QUE AS ÁRVORES AMAVAM
Algernon Blackwood

115
A GLICÍNIA GIGANTE
Charlotte Perkins Gilman

127
O CRIME DE MICAH ROOD
Elia W. Peattie

143
O FREIXO
M. R. James

MANUSEIE com CUIDADO

SUMÁRIO | MESTRES do GÓTICO BOTÂNICO

161
A VOZ NA NOITE
William Hope Hodgson

177
WOOD'STOWN
Alphonse Daudet

183
A VINGANÇA DE UMA ÁRVORE
Eleanor F. Lewis

189
CARNIVORINA
Lucy H. Hooper

203
A FILHA DE RAPPACCINI
Nathaniel Hawthorne

MANUSEIE com CUIDADO

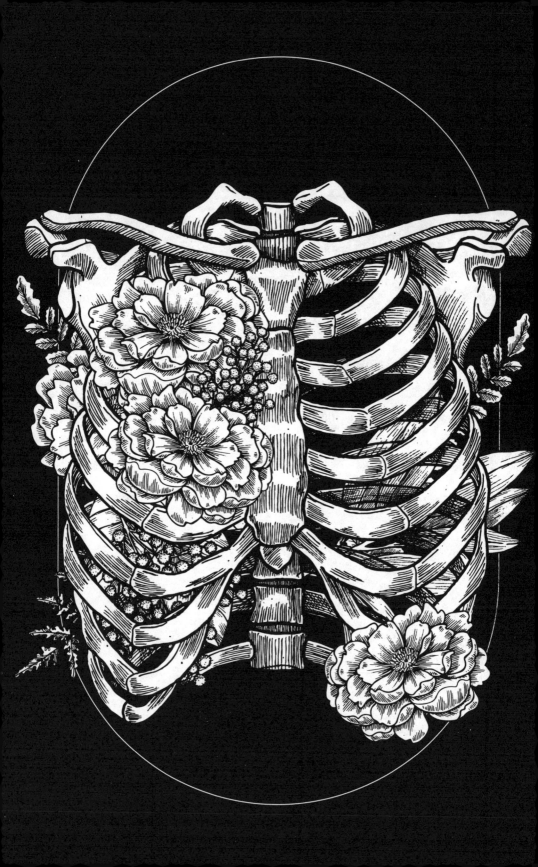

MESTRES *do* GÓTICO BOTÂNICO

AUTORES

Mentes e obras criativas
que ajudaram a popularizar os suspenses botânicos

— Laura Brand —

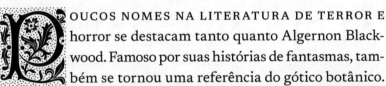

POUCOS NOMES NA LITERATURA DE TERROR E horror se destacam tanto quanto Algernon Blackwood. Famoso por suas histórias de fantasmas, também se tornou uma referência do gótico botânico.

Algernon Henry Blackwood nasceu em Londres, em 1869. Morou no Canadá trabalhando como administrador de um hotel, mudou-se para os Estados Unidos ganhando a vida como repórter e voltou para a Inglaterra, onde começou a escrever as histórias de horror sobrenatural que o tornaram um aclamado escritor.

Sua inclinação para as histórias botânicas é notada naquela que é considerada sua obra-prima: *Os salgueiros*. O talento de Blackwood mescla o desconhecido escondido nas sombras e

 elementos corriqueiros com um toque de mistério ao narrar a história de dois viajantes que partem em uma aventura numa região pantanosa. *Os salgueiros* conquistou admiradores como Lovecraft, que afirmou que é o melhor *weird tale* da literatura. Esse subgênero da ficção especulativa reinterpreta figuras comuns nas histórias sobrenaturais e poucas pessoas souberam fazer isso como Blackwood.

Ele escreveu mais de 30 livros, entre romances e contos, e continua influenciando autores e conquistando leitores no mundo todo. Suas histórias sempre aparecem em antologias e coletâneas sobrenaturais, como em *O Natal dos fantasmas,* com a narrativa *A bolsa de viagem*, publicada pela Editora Wish em 2021.

Publicado em 1912, *O homem que as árvores amavam* traz o melhor de Algernon Blackwood em uma história que fará com que os leitores nunca mais consigam enxergar essas presenças silenciosas da mesma forma.

ALPHONSE DAUDET

ARDINS IDÍLICOS E PAISAGENS BUCÓLICAS do sul da França serviram de inspiração para diversos poetas, pintores e viajantes ao longo dos séculos. Entretanto, entre as belíssimas paisagens francesas também se escondem plantas mortais que ganharam vida nas páginas do contista Alphonse Daudet.

Daudet nasceu na cidade francesa de Nîmes, em 1840. Com apenas 14 anos, escreveu seus primeiros poemas. Tendo começado a trabalhar muito jovem, suas experiências serviram de inspiração para *Le Petit Chose*, romance semiautobiográfico escrito em 1868. Mudou-se para Paris no mesmo ano e mergulhou na carreira de escritor e jornalista.

Na capital francesa, viveu uma vida boêmia e se dedicou cada vez mais às suas publicações. Alphonse Daudet foi um importante nome do movimento naturalista, que partia da observação dos indivíduos e seu comportamento e prezava por uma representação mais objetiva da realidade.

A natureza costumava aparecer bastante nas obras do movimento e, como vários autores da época, Daudet também se sentiu atraído pelas contradições entre mistério e realidade, seriedade e ironia, verdade e fantasia. Alguns de seus melhores trabalhos brincam com esses opostos e *Wood'stown* mostra a força da natureza frente às evoluções do homem.

CHARLOTTE PERKINS GILMAN

LITERATURA DE HORROR TAMBÉM FOI PALCO para que autores pudessem expressar suas críticas e descontentamentos com as normas sociais vigentes. Nascida em uma época em que a sociedade não olhava para as dores femininas, Charlotte Perkins Gilman surgiu como uma voz potente que denunciava o patriarcalismo e o controle sobre as mulheres.

Charlotte Perkins Gilman nasceu em 1860, nos Estados Unidos, e tornou-se mundialmente conhecida por obras como *O papel de parede amarelo* e *Terra das mulheres.* Além de escritora, foi conferencista, editora e uma das principais teóricas do movimento feminista nos Estados Unidos.

Charlotte cresceu na pobreza e teve a família abandonada pelo pai. Chegou a se casar, mas a vida doméstica cobrou seu preço: Perkins sofreu de melancolia e teve um colapso nervoso. Depois de se separar do marido – um escândalo na época –, Charlotte começou a escrever poemas e histórias que chegaram a ser publicadas em periódicos da época.

Seu manifesto, *Women and Economics,* chamava a atenção para a independência financeira das mulheres e criticava a maternidade romantizada. Perkins construiu uma sólida carreira, com diversas publicações, palestras e contribuições para a literatura escrita por mulheres e para o movimento feminista como um todo.

Assim como outros trabalhos da autora, *A glicínia gigante* se mantém atual, tanto pelos temas sutilmente abordados na escrita elegante de Charlotte Perkins Gilman quanto no desejo humano de adentrar um mundo completamente novo, mesmo que ele seja repleto de seres macabros.

ELEANOR F. LEWIS

MISTÉRIO EM TORNO DE ELEANOR F. LEWIS É quase tão enigmático quanto as histórias que ela escreveu. A autora de *A vingança de uma árvore* também é referenciada como "A Lady" e como uma escritora anônima, já que poucas informações estão disponíveis a respeito de sua obra completa e de sua vida. Além de *A vingança de uma árvore*, *The Parlor-Car Ghost*, outra história sobrenatural, é creditada a ela.

Existiu uma mulher de mesmo nome nascida em 1882 e afiliada à Northwestern University em Illinois, nos Estados Unidos. Ela foi professora, escreveu poesia e um livro autobiográfico intitulado *Beads of Jade*. Entretanto, a inclinação para as palavras não é o suficiente para afirmar com certeza que eram a mesma pessoa.

A vingança de uma árvore foi publicado originalmente em 1904 na coletânea *Twenty-Five Ghost Stories*, compilada e editada por W. Bob Holland, e reúne o melhor das histórias sobrenaturais e dos assombros das plantas mais macabras da literatura.

ELIA W. PEATTIE

LIA WILKINSON PEATTIE NASCEU EM MICHIgan, nos Estados Unidos, em 1862, sendo a mais velha de cinco filhas. A família mudou-se para Chicago quando ela ainda era criança, e foi às margens do lago Michigan que Elia cresceu, frequentou a escola e trabalhou na gráfica de seu pai.

Casou-se com Robert Burnes Peattie e, ao lado do marido, escreveu histórias que ajudariam a completar a renda da família, em paralelo ao trabalho como jornalista. Escreveu para alguns renomados periódicos da época, como *Chicago Tribune* e *Chicago Daily News,* antes de se

mudar para Omaha, no estado de Nebraska, e colaborar com o *Omaha World-Herald*.

Sua carreira como escritora foi diversa. Elia W. Peattie se destacou como escritora de *weird fiction*, histórias sobrenaturais e narrativas de viagem, mas também escreveu poemas e dramaturgias. Em uma época em que a sociedade ainda menosprezava a voz das mulheres, Elia W. Peattie usou suas histórias para deixar sua marca, seja para informar ou entreter. Foi uma das primeiras mulheres a ter uma própria coluna em um jornal que abordava questões de interesse público.

Apesar de se tratar de uma ficção, *O crime de Micah Rood* traz a voz de uma das mulheres que abriu as portas para uma nova geração de autoras se estabelecer. Que as sementes plantadas por Elia W. Peattie germinem ao lado de outros grandes mestres do gótico botânico.

LUCY H. HOOPER

UCY H. HOOPER NASCEU e cresceu em uma das mais antigas cidades dos Estados Unidos. Nativa da Filadélfia, Lucy nasceu em uma família de comerciantes. Além de ser uma cidade fundamental para a história dos Estados Unidos por sua ligação com a Independência Americana e a assinatura da Constituição do país, a Filadélfia também é berço de uma rica produção literária.

Assim como na Inglaterra, os leitores dos Estados Unidos do século XIX começaram a observar uma expansão das revistas de literatura, principalmente aquelas voltadas para o público feminino. E foi nas páginas desses periódicos que Lucy H. Hooper apareceu como autora pela primeira vez.

Começou sua carreira como autora escrevendo poemas. Seus primeiros versos foram publicados na *Godey's Lady's Book* e, em seguida, Lucy H. Hooper passou a colaborar com outros periódicos, como a *Lippincott's Monthly Magazine*.

Casou-se em 1854. Após uma crise econômica, foi forçada a mergulhar de vez na carreira de escritora para ajudar no sustento da família. Mudou-se para Paris com o marido, mas manteve contato como correspondente de diversos veículos estadunidenses.

Além das próprias histórias, Lucy H. Hooper também foi uma tradutora relevante. Entre seus trabalhos está *The Nabob*, romance de Alphonse Daudet, autor também presente no livro que você tem em mãos. Ao lado de outros mestres do gótico botânico, Lucy H. Hooper se tornou uma referência para os amantes do subgênero *killer plant*.

Publicada pela primeira vez na *Peterson's Magazine*, *Carnivorina* resgata a tradição das antigas revistas literárias e apresenta o gênero para uma nova geração de leitores apaixonados por narrativas peculiares e arrepiantes.

M. R. JAMES

DIFÍCIL ESCAPAR DE M. R. JAMES QUANDO pensamos em histórias sobrenaturais clássicas. Suas narrativas de fantasmas estão entre as mais adoradas entre os leitores do gênero, apesar de o autor não ser tão popular hoje em dia.

Montague Rhodes James nasceu em Kent, na Inglaterra, em 1862. Caçula de uma família de quatro filhos, cresceu em um tradicional lar inglês, sendo seu pai um pastor anglicano e sua mãe, filha de um oficial da marinha inglesa. M. R. James teve uma formação intensa, tendo passado por algumas das mais conceituadas instituições de ensino inglesas, como a Eton College e a Universidade de Cambridge. James se tornou um importante acadêmico, tendo sido responsável pela catalogação de grande parte do acervo de manuscritos da Universidade de Cambridge, além de atuar como professor de Estudos Medievais na King's College.

As tradições antigas com as quais ele mantinha contato por meio de seus estudos serviram de inspiração para as histórias de fantasmas que o tornaram famoso. O que começou como um *hobby* se tornou um legado. A primeira coletânea de M. R. James, publicada em 1904, se tornou um sucesso e abriu espaço para que ele escrevesse e publicasse outras.

As paisagens do interior da Inglaterra gravadas em sua memória na infância serviram de ambientação para as histórias que marcariam para sempre a literatura gótica. Com direito a bruxaria e um bom toque do sobrenatural botânico, *O freixo* fará com que os leitores se atentem para os sons estranhos que sussurram na madrugada.

NATHANIEL HAWTHORNE

S RAÍZES DE NATHANIEL HAWTHORNE contam um pouco da história dos Estados Unidos e de alguns capítulos macabros e bem peculiares. Poucos lugares evocam uma reação tão imediata apenas com sua menção como a cidade de Salem. Palco de um dos episódios mais conhecidos e misóginos da história moderna com a caça às bruxas, a cidade de Salem também é berço de um dos maiores contistas estadunidenses.

Nathaniel Hawthorne não apenas nasceu na cidade que seria para sempre relacionada à caça às bruxas, como é descendente direto de um dos juízes envolvidos nos Julgamentos de Salem. Sua ancestralidade deixaria marcas profundas em sua vida e nas obras que escreveria e acredita-se que foi isso que o inspirou a acrescentar o "w" no sobrenome Hawthorne como forma de se distanciar do passado familiar.

Nascido em 1804, Hawthorne perdeu o pai cedo, aos quatro anos, vivendo com sua mãe e duas irmãs. Apesar de não ter se destacado muito quando jovem, Nathaniel Hawthorne passou os primeiros anos de sua juventude lendo bastante e se familiarizando com os gêneros literários que viria a escrever.

Seu primeiro romance, *Fanshawe*, foi escrito e publicado às suas custas, mas Hawthorne destruiu todas as cópias por não achar que estava bom o suficiente. Isso iria mudar nos trabalhos seguintes. O autor publicou diversas obras que começaram a lhe render um pouco de fama, entre elas *Young Goodman Brown*, um conto sobre bruxaria inspirado nos acontecimentos de Salem. Sua obra-prima, *The Scarlet Letter* (A letra escarlate), foi publicada em 1850 e é considerada um dos romances mais importantes dos Estados Unidos.

Sua contribuição para nosso jardim macabro vem com *A filha de Rappaccini*, que reúne alguns dos elementos clássicos das histórias de Hawthorne e uma protagonista bem venenosa em paisagens florais da Itália.

WILLIAM HOPE HODGSON

NASCIDO EM ESSEX, INGLA-terra, em 1877, William Hope Hodgson veio de uma família numerosa, com doze irmãos. Por causa da profissão do pai, um padre local, sua família se mudou com frequência e, com três de seus irmãos morrendo na infância, Hodgson foi exposto desde novo às incertezas da vida e ao medo do desconhecido, elemento que se faria presente em diversas das suas histórias.

Atuou como marinheiro e, depois, como oficial da Marinha Mercante. Alguns episódios inusitados marcaram a biografia de Hodgson: recebeu uma medalha de honra por salvar um homem que se afogava em águas infestadas de tubarões, desafiou o famoso Harry Houdini a escapar de uma armadilha montada por ele e investiu alguns anos de sua vida como *bodybuilder*.

As memórias de seu tempo em alto-mar fizeram com que William Hope Hodgson se voltasse para a arte que o tornaria mundialmente famoso: a escrita. William Hope Hodgson inspirou diversos mestres do horror, como H.P. Lovecraft, deixando histórias que, geração após geração, continuam reacendendo o fascínio pelo que espreita nas sombras, seja nos jardins de nossos lares ou em algum lugar sombrio em alto mar.

Publicado em 1907, *A voz na noite* traz uma história inebriante e instigante na medida certa, garantindo o lugar de William Hope Hodgson nesse jardim macabro.

MESTRES do GÓTICO BOTÂNICO

PREFÁCIO

Quando a flora se revela fatal:
Plantas Fantásticas, Gótico Botânico e Horror Vegetal

Bruno Anselmi Matangrano

NQUANTO OS ANIMAIS SÃO INIMIGOS ANCEStrais da espécie humana, ao menos numa perspectiva que sempre os considerou por sua alteridade e excluiu nosso próprio lugar enquanto parentes não tão distantes, o reino vegetal, em certa medida, permaneceu imune a essa rivalidade. Nenhum perigo parecia vir dali, não é mesmo? Até que se especulou que, sim, havia perigos possíveis, e isso acendeu a imaginação do fim do século XIX, originando, posteriormente, designações variadas como plantas fantásticas — conceito retirado do imaginário medieval —, gótico botânico — categoria inovadora proposta pela crítica anglófona contemporânea[1] —, ou ainda horror ou terror vegetal — como preferem

---

[1] A exemplo da coletânea de contos *Evil Roots: Killer Tales of the Botanical Gothic* (2019), organizada por Daisy Butcher, e do livro de ensaios *Plant Horror: Approaches to the Monstrous Vegetal in Fiction and Film* (2016), organizada por Dawn Keetley e Angela Tenga.

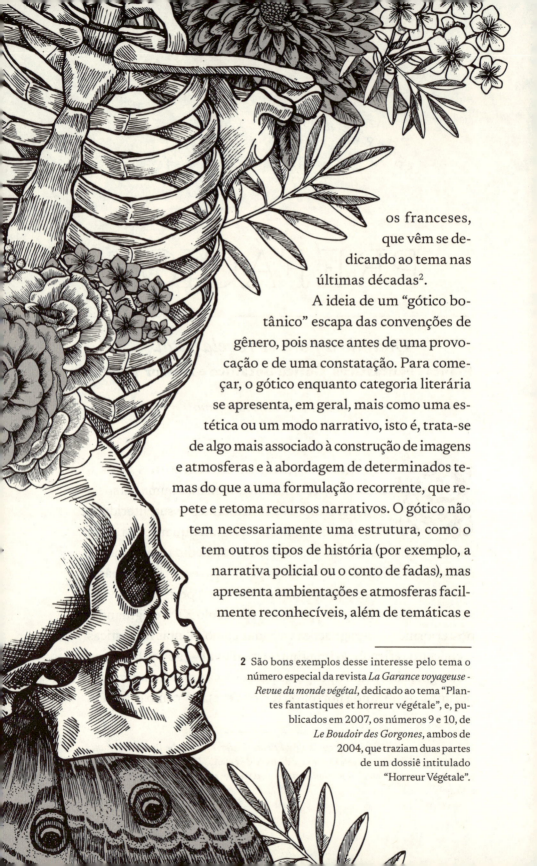

os franceses, que vêm se dedicando ao tema nas últimas décadas[2]. A ideia de um "gótico botânico" escapa das convenções de gênero, pois nasce antes de uma provocação e de uma constatação. Para começar, o gótico enquanto categoria literária se apresenta, em geral, mais como uma estética ou um modo narrativo, isto é, trata-se de algo mais associado à construção de imagens e atmosferas e à abordagem de determinados temas do que a uma formulação recorrente, que repete e retoma recursos narrativos. O gótico não tem necessariamente uma estrutura, como o tem outros tipos de história (por exemplo, a narrativa policial ou o conto de fadas), mas apresenta ambientações e atmosferas facilmente reconhecíveis, além de temáticas e

---

[2] São bons exemplos desse interesse pelo tema o número especial da revista *La Garance voyageuse - Revue du monde végétal*, dedicado ao tema "Plantes fantastiques et horreur végétale", e, publicados em 2007, os números 9 e 10, de *Le Boudoir des Gorgones*, ambos de 2004, que traziam duas partes de um dossiê intitulado "Horreur Végétale".

cenários recorrentes. Está associado ao espaço onde se desenvolve a trama, mas não apenas, relacionando-se também à construção das personagens e a certo efeito estético, que permeia as noções de sublime e grotesco.

Em paralelo, uma literatura botânica de pendor fantástico se revela na constatação de que, no fim do século XIX, uma grande quantidade de narrativas se valeu dessa temática. E não é por acaso: trata-se de um reflexo das mudanças histórico-sociais, de recentes descobertas científicas e, acima de tudo, do impacto da teoria evolutiva, de um lado, e do interesse renovado por tudo aquilo que se refere ao imaginário medieval, por outro. Esses dois movimentos inspiraram, respectivamente, histórias alinhadas a uma proto-ficção científica e ao fantástico sobrenatural, visto em seu sentido mais estrito, embora a temática também seja bastante presente em contextos de narrativas atreladas ao maravilhoso-científico francês e ao *pulp* e ao *weird* norte-americano.

Nem todas as narrativas aqui reunidas, portanto, são necessariamente góticas, da forma como se entende o conceito, em seu sentido mais específico, mas várias delas acabam por se aproximar por seu conceito alargado, considerado em sua polissemia e abrangência, principalmente na atualidade, quando, principalmente em contexto de mercado, tão comumente tornou-se um termo-chave para designar narrativas fantásticas sombrias e assustadoras do fim do século XVIII e do século XIX, em geral. Da mesma forma, nem todas se enquadram na categoria do horror. Todas, no entanto, trabalham com os temas do sobrenatural, ora abordado por um viés cientificista, ora mágico-maravilhoso, cuja diversidade invariavelmente engloba temáticas botânicas.

Tendo esclarecido esse ponto, voltemos à questão da origem dessas histórias de plantas fantásticas. De onde veio esse interesse por vegetais metamorfoseados em monstros, ora vistos como adversários, ora simplesmente transformados em catalisadores de elementos mágicos e/ou sobrenaturais?

A bem da verdade, desde a Antiguidade, mesmo se de modo menos frequente e menos intenso do que os animais, as plantas já suscitavam fascinação e especulação ante seu potencial sobrenatural, mágico, místico ou religioso. Na *Odisseia*, de Homero, a flor de lótus consistia num perigo à lucidez de todo aquele que a ingerisse. No mito de Dafne e Apolo, a ninfa, fugindo do deus, transforma-se em um loureiro, assim como Narciso, ensimesmado em sua paixão platônica, definha até virar a flor conhecida por seu nome. A oliveira era uma árvore dedicada à deusa Atena na Grécia Antiga, e, se nos distanciarmos do imaginário grego, vemos que o carvalho por muitos anos foi reverenciado como uma árvore-deus pelos antigos pagãos bálticos, na região dos atuais territórios de Lituânia, Letônia, Kaliningrado e Polônia, motivo pelo qual, após o belicoso processo de cristianização no século XIV d. C., "a fim de erradicar esta crença", já no século XVIII, "padres católicos mandaram abater todos os carvalhos da Lituânia"[3]. Qualquer relação com as árvores-coração do norte "pagão" e politeísta de *As crônicas de gelo e fogo*, de George R. R. Martin, não é coincidência.

Outras árvores como o olmo, o teixo, a macieira ou a aveleira também eram consideradas sagradas por povos celtas, nórdicos e germânicos e, por isso, depois do processo de cristianização, passaram a ser associadas à bruxaria, temática que resvala os enredos de contos como "A glicínia gigante" (1891), de Charlotte Perkins Gilman (1860-1935), no qual o enforcamento de uma bruxa está no cerne do sobrenatural que envolve a árvore do título, ou ainda "O crime de Micah Rood", de Elia W. Peattie (1862-1935), em que vemos uma macieira bastante especial, ambos presentes neste livro. O conto "O mistério da árvore"[4] (1896), do escritor português Raúl Brandão (1867-1930) também parece apontar nesta direção, demonstrando um impacto tangencial desse imaginário na produção lusófona.

Ainda em relação ao imaginário da Idade Média, podemos recordar que comumente se atribuiu a muitos vegetais poderes mágicos, ora benéficos, ora maléficos, fosse por seu potencial medicinal ou por seu veneno, de modo que plantas como a mandrágora, cuja raiz lembra vagamente a forma humana, a beladona e o acônito, conhecidas por seus poderes narcóticos, alucinógenos ou até tóxicos, comumente eram associadas à bruxaria. Eram plantas capazes de curar, matar, entorpecer, anestesiar e sedar, em um momento no qual tais capacidades não eram de todo explicadas quimicamente. Ou seja, aos olhos de grande parte da população da época, isso só poderia se explicar por meio da ideia de magia.

Com a completa dominação do mundo pelos europeus durante a colonização, muitas espécies animais e vegetais foram finalmente "descobertas" pelos intelectuais do velho mundo e,

---

3 Suzanne Champonnois e François de Labriolle, *La Lituanie: un millénaire d'Histoire*, Paris : L'Harmattan, 2007, p. 23. (Tradução livre).

4 Disponível para leitura em diversos sites em português.

dada sua diversidade e "estranheza" quando confrontadas com a realidade que até então conheciam, não parecia difícil imaginar a existência de maravilhas muito mais assustadoras. Se havia tantos animais gigantescos que até então se desconhecia, o que impediria que alguns, ainda maiores, se escondessem nos recônditos das matas tropicais? Afinal, as "plantas existem nos (e para além dos) limites externos daquilo que conhecemos (e do que gostaríamos de conhecer): elas são o total e inefavelmente estranhas, incorporando uma *alteridade absoluta*"[5].

Tal premissa valia para plantas em geral, e, em particular, para aquelas chamadas popularmente de "carnívoras", ou *killer plants*[6]. Não que não existissem no velho continente; havia, mas muito menores e menos impressionantes do que as famosas nepentes, que consistem em grandes jarros bojudos repletos de líquido digestivo, e dioneias, conhecidas como "pega-moscas", por sua folha-dentada, sensível a movimento, consagradas no imaginário popular por filmes como *A pequena loja dos horrores* (1960), de Roger Corman, e seu remake de 1986, dirigido por Frank Oz. As "plantas assassinas", por sua vez, eram espécies absolutamente venenosas, que impressionaram os colonizadores conforme as descobriam. Logo, escritores começaram a explorar as potencialidades dessa temática. Assim nasceu o que hoje chamamos de "gótico botânico", "horror vegetal", entre outras designações de forte apelo comercial. Ou seja, como dito acima, são em sua maioria narrativas de estética ou ambientação de viés gótico, nas quais o elemento sobrenatural de algum modo se manifesta através de plantas ou delas deriva. E não apenas de plantas. Fungos acabam sendo incluídos nessa categoria, não por vista grossa dos críticos e antologistas, mas pela simples coerência com o pensamento hegemônico no século

---

5 Dawn Keetley, "Introduction: Six Theses on Plant Horror; or, Why Are Plants Horrifying?", in Dawn Keetley e Angela Tenga, *Plant Horror: Approaches to the Monstrous Vegetal in Fiction and Film*, Londres: Palgrave Macmillan, 2016, s/p. (Tradução livre).

6 "Plantas assassinas" em inglês.

XIX, que, desconhecendo grande parte das particularidades do que hoje conhecemos como reino *fungi,* facilmente relegavam cogumelos e mofos ao reino vegetal, com os quais compartilham muitas características físicas que os diferenciam de forma evidente dos animais. Um exemplo disso é o conto "A voz na noite" (1907), de William Hope Hodgson (1877-1918), no qual um casal de náufragos enfrenta uma espécie mortal e contagiante de bolor cinzento.

Em meados do século XIX, ao mesmo tempo que vemos o império do racionalismo e de uma visão de mundo positivista, fomentado por grandes pensadores, entre os quais se destaca Charles Darwin (1809-1882), insurge-se imenso misticismo, instigado pelo contato cada vez mais intenso com outras culturas, faunas e floras. Novas criaturas são a todo o tempo descobertas, o que alimenta a mente dos escritores e artistas do período, que especulam sobre outros possíveis mistérios nas impenetráveis selvas tropicais. Esse tipo de perspectiva, intensificado pelos modismos exotistas, motivou, por exemplo, as diversas narrativas de dinossauros no período. Nesse contexto, autores como Júlio Verne (1828-1905) e Sir Arthur Conan Doyle (1859-1930) imaginaram animais pré-históricos vivendo de forma isolada ainda em nossos dias, em obras como *Viagem ao centro da terra* (1864) e *O mundo perdido* (1912). Não parece inusitado, portanto, que o mesmo tipo de temor e curiosidade ante o reino vegetal produzisse efeitos semelhantes, notadamente com a popularização dos estudos acerca das plantas carnívoras.

Nessa época, após ter se dedicado ao estudo da evolução e do comportamento dos animais, incluindo a própria espécie humana, Charles Darwin passou ao estudo do reino vegetal. Algumas das primeiras obras que se dedica ao assunto são justamente os volumes *Sobre os movimentos e hábitos das plantas trepadeiras,* de 1865, e *Plantas insetívoras,* lançado em 1875, aos quais se seguiram *Os efeitos do cruzamento e da autofertilização no reino vegetal* (1876), *As diferentes formas de flores em plantas da mesma espécie* (1877), *O poder de movimento das plantas* (1880), entre outros. Destes, os volumes de 1865, 1875 e 1880, em especial, parecem ter impressionado bastante o imaginário da época, como atesta o curioso caso da chamada árvore canibal: espécie de gigantesco abacaxi com tentáculos, descrita em um célebre artigo anônimo, inspirado nos supostos relatos de um tal Carl Liche, publicados em 1874 em um jornal de Novo York, logo recontado por outros dois artigos franceses de 1878.

Contando sempre variantes de uma mesma história, pautaram-se em exotismo e preconceito ao atestar que, nos confins da ilha de Madagascar, haveria uma imensa planta devoradora de homens e mulheres, a quem os nativos ofertariam uma virgem ou um guerreiro. Trata-se, pois, de uma situação que não por acaso se repete em outras produções do começo do século XX, como *King Kong* (1933). Tanto o texto norte-americano como suas versões francesas logo ficaram famosas sem esclarecer se, afinal, consistiam em relatos imaginativos ou se pretendiam ser fidedignos. Independentemente de sua contestadíssima veracidade, logo versões declaradamente literárias inspiradas nesse suposto relato apareceram em diversas partes da Europa e dos EUA. Anos depois, provou-se que tanto a história quanto seu autor eram inteiramente ficcionais, fruto de uma brincadeira de um jornalista inspirado nas ideias evolucionistas de Darwin. De todo modo, a ideia ficou e impactou o imaginário colonial da época, fascinado com os mistérios que os demais continentes poderiam ainda esconder do velho mundo.

Um conto como "Titane", do escritor francês Jules Lermina (1839-1915), é um excelente exemplo disso. Publicado inicialmente em 1885, no jornal *Figaro*, depois relançado numa coletânea de contos de 1888, trata-se de uma das primeiras histórias literárias sobre plantas carnívoras ou assassinas. Nessa história de feição gótica, eivada de características de um romantismo tardio, descobrimos os experimentos de um jovem cientista para estimular características atávicas de uma planta carnívora particularmente grande que não só acaba por se tornar muito voraz, como também termina por adquirir movimentos, atacando desavisados com seus cipós tentaculares e, finalmente, rastejando com suas raízes poderosas. Esse conto parece ter sido a base da história "Carnivorina", de Lucy Hamilton Hooper (1835-1893), publicado em 1889 e presente neste volume, no qual identificamos um "monstro vegetal" batizado com um nome feminino, descrito nos mesmos termos da "Titane" de Lermina (algumas cenas e parágrafos são praticamente idênticos, com direito às mesmas metáforas e descrições![7]), um perfeito exemplo da forma como o pensamento de Darwin impactou o imaginário científico do fim do século XIX[8]. O tema da planta carnívora gigante e monstruosa, criada e acalentada por um cientista louco, torna-se um tema recorrente em várias outras obras, a exemplo de "A nepentes", conto de 1907, de Jean-Joseph Renaud (1873-1953), na qual conhecemos Suzanne e seus tentáculos (aparentemente, dar nomes femininos a tais criaturas também era moda).

Tentáculos, aliás, parecem uma temática frequente no imaginário das plantas assassinas, como se a transposição de uma alteridade vegetal senciente para algo mais próximo do que entendemos como uma criatura perigosa e capaz de se

---

7 Lucy Hooper viveu vários anos em Paris, onde veio a falecer, uma vez que seu marido era vice-cônsul na França desde 1874. Logo, não surpreende que compartilhe com Lermina fontes e leituras. A semelhança evidente entre os dois textos, contudo, dá margem para fortes suspeitas de plágio, que, por conta da data de publicação, acabam por recair na norte-americana. Curiosamente, por mais que tenha investigado, e a despeito de longos trechos praticamente idênticos nos dois contos, não achei qualquer referência que relacionasse "Titane" e "Carnivorina", o que indica, talvez, que o provável plágio permaneceu não identificado por todos esses anos!

8 Em língua portuguesa, não podemos deixar de lembrar o conto "Demônios", de Aluísio Azevedo (1857-1913), que, sem ser propriamente um texto de fantástico vegetal ou gótico botânico, trabalha com a ideia de "involução" de inspiração claramente darwiniana, através da qual seres humanos retornariam a formas animais primitivas, depois a formas vegetais e, por fim, regrediriam até estáticas formações minerais. Trata-se, pois, de outro exemplo do impacto da teoria da evolução no imaginário oitocentista.

mover e caçar só pudesse se traduzir por um apêndice de uma criatura igualmente exótica e intrigante como um cefalópode. Para dar um exemplo dessa aproximação no imaginário contemporâneo, vale dizer que a semelhança entre Titane, Carnivorina e Suzanne e Pokémons do tipo planta, como Victreebel (um protótipo de nepentes mutante, dotada de dentes), apenas atesta o impacto dessas produções ainda no século XXI.

Outra tópica que nasce no fim do século XIX é a revolta da Natureza frente aos abusos do homem. Em "Wood'stown", texto subintitulado "conto fantástico", de Alphonse Daudet (1840-1897), publicado em 1874 e também traduzido para esta coletânea, uma floresta se volta contra uma cidade, o que também ilustra a inquietação dos botânicos da época frente à imobilidade ou, antes, à possibilidade de movimento das plantas. No conto, Daudet retoma de forma bastante evidente e com uma militância ecológica *avant la lettre* (que demonstra preocupação ambiental e decolonial) o tema da natureza que se (re)volta contra a civilização e seu potencial de destruição já visível ante um "progresso" desenfreado. E esse tema é de uma atualidade pungente.

Em um momento no qual falamos tanto de mudanças climáticas, desenvolvimento sustentável, energias renováveis, desmatamento e outras alterações em nossa percepção da natureza e, ao mesmo tempo, quando a ciência, já consciente da inteligência animal, passa a explorar as possibilidades cognitivas, sensitivas e até comunicativas em plantas[9] e fungos, como o demonstram os estudos de Stefano Mancuso[10], parece natural reviver formas como temos nos relacionado com o reino vegetal

---

9 Este tema também estava em voga na virada do século XIX para o XX, época em que foram escritos os contos que compõem este livro, quando o poeta e dramaturgo belga Maurice Maeterlinck (1862-1949) publicou o ensaio filosófico *A Inteligência das Flores* (1910), tendo também se interessado pelo comportamento dos insetos sociais (abelhas, formigas e cupins).

10 Stefano Mancuso é um célebre professor, pesquisador e botânico italiano, autor de diversas obras sobre cognição e comunicação vegetal. Vários de seus trabalhos

nos últimos séculos. Não por acaso, produções narrativas contemporâneas de cunho fantástico, como o livro *Aniquilação*, de Jeff Vandermeer (no qual descobrimos um mundo controlado por plantas e fungos), o filme *Fim dos tempos*, de M. Night Shyamalan (em que plantas sencientes decidem envenenar a raça humana para controlar sua superpopulação) ou ainda, numa abordagem jovem a série dinamarquesa *The Rain*, produzida pela Netflix, têm repensado nossa relação com a natureza e em especial com as plantas, convidando a reflexões ecocríticas quanto ao impacto dos seres humanos junto aos demais viventes. Afinal, vivemos o período do dito Antropoceno[11]. Estamos mais preocupados do que nunca com a Natureza, mas, ironicamente, nunca a destruímos tanto e tão rápido. Nesse sentido, as plantas, por mais estranhas, venenosas e intrigantes que possam ser, já não são mais o perigo. Este livro é uma lembrança de sua importância e um tributo ao quanto na virada do século XIX para o XX tanto nos fascinaram, além de um aceno para a atualidade do tema.

BRUNO ANSELMI MATANGRANO *é bacharel, mestre e doutor em Letras pela Universidade de São Paulo (USP), além de ser tradutor de língua francesa. Dedica suas pesquisas às estéticas simbolista e decadentista, às vertentes do insólito ficcional e às representações de animais, monstros e seres fantásticos na literatura e no cinema. Tem diversos textos de ficção e artigos publicados em jornais, coletâneas e revistas e é autor dos livros* Contos para uma noite fria *(2014) e* Fantástico Brasileiro: o insólito literário do romantismo ao fantasismo *(2018), ensaio historiográfico escrito com Enéias Tavares.*

---

foram traduzidos e publicados no Brasil, como *A incrível viagem das plantas, Revolução das plantas: um novo modelo para o futuro* e *A planta do Mundo*.

11 O conceito de "Antropoceno" se refere ao período geológico atual, caracterizado pelo impacto físico-ambiental causado pela espécie humana no planeta.

MESTRES *do* GÓTICO BOTÂNICO

O HOMEM QUE AS ÁRVORES AMAVAM

1912

Algernon Blackwood

O sr. Bittacy é um homem que ama profundamente as árvores. Tudo muda entre ele e a esposa quando as árvores passam a amá-lo de volta.

I

LE PINTAVA ÁRVORES COMO SE DETIVESSE algum instinto especial de adivinhação de suas qualidades essenciais. Ele as compreendia. Sabia por que em uma floresta de carvalhos, por exemplo, cada indivíduo era absolutamente distinto de seus semelhantes, e por que nenhuma faia no mundo era igual à outra. As pessoas lhe pediam que pintasse uma limeira ou bétula favorita, pois ele capturava a individualidade de uma árvore como alguns o fazem com os cavalos. Como conseguia era um mistério, pois nunca tivera aulas de pintura. Seus desenhos costumavam ser bastante imprecisos, de maneira que, enquanto sua percepção da personalidade de uma árvore era vívida e genuína, a pintura poderia quase se aproximar do ridículo. Ainda assim, o caráter e a personalidade daquela árvore em particular ganhavam vida, emergiam sob o pincel: brilhante, emburrada, sonhadora, qualquer que fosse o caso, amigável ou hostil, boa ou má.

Não havia mais nada no mundo que fosse capaz de pintar. Flores e paisagens, ele apenas se atrapalhava em manchas de tinta; com pessoas e animais, era um caso perdido. Às vezes conseguia pintar os céus, ou efeitos de vento em folhagens, mas via de regra deixava essas coisas de lado por completo. Atinha-se às árvores, seguindo com sabedoria um instinto guiado pelo amor. Era estarrecedora, quase desconcertante, a maneira como fazia uma árvore parecer... viva.

Sim, Sanderson sabe o que está fazendo quando pinta uma árvore!, pensou o velho David Bittacy, membro da Honorabilíssima Ordem do Banho e conhecedor das Matas e Florestas. *Ora, quase dá para ouvi-la farfalhar. É possível sentir o cheiro, ouvir a chuva pingando por entre as folhas, os galhos crescendo e se movendo.*

Havia expressado dessa forma sua satisfação, em parte para se persuadir de que os vinte guinéus haviam sido bem gastos – já que a esposa pensava o contrário –, e em parte para explicar o espantoso realismo do velho cedro emoldurado acima da escrivaninha.

De qualquer maneira, pensava-se que a mente do sr. Bittacy era austera, para não dizer ranzinza. Poucos teriam adivinhado nele um amor secreto e tenaz pela natureza, o qual havia sido criado pelos anos passados nas florestas e selvas ao leste do mundo. Era incomum para um inglês, possivelmente em razão de algum ancestral euroasiático. Mantinha em segredo, como se tivesse vergonha, um senso estético que pouco se encaixava em seu tipo, incomum também pela intensidade. As árvores, em particular, nutriam esse amor, pois ele também entendia as árvores. Sentia uma sutil comunhão com elas, decorrente talvez do tempo em que vivera tomando conta delas, protegendo-as ao longo de anos de solidão sob suas grandes e sombrias presenças.

Guardava tudo isso para si, é claro, pois conhecia o mundo em que vivia. Também mantinha segredo da esposa, até certo ponto. Sabia que aquilo se colocava entre eles, que ela temia e se opunha. O que ele não sabia, ou não havia se dado conta, era o quanto ela compreendia o poder que as árvores detinham sobre a vida dele. O medo que ela sentia, pensava ele, dava-se apenas em razão dos anos na Índia, quando o dever o levava por semanas para longe dela e para as selvas fechadas, enquanto ela permanecia em casa, temendo todos os males que poderiam assolá-lo. Isso, é claro, explicava a oposição instintiva dela à paixão pelas matas que ainda o influenciava e se agarrava a ele. Era uma resposta natural àqueles dias de ansiedade e espera pelo retorno dele.

Filha de um pastor protestante, a sra. Bittacy era uma mulher adepta do sacrifício pessoal e encontrava em quase tudo a felicidade e o dever de compartilhar as alegrias e tristezas do marido, a ponto de se esquecer completamente de si. Era apenas na questão das árvores que ela não era tão bem-sucedida. Aquilo continuava sendo um problema difícil de se chegar a um acordo.

Ele sabia, por exemplo, que a oposição dela à pintura do cedro não se dava em razão do preço, mas sim pela maneira desagradável como a transação enfatizava o conflito entre os interesses em comum dos dois – um único, porém profundo, conflito.

Sanderson, o artista, não ganhava muito dinheiro com o estranho talento. Os cheques eram esporádicos, pois poucos eram os donos de árvores belas ou interessantes que desejavam tê-las pintadas. Ele também guardava para si os "estudos" que fazia para o próprio prazer, recusando-se a vendê-los mesmo que houvesse compradores. Apenas uns poucos amigos mais íntimos sequer chegavam a vê-los, pois ele detestava ouvir as críticas ignorantes dos que não compreendiam. Não que se importasse que rissem de suas habilidades – admitia-o com desprezo –, mas comentários sobre as personalidades das árvores em si poderiam facilmente feri-lo ou enfurecê-lo. Ele se ressentia de comentários desdenhosos a respeito delas, como se fossem insultos contra amigos próximos e que não podiam se defender. Ficava pronto para a briga em um instante.

– É realmente extraordinário – disse uma mulher que compreendia – que consiga fazer aquele cipreste se parecer com um indivíduo, quando na realidade todos os ciprestes são *exatamente* iguais.

Ainda que aquele pedacinho de bajulação calculada tivesse chegado tão perto de dizer a coisa certa, Sanderson ficou vermelho como se ela tivesse desdenhado de um amigo bem diante de seus olhos. Passou com truculência na frente dela e voltou o quadro para a parede.

– Quase tão estranho – respondeu rudemente, imitando a tola enfatização da mulher – quanto *você* ter imaginado individualidade em seu marido, quando na realidade todos os homens são *exatamente* iguais!

Considerando que a única coisa que diferenciava o marido dela do restante do populacho era o dinheiro pelo qual ela havia se casado com ele, as relações de Sanderson com aquela família em particular acabaram no ato, levando consigo quaisquer compras em potencial.

Talvez a sensibilidade dele fosse exagerada. De qualquer maneira, o caminho para seu coração estava nas árvores. Podia-se dizer que ele as amava, pois sem dúvida tirava uma esplêndida inspiração delas. Nunca era seguro criticar a fonte de inspiração de um homem, fosse a música, a religião ou uma mulher.

– Acho que talvez seja um pouco extravagante, querido – disse a sra. Bittacy, referindo-se ao cheque para o cedro –, quando também precisamos tanto de um cortador de grama. Mas, considerando que lhe dá tanto prazer...

– Faz com que me recorde de certo dia, Sophia – respondeu o velho cavalheiro, olhando com orgulho para ela e então com afeto para o quadro –, um dia que já se foi há muito. Ela me lembra outra árvore... aquele quintal em Kent na primavera, os pássaros cantando nas lilases, e alguém em um vestido de musselina, esperando pacientemente debaixo de um certo cedro... sei que não é o mesmo do quadro, mas...

– Eu não estava esperando – disse ela, indignada –, estava apanhando pinhas para o fogo da sala de aula...

– Pinhas não crescem em cedros, minha querida, e salas de aula não acendiam fogos em junho quando eu era jovem.

– E, de qualquer maneira, não é o mesmo cedro.

– Ele me fez gostar muito de todos os cedros – respondeu ele –, e me lembra de que você ainda é a mesma garota...

Ela atravessou a sala, parando ao lado dele. Juntos, ficaram olhando pela janela, para onde um pobre cedro-do-líbano se erguia solitário no jardim da cabana em Hampshire.

– Você continua tão sonhador como sempre – disse ela, gentil. – Não me arrependo nem um pouco do cheque, de verdade. Só teria sido mais real se fosse a árvore original, não teria?

– Aquela foi derrubada há muitos anos. Passei por lá ano passado. Não há mais nenhum sinal dela – respondeu ele, sempre carinhoso. Naquele momento, quando ele a soltou, ela foi até a parede e tirou com muito cuidado a poeira sobre o quadro que Sanderson havia feito do cedro no jardim. Passou um pequeno lenço ao redor de toda a moldura, erguendo-se na ponta dos pés para alcançar a borda superior. – O que mais gosto no quadro

– prosseguiu o velho, falando sozinho depois que a esposa se retirou – é a forma como ele o fez parecer vivo. Todas as árvores o têm, é claro, mas foi um cedro que me ensinou... esse "algo" que possuem as árvores, que faz com que saibam que estou lá quando me aproximo para observá-las. Suponho que o senti aquele dia porque estava apaixonado. O amor revela a vida por toda parte. – Ele olhou por um instante para o cedro-do-líbano, o qual se erguia sombrio e magricelo sob o entardecer que se aproximava. Uma expressão curiosa e sonhadora surgiu por um momento em seu olhar. – Sim, Sanderson a viu como é – murmurou –, sonhando solenemente em uma vida fosca e oculta contra a orla da floresta. Tão diferente daquela outra árvore em Kent quanto eu sou... do vigário, por exemplo. É bastante estranho também. Não sei nada sobre o assunto. O cedro que amei; esse velho amigo que respeito. Amigável, porém... sim, bastante amigável, de maneira geral. Ele viu a amigabilidade e a pintou bastante bem. Gostaria de conhecê-lo melhor – acrescentou. – Gostaria de perguntar como viu com tamanha clareza que a árvore se ergue ali, entre esta cabana e a floresta, mas, de alguma forma, mais simpática conosco do que com a massa de árvores atrás. Um tipo de intermediário. *Isso* eu nunca havia percebido. Posso ver agora, através dos olhos dele. A árvore se ergue como uma sentinela... protetora, até.

Ele se voltou de supetão para olhar através da janela, avistando a grande e agourenta massa que era a floresta nos limites do pequeno jardim, ainda mais próxima na escuridão. O jardim, tão certinho com seus canteiros de flores, parecia quase impertinente, um pequeno e colorido inseto que pousara sobre um monstro adormecido. Uma mosca espalhafatosa em uma dança insolente às margens de um rio tão grande que poderia engolfá-la ao lançar a menor das ondas. A floresta que crescera por mil anos e se alastrara até as profundezas era um monstro adormecido, de fato. A cabana e o jardim ficavam próximos demais de sua boca. Quando ventos fortes levantavam as sombrias bordas negras e púrpuras...

Ele amava essa sensação da personalidade da floresta. Sempre amara.

Estranho, pensou, *muito estranho que árvores me causem essa sensação da vastidão da vida! Costumava senti-la na Índia, em particular; em matas canadenses também; mas, até agora, nunca em pequenos bosques ingleses. Sanderson é o único homem que conheci que também já sentiu isso. Ele nunca disse, mas ali está a prova.* E se voltou mais uma vez para a pintura amada. Uma emoção de vida atípica irrompeu dentro dele enquanto olhava. *Eu me pergunto; por Deus, eu me pergunto, se uma árvore... hã... em qualquer significado legal do termo, poderia ser... viva. Lembro-me de um tutor da universidade dizendo há muito tempo que as árvores de outrora eram capazes de se mover, organismos animais de algum tipo que permaneceram imóveis por tanto tempo se alimentando, dormindo e sonhando no mesmo lugar, que acabaram por perder a capacidade de se levantar!*

Fantasias voaram de um lado para o outro na mente dele. Acendendo um charuto, ele se jogou em uma poltrona próxima à janela aberta e deixou que voassem. Melros-pretos assoviavam nos arbustos do outro lado do jardim. Ele sentia o cheiro da terra, das árvores e flores, o perfume da grama cortada e dos urzais ao longe, no coração da mata. A brisa veranil soprava sem fôlego através das folhas, mas a grande Nova Floresta mal havia erguido os contornos ondulantes, de sombras negras e purpúreas.

O sr. Bittacy, no entanto, conhecia intimamente cada detalhe do ermo ao redor. Conhecia todos os vales purpúreos pincelados com ondas de tojos amarelos, doces com mirtos e juníperos, brilhando com poças negras e cristalinas voltadas para o céu. Lá os gaviões voavam baixo, descrevendo círculos de hora em hora, enquanto o voo rápido dos quero-queros aprofundava a calmaria com gritos petulantes e melancólicos.

Ele conhecia os pinheiros solitários, pequenos, vigorosos e cobertos de grama, árvores que cantavam para os ventos perdidos, para viajantes como os ciganos que erguiam tendas parecidas com arbustos debaixo deles. Conhecia os pôneis desgrenhados, com potros que mais pareciam jovens centauros; os gaios tagarelas, o chamado leitoso dos cucos na primavera, o surgimento dos abetouros nos pântanos distantes. Conhecia também os matagais de azevinhos vigilantes, estranhos e misteriosos com suas belezas sombrias e fascinantes, bem como o brilho amarelo das folhas pálidas e caídas.

Ali, toda a floresta vivia e respirava em segurança, a salvo de mutilações. Não havia o terror do machado para assombrar a paz da vasta vida subconsciente, nem do Homem devastador para afligi-la com o medo da morte prematura. Sabia que era suprema; espalhava-se e se insinuava sem se esconder. Não se erguia para levar avisos, pois nenhum vento trazia mensagens de alerta enquanto crescia em direção ao sol e às estrelas.

Contudo, uma vez que ficavam para trás os portais folheados, as árvores do interior viviam o contrário. As casas as ameaçavam; elas sabiam que estavam em perigo. As estradas já não eram clareiras de relva silenciosa, mas sim caminhos cruéis e barulhentos pelos quais os homens chegavam para atacá-las. Elas eram civilizadas, cuidadas... mas apenas para um dia serem mortas. Até mesmo nos vilarejos, onde o repouso solene e imemorial de castanheiros gigantes imitava a sensação de segurança, a queda de uma bétula contra sua massa, impaciente diante dos menores ventos, trazia um aviso.

A poeira sufocava as folhas. A música no interior das vidas silenciosas se tornava inaudível sob os gritos do tráfego turbulento. Elas aguardavam e rezavam para adentrar a grande paz da floresta além, mas não podiam se mover. Sabiam, também, que a floresta, com seu profundo e imponente esplendor, desprezava-as e se apiedava delas. Elas pertenciam aos jardins artificiais, aos canteiros de flores forçados a crescer de uma forma só...

Gostaria de conhecer melhor o caro artista, foi o pensamento com o qual o sr. Bittacy retornou de todo às coisas práticas da vida. *Será que Sophia iria se incomodar...*

Ele se levantou ao soar do gongo, espanando as cinzas que haviam salpicado o colete antes de puxá-lo para baixo. Era alto e esguio, de movimentos agitados, tal que, não fosse pelo bigode prateado, poderiam confundi-lo na meia-luz com um homem na casa dos quarenta. *Vou sugerir a ela de qualquer maneira*, decidiu enquanto subia as escadas para se vestir. Acreditava mesmo que Sanderson poderia explicar todo um mundo de coisas que ele sempre sentira sobre as árvores. Um homem capaz de pintar a alma de um cedro daquela forma deveria saber de tudo.

— Por que não? — Ela deu o veredito enquanto comiam pudim de pão. — A não ser que ache que ele ficará aborrecido sem companhia.

— Ele poderia pintar o dia inteiro na floresta, querida. Também gostaria de lhe fazer algumas perguntas, se possível.

— Você sempre tem tudo sob controle, David. — Foi o que ela respondeu. Aquele casal de idosos sem filhos mantinha uma cortesia afetuosa há muito considerada fora de moda.

O comentário, porém, a havia incomodado, deixando-a tão inquieta que ela não percebeu quando ele respondeu, sorrindo contente:

— Tudo, exceto você e nossa conta bancária, minha querida.

A paixão dele pelas árvores era uma desavença antiga entre eles. Uma mágoa profunda e que a assustava, essa era a verdade. A Bíblia, seu guia para a terra e o céu, não a mencionava. Mesmo tentando agradá-la, o marido jamais havia conseguido alterar aquele pavor instintivo que ela sentia. Conseguia acalmá-lo, mas jamais mudá-lo. Ela gostava das matas, talvez como locais para sombras e piqueniques, mas não as amava como ele.

Após o jantar, com uma lâmpada ao lado da janela aberta, ele leu em voz alta, do jornal que a correspondência da tarde havia trazido, trechos que achou que poderiam interessá-la. Era um costume invariável, exceto aos domingos, quando, para agradar a esposa, ele cochilava sobre os textos de Tennyson ou Farrar, dependendo dos ânimos do dia.

Ela tricotava enquanto ele lia. Fazia perguntas gentis, dizia-lhe que tinha uma "bela voz de leitura". Gostava das breves discussões que surgiam ocasionalmente, as quais ele sempre concluía com "ora, Sophia, eu nunca havia pensado nisso *dessa* forma; mas, agora que mencionou, acho que há alguma verdade no que diz..."

Porque David Bittacy era sábio. Foi muito tempo após o casamento, durante os meses de solidão passados com as árvores e florestas da Índia, a esposa esperando pelo seu retorno ao lar no bangalô, que o seu outro lado mais profundo havia desenvolvido a estranha paixão que ela não conseguia compreender. Após uma ou duas tentativas sérias de compartilhá-la com ela, ele havia desistido e aprendido a escondê-la dela.

Aprendera, na verdade, a mencioná-la apenas casualmente, pois, visto que ela já sabia de sua existência, o silêncio total apenas aumentaria a dor. De tempos em tempos ele a mencionava de maneira superficial, apenas para que a esposa lhe apontasse os erros e pensasse que havia ganhado o dia.

Aquilo permanecia um território disputado. Ele ouvia pacientemente às críticas dela, às digressões e avisos, ciente de que, ainda que aquilo a satisfizesse, não seria capaz de mudá-lo. Era algo muito profundo e verdadeiro para que fosse mudado, mas, em favor da paz, haviam encontrado um meio-termo aceitável.

Na opinião dele, essa mania religiosa adquirida ao longo de sua criação era o único defeito dela, ainda que não fosse tão grave. Grandes emoções por vezes a faziam esquecer disso. Ela se apegava à religião porque o pai a havia ensinado, não porque pensava dessa forma por conta própria. De fato, como muitas mulheres, ela não *pensava* em coisa alguma, meramente refletindo os pensamentos que aprendera a ver nos outros. Assim, servido desse conhecimento da natureza humana, o velho David Bittacy havia aceitado a dor de ser obrigado a manter parte da vida isolada da mulher a quem ele tanto amava. Via as pequenas frases bíblicas dela como bizarrices que ainda permaneciam em uma grande e bela alma, como chifres e outras coisinhas inúteis das quais alguns animais ainda não haviam se livrado ao longo da evolução, mesmo após terem perdido a utilidade.

— O que foi, querido? Você me assustou! — Ela fez a pergunta de repente, erguendo-se no assento tão depressa que o chapéu caiu para o lado, quase até a orelha. David Bittacy havia emitido um grito de absoluta surpresa de trás do jornal. Abaixou a folha, encarando-a através dos óculos dourados.

— Escute isso, por gentileza — disse ele, soando um tanto ansioso. — Escute, querida Sophia. O remetente é um endereço de Francis Darwin, em nome da Royal Society. Ele é o presidente e, como você bem sabe, filho do grande Darwin. Imploro que escute com atenção. É *muito* significativo.

— *Estou* ouvindo, David — disse ela, erguendo os olhos com certo espanto. Parou de tricotar, olhando para trás por um instante. Algo na sala havia mudado de repente, fazendo-a se sentir inteiramente desperta, ainda que antes estivesse quase cochilando. A voz e os trejeitos do marido haviam despertado essa nova sensação, elevando os instintos de alerta. — *Leia*, querido.

Ele respirou fundo, olhando outra vez através do aro dos óculos para ter certeza de que ela estava prestando atenção. Claramente havia encontrado algo de interesse genuíno, embora ela sempre achasse as mensagens desses "endereços" um tanto pesadas.

Com uma voz grave e enfática, ele leu em voz alta:

— É impossível determinar se plantas são conscientes ou não; mas é consistente com a doutrina da continuidade que há algo psíquico em todas as coisas vivas. Se aceitarmos esse ponto de vista...

— *Se* — interrompeu ela, pressentindo o perigo.

Ele ignorou a interrupção como algo de pouco valor, como estava acostumado a fazer.

— Se aceitarmos esse ponto de vista — prosseguiu —, podemos acreditar que existe nas plantas uma cópia sutil *do que acreditamos ser a consciência em nós mesmos.*

Ele abaixou o papel e olhou com firmeza para ela, encontrando seu olhar. Havia italicizado a última frase.

A esposa não respondeu, nem fez qualquer comentário por um minuto ou dois. Eles se encararam em silêncio enquanto ele aguardava que o significado das palavras alcançasse por completo a compreensão dela. Em seguida, voltou-se e leu mais uma vez em voz alta enquanto ela, liberta do olhar inquisitivo do marido, olhou mais uma vez por sobre o ombro. A sensação que tinha era quase como se alguém tivesse entrado despercebido na sala.

— Podemos acreditar que existe nas plantas uma cópia sutil do que acreditamos ser a consciência em nós mesmos.

— *Se* — repetiu ela, fracamente. Sentia que devia dizer alguma coisa diante daqueles olhos questionadores, mas ainda não havia encontrado as palavras para fazê-lo.

— *Consciência* — continuou ele. Em seguida, acrescentou com gravidade: — Isso, minha querida, é uma declaração de um homem da ciência do século XX.

A sra. Bittacy chegou mais para a frente na cadeira, as saias de seda fazendo mais barulho do que o jornal. Emitiu um pequeno e característico som entre fungar e grunhir. Colocou os sapatos lado a lado, as mãos sobre os joelhos.

— Eu acho, David — disse em voz baixa —, que esses homens da ciência estão perdendo a cabeça. Não me recordo de nada na Bíblia a respeito de qualquer coisa desse tipo.

— Nada que eu me recorde também, Sophia — respondeu ele, paciente. Após uma pausa, acrescentou, talvez mais para si do que para ela: — Pensando bem, acho que Sanderson me disse algo parecido uma vez.

— Se disse isso — acrescentou ela, depressa —, o sr. Sanderson é um homem sábio e atencioso. — Ela pensou que o marido se referia ao comentário sobre a Bíblia, não ao julgamento dela sobre os homens da ciência. Ele não a corrigiu. — E plantas não são a mesma coisa que árvores, querido — continuou ela, aproveitando o momento. — Não exatamente.

— Concordo — respondeu David, mantendo a voz baixa —; mas ambas pertencem ao grande reino vegetal.

Houve uma pausa momentânea antes que ela respondesse.

— Ora! O reino vegetal, de fato!

Ela jogou a cabeça para trás, colocando tanto desdém nas palavras que, se o reino vegetal pudesse ouvi-la, poderia ter se envergonhado por cobrir um terço do mundo com uma maravilhosa rede de raízes e galhos emaranhados, delicadas folhas balouçantes e milhões de topos que capturavam o vento, a chuva e a luz do sol. Sua própria existência parecia ter sido questionada.

II

Conforme combinado, Sanderson compareceu para uma visita breve, porém bem-sucedida de maneira geral. A razão da vinda era um mistério para os que ficaram sabendo, pois ele jamais visitava as pessoas e definitivamente não era o tipo de homem que adulava clientes. Deveria haver algo em Bittacy de que ele gostava.

A sra. Bittacy ficou contente quando ele foi embora. Não viera em roupas formais, nem mesmo vestira um paletó. Usava a gola muito baixa, com mangas de balão como as de um francês, e os cabelos mais longos do que ela considerava elegante.

Não que essas coisas fossem importantes, mas ela as via como sinais de que algo estava fora de ordem. Os cordões eram desnecessariamente esvoaçantes.

Apesar de tudo, ele era um homem interessante, e, a despeito das excentricidades, um cavalheiro. "Talvez ele tivesse outro uso para os vinte guinéus, uma irmã inválida ou mãe idosa para sustentar!", ela pensou com um coração genuinamente caridoso. Não tinha noção do custo de pincéis, molduras, tintas e telas. Também o perdoou em muito pelos lindos olhos e maneirismos entusiasmados. Muitos homens na casa dos trinta já haviam perdido a graça.

Ainda assim, ela se sentiu aliviada quando a visita terminou. Não disse nada sobre uma segunda vinda da parte dele, aliviada ao perceber que o marido também não sugerira nada. Para dizer a verdade, não lhe agradara a maneira como o jovem havia fascinado o homem mais velho, mantendo-o por horas em meio à floresta, conversando no jardim sob o sol ardente e ao entardecer, quando a umidade chegou sorrateiramente da mata ao redor, tudo a despeito de sua idade e hábitos rotineiros. É claro, o sr. Sanderson não sabia o quão facilmente os ataques de febre indiana retornavam, mas David sem dúvida poderia ter lhe dito.

Falaram de árvores da manhã ao anoitecer, lançando-a naquela antiga e subconsciente trilha de temor. Uma trilha que sempre a levara às trevas das grandes florestas. Sentimentos assim, diziam os ensinamentos religiosos, eram tentações. Considerá-los de qualquer outra forma seria brincar com o perigo.

Observando aqueles dois, sua mente se enchia de pensamentos de curiosidade e terror, que ela temia ainda mais pela inabilidade de compreendê-los. A maneira como estudavam aquele cedro velho e desgrenhado era um tanto desnecessária e não muito sábia, pensava ela. Era dar as costas à noção de proporção que Deus havia colocado sobre o mundo para guiar e proteger o homem.

Após o jantar, eles até mesmo fumaram charutos sob os galhos que desciam para o jardim, até que ela insistisse o bastante para que entrassem. Ouvira em algum lugar que cedros não eram seguros após o pôr do sol, que não era saudável ficar muito perto deles. Era até perigoso dormir debaixo de um, embora ela tivesse se esquecido de qual era exatamente o perigo. A árvore à qual ela se referia era o upas.

De qualquer maneira, ela chamou David para que entrasse, e Sanderson o seguiu.

Por muito tempo, antes de se decidir por uma medida definitiva, ela os observara em segredo pela janela da sala de visitas – o marido e o convidado. O entardecer os envolvia com um véu de gaze úmida, mas era possível avistar as pontas brilhantes dos charutos e ouvir o ruído monótono das vozes. Morcegos adejavam acima, bem como mariposas grandes e silenciosas que zuniam suavemente sobre as flores dos rododendros. Foi quando ela percebeu, de súbito, que o marido havia mudado de alguma forma naqueles últimos dias – desde a chegada do sr. Sanderson, para ser exato. Uma mudança havia ocorrido nele, embora ela não soubesse dizer o quê. Estava hesitante em tentar encontrá-la, na verdade, em razão do pavor instintivo que agia sobre ela. Contanto que passasse, preferiria nem saber.

Ela notou as pequenas coisas, é claro. Pequenos sinais externos. Primeiro, ele havia ignorado o jornal. Depois, deixado de lado o colete pontilhado. Às vezes andava distraído; demonstrava indecisão em detalhes práticos que até então exibira certeza. E... começara a falar durante o sono outra vez.

Essas e dezenas de outras pequenas peculiaridades se assomaram sobre ela com a rapidez de um ataque combinado, trazendo consigo uma sutil perturbação que a fez estremecer. Ficou assustada por um momento, e então confusa ao avistar os vultos sombrios no entardecer, encobertos pelo cedro e com a floresta atrás. Em seguida, antes que pudesse pensar ou buscar orientação dentro de si, como era de costume, um sussurro urgente e abafado atravessou sua mente, dizendo: *É o sr. Sanderson! Chame David para dentro, depressa!*

Assim ela o fez. A voz esganiçada atravessou o quintal e se apagou na floresta, sufocada com rapidez. Não houve eco. O som desapareceu ao se chocar contra a muralha das mil árvores que a ouviam.

— A umidade é muito penetrante, mesmo no verão — murmurou ela quando eles obedeceram. Estava meio surpresa, meio arrependida da própria audácia descarada. Vieram tão mansos ao serem chamados. — Meu marido é sensível à febre do leste. Não, *por favor, não joguem os charutos fora. Podemos nos sentar próximos à janela e aproveitar a tarde enquanto fumam.* — Estava falante por um momento, em razão de uma empolgação subconsciente. — Está tão quieto... tão maravilhosamente quieto — prosseguiu ela, quando ninguém disse nada. — Tão pacífico, com um ar tão doce... e Deus está sempre próximo dos que precisam de Sua ajuda.

As palavras escaparam antes que ela se desse conta do que dizia, mas, por sorte, a tempo de que abaixasse a voz até que ninguém as ouvisse. Eram, talvez, uma expressão instintiva de alívio. Sequer pensar que havia dito aquilo bastava para deixá-la nervosa.

Sanderson lhe trouxe seu xale e a ajudou a organizar as cadeiras. Ela agradeceu daquela forma antiquada e gentil, recusando quando ele se ofereceu para acender as lâmpadas.

— Acho que elas atraem mariposas e outros insetos.

Os três se sentaram ao entardecer. O bigode branco do sr. Bittacy e o xale amarelo da esposa brilhavam de ambos os lados, Sanderson entre eles com o cabelo negro e rebelde, os olhos reluzindo da mesma forma. O pintor continuou a falar de maneira suave, claramente retomando a conversa iniciada com o anfitrião debaixo do cedro. A sra. Bittacy permaneceu na defensiva, ouvindo com ansiedade.

— As árvores se escondem durante o dia, revelando-se por completo apenas após o pôr do sol. Nunca *conheço* uma árvore — aqui ele se curvou de leve para a dama, como se pedisse desculpas por algo que ela não gostaria ou entenderia de todo — até vê-la à noite. Seu cedro, por exemplo — olhando para o marido dela outra vez, de maneira que a sra. Bittacy avistou de lado o brilho dos olhos dele —, foi algo em que falhei miseravelmente de início, pois o pintei ao raiar do dia. Amanhã verá o que quero dizer. Aquele primeiro rascunho está lá em cima, em meu portfólio. É uma árvore totalmente diferente em comparação a que você comprou. Consegui aquela vista — ele se inclinou para a frente, falando baixo — certa manhã, por volta das duas horas em um luar tênue e sob as estrelas. Vi o ser despido da coisa...

— Quer dizer que saiu a essa hora, sr. Sanderson? — a velha senhora perguntou com espanto e repreensão. Também não havia gostado da escolha de adjetivos dele.

— Receio que tenha sido um pouco de ousadia fazê-lo na casa de outra pessoa — respondeu ele, cortês —, mas, tendo despertado ao acaso, vi a árvore de minha janela e desci as escadas.

— É um milagre que Boxer não o tenha mordido. Ele dorme solto no hall — disse ela.

— Pelo contrário. O cachorro saiu comigo. Espero que o barulho não a tenha perturbado, ainda que seja tarde para dizer que me sinto culpado — acrescentou ele, exibindo os dentes brancos ao sorrir sob o crepúsculo. Uma brisa com cheiro de terra e flores invadiu a sala através da janela.

A sra. Bittacy nada disse no momento.

— Nós dois dormimos como montanhas — disse o marido, rindo. — É um homem corajoso, Sanderson. E, por Deus, o quadro o justifica. Poucos artistas teriam se dado tanto ao trabalho, embora eu tenha lido uma vez que Holman Hunt, Rossetti ou algum outro desses pintou a noite toda no pomar para conseguir um efeito desejado de luar.

Ele continuou a falar. A esposa estava contente em ouvir sua voz; a acalmava. Contudo, o outro logo dominou a conversa, tornando os pensamentos dela mais sombrios e temerosos. Seus instintos a faziam temer a influência dele sobre o marido. O mistério e o fascínio que habitavam os bosques e as flores, bem como quaisquer aglomeramentos de árvores em qualquer lugar, pareciam muito reais enquanto ele falava.

— A noite transfigura tudo de alguma forma — dizia ele —, mas nada de maneira tão reveladora quanto as árvores. É como se surgissem por trás de um véu que a luz do sol coloca sobre elas. Os prédios e as casas também fazem isso, até certo ponto, mas as árvores em particular dormem durante o dia, despertando e se manifestando à noite. Tornam-se ativas e vivas. Você se recorda — voltando-se mais uma vez para a anfitriã — do quão claramente Henley compreendia isso?

— Aquele socialista, você quer dizer? — perguntou a senhora, quase silvando ao falar. O tom de voz fez o sujeito parecer um criminoso.

— O poeta, sim — respondeu o artista, para não a ofender —, amigo de Stevenson, como deve se lembrar. O Stevenson que escreveu aqueles adoráveis versos infantis.

Ele citou em voz baixa os versos aos quais se referia. Era, pela primeira vez, a hora, o lugar e o cenário em harmonia. As palavras flutuaram através do quintal, em direção à muralha de escuridão azul onde a floresta se apoderava do pequeno jardim com uma curva quilométrica, parecendo a linha costeira do mar. A voz dele dava a impressão de deslizar sobre uma onda de som distante, como se o vento também desejasse ouvi-la:

Para o olhar curioso do Dia
Por todos os questionamentos inoportunos que busca
Em sua voz grande e violenta,
Deverão as débeis coisas em grandes números,
As árvores — sentinelas de Deus...

Libertar-se de seus enormes, gigantescos seres
Mas à palavra
Da noite antiga e sacerdotal,
Noite de muitos segredos, cujo efeito –
Transfigurador, hierofântico, terror –
Podem aprisionar a si mesmos,
Tremem e sofrem mudanças:
Em cada um a alma rude e individual
Avança e se escurece
Suas presenças físicas e essenciais
Tocadas por significância imensurável
Vestindo a escuridão como uma farda
De uma tremenda e misteriosa guilda,
Elas crescem – ameaçam –, aterrorizam.

A voz da sra. Bittacy rompeu o silêncio que se seguiu:

– Gostei da parte sobre as sentinelas de Deus – murmurou, baixinho, sem nenhum tom de desafio na voz. Aquela verdade proferida de forma tão musical havia silenciado as reclamações estridentes, ainda que não tivesse apaziguado seu temor. O marido não fez nenhum comentário; o charuto dele, ela percebeu, havia se apagado.

– As árvores mais antigas, em particular – prosseguiu o artista, como se falasse para si mesmo –, têm personalidades muito bem definidas. É possível ofendê-las, feri-las, agradá-las; no instante em que se coloca sob a sombra delas, você sente se elas se revelam para você ou recuam. – Ele se voltou de repente para o anfitrião. – Sem dúvida conhece aquele estudo singular de Prentice Mulford, "Deus nas Árvores"... extravagante, talvez, mas ainda assim dono de uma beleza genuína? Nunca o leu? – perguntou ele.

Mas foi a sra. Bittacy quem respondeu, ao passo que o marido manteve o profundo e curioso silêncio.

– Nunca li!

A voz caiu como uma gota de água fria do rosto abafado pelo xale amarelo. Até uma criança poderia ter completado o restante do pensamento não dito.

— Ah — disse Sanderson, gentil —, mas "Deus" *está* nas árvores. Deus em um aspecto muito sutil e, por vezes... sei que as árvores também o expressam... algo que *não* é Deus, algo sombrio e terrível. Já percebeu também o quão claramente as árvores mostram o que querem... escolhem suas companhias, ao menos? Como as faias, por exemplo, não permitem que nenhuma forma de vida se aproxime... pássaros ou esquilos nos galhos, nem qualquer grama ao redor? O silêncio em um bosque de faias costuma ser terrível! E como os pinheiros gostam de arbustos de mirtilo e, por vezes, pequenos carvalhos a seus pés... todas as árvores fazendo escolhas claras e deliberadas e mantendo-se firmes a elas? Algumas árvores, é claro... algo muito estranho e notável... parecem preferir os humanos.

A velha senhora se endireitou no assento com um estalo, o vestido de seda rígida emitindo pequenos ruídos afiados. Aquilo era mais do que ela poderia permitir.

— Nós sabemos — respondeu ela — que foi dito que Ele caminhou no jardim sob o frescor do entardecer — e engoliu em seco, revelando o esforço que aquilo lhe custava —, mas não nos foi dito em lugar algum que Ele habitou as árvores, ou qualquer coisa do tipo. É preciso lembrar que, afinal, árvores são apenas grandes vegetais.

— É verdade — foi a resposta gentil —, mas existe vida e mistério em tudo o que cresce. As maravilhas que habitam nossas próprias almas também existem, eu arrisco dizer, na estupidez e no silêncio de uma mera batata.

A observação não foi feita para ser engraçada. *Não era* engraçada. Ninguém riu. Pelo contrário: as palavras resumiam de maneira literal a impressão que havia assombrado a conversa até ali. Cada um percebeu à sua maneira — beleza, maravilhamento, pânico — que aquilo trazia todo o reino vegetal para mais perto do homem. Alguma conexão havia sido estabelecida entre as duas coisas. Não era sábio falar tão abertamente com aquela grande floresta ouvindo do outro lado da porta. A mata se aproximava à medida que falavam.

Ansiosa em interromper o terrível feitiço, a sra. Bittacy atacou com uma sugestão factual. Não estava gostando do silêncio prolongado do marido, de sua inércia. Parecia tão negativo... tão mudado.

— David — disse, levantando a voz —, acho que está sentindo o frio e a umidade. Sabe como a febre vem de repente. Acho melhor tomar o remédio. Vou buscá-lo agora mesmo.

Ela saiu antes que ele pudesse se opor, trazendo a dose homeopática do remédio na qual ela acreditava e da qual, para agradá-la, ele bebia da garrafa. No instante em que a porta se fechou atrás dela, Sanderson tornou a falar, dessa vez em um tom bastante diferente.

O sr. Bittacy se endireitou na cadeira. Os dois deram continuidade à conversa — a verdadeira conversa interrompida debaixo do cedro —, deixando de lado a farsa criada para jogar areia nos olhos da velha senhora.

— O fato é que as árvores o amam — disse Sanderson, falando abertamente. — Lutar por elas todos esses anos no exterior fez com que elas passassem a conhecê-lo.

— Conhecer-me?

— Sim. — Ele parou por um momento, acrescentando em seguida: — Deixou-as *cientes de sua presença*; cientes de uma força exterior a elas mesmas e que deliberadamente busca o bem delas. Não percebe?

— Por Deus, Sanderson! — Aquilo colocou em palavras sensações que ele havia sentido, mas jamais ousara dizer em voz alta. — Elas entram em contato comigo? — perguntou ele, rindo da própria frase, embora rindo apenas com os lábios.

– Exatamente. Elas procuram se misturar com algo que sentem, por instinto, ser bom para elas, útil às suas essências, encorajador à sua melhor expressão... a vida.

– Meu Deus, senhor! – Bittacy se ouviu dizer. – Está colocando meus próprios pensamentos em palavras. Senti algo assim por anos, sabe? Como se... – ele olhou ao redor para ter certeza de que a esposa não estava ali antes de concluir a frase – como se as árvores estivessem atrás de mim!

– "Amalgamam-se" parece ser a melhor palavra. Atraem-se a você, pois forças positivas sempre procuram se fundir, enquanto as más se separam. É por isso que o Bem sempre deve vencer no final, em toda parte. O acúmulo a longo prazo se torna avassalador. O Mal tende à separação, dissolução, morte. A camaradagem das árvores, o instinto de ficarem juntas, é um símbolo vital. Árvores são boas em massa; sozinhas, de maneira geral, são... bem, perigosas. Veja as araucárias, ou, melhor ainda, o azevinho. Veja, observe, entenda. Já viu um pensamento maligno mais evidente? Elas são más. Lindas também, sim! Com frequência há uma beleza estranha e errônea no mal...

– Aquele cedro, então...?

– Não, não é mau. Estranho, talvez. Cedros crescem juntos nas florestas. O pobrezinho se perdeu, apenas. – Estavam se aprofundando na conversa. Falando contra o tempo, Sanderson proferia as palavras rápido demais, resumido demais. Bittacy mal acompanhou a última parte. Sua mente se perdeu nos próprios pensamentos indefinidos e desorganizados, até que outra frase do artista o fez prestar atenção mais uma vez.

– No entanto, o cedro o protegerá, pois ambos o humanizaram pensando com tanto carinho sobre a presença dele. Outros não poderiam tê-lo feito.

– Proteger-me! – exclamou ele. – Proteger-me do próprio amor?

Sanderson riu.

— Estamos misturando os assuntos — disse. — Falamos de uma coisa em termos de outra. Veja bem, o que quero dizer é que o amor delas por você, a "consciência" delas de sua personalidade e presença envolve a ideia de atraí-lo por completo para o mundo delas. De certa forma, significa conquistá-lo.

As ideias que o artista colocou na mente dele correram furiosas de cima a baixo, como um labirinto colocado em movimento súbito. A rotação de linhas intrincadas o fascinou, tão velozes que deixavam apenas metade de uma explicação de seu objetivo. Ele seguiu uma, depois outra, sempre interceptado por uma nova linha antes que pudesse chegar a qualquer conclusão.

— Mas a Índia — disse em voz baixa —, a Índia é muito distante desta pequena floresta inglesa. As árvores, por sinal, também são completamente diferentes.

O ruído de saias em movimento os alertou da aproximação da sra. Bittacy. Aquela era uma frase que ele poderia virar em outra direção caso ela viesse e o pressionasse por uma explicação.

— Há uma comunhão entre árvores em todas as partes do mundo. — Foi a resposta estranha e ligeira. — Elas sempre sabem.

— Elas sabem! Acha então que...

— Veja bem, os ventos... grandes e velozes mensageiros! Eles têm antigos direitos de passagem sobre o mundo. Um vento oriental, por exemplo, seguindo em frente de fase em fase como se fosse... ligando as mensagens e os significados largados de uma terra à outra como os pássaros... um vento oriental...

A sra. Bittacy se aproximou depressa com um copo.

— Aqui, David — disse —, isso deve afastar qualquer início de ataque. Apenas uma colher, querido. Ah, não beba *tudo*! — Pois ele havia engolido metade do conteúdo em um único gole, como de costume. — Mais uma dose antes de ir para a cama, e outra pela manhã ao acordar. — Ela se voltou para o hóspede, que colocou o copo para ela em uma mesa próxima do cotovelo. Ouvira-os falando sobre o vento oriental. Quando a conversa particular chegou a um fim repentino, ela enfatizou o aviso que havia interpretado erroneamente: – Se há algo que o incomoda mais do que qualquer coisa, é um vento oriental – disse. – Fico feliz em ouvir que concorda, sr. Sanderson.

III

Uma calmaria profunda se instaurou na floresta, em meio à qual foi possível ouvir uma coruja emitindo notas abafadas. Uma grande mariposa se debatia em colisões suaves contra uma janela.

A sra. Bittacy começou de leve, mas ninguém falou. As estrelas finalmente haviam se revelado sobre as árvores. O latido de um cachorro podia ser ouvido ao longe.

O sr. Bittacy reacendeu o charuto antes de romper o silêncio que havia se apoderado dos três.

– É uma ideia bastante reconfortante – disse, jogando o fósforo pela janela – que haja vida por toda parte e que não exista de fato uma linha divisória entre o que chamamos de orgânico e inorgânico.

– Sim – disse Sanderson –, o universo é todo uma coisa só. Ficamos perplexos diante das lacunas através das quais não se pode ver quando, na verdade, suponho que não haja quaisquer lacunas. – A sra. Bittacy se agitou na cadeira, tentando manter a calma. Temia palavras longas e que não entendia. Belzebu se escondia em meio ao excesso de sílabas. – Em árvores e plantas, em especial, existe uma forma de vida extraordinária que ninguém ainda provou ser inconsciente.

– Ou consciente, sr. Sanderson – ela respondeu de pronto. – Apenas o homem foi feito à imagem Dele, não arbustos e coisas...

O marido interveio sem demora.

– Não é necessário dizer que estão vivas da mesma forma que nós estamos – explicou com suavidade, voltando-se à esposa. – Ao mesmo tempo, querida, não vejo mal em crer que todas as formas de vida contêm um pouco da vida Dele, que as criou. É maravilhoso pensar que Ele não criou nada morto. Isso não nos torna panteístas!

— Ah, não! Isso não, espero! — A palavra a alarmou. Era uma ideia ainda pior, infiltrando-se como uma pantera sorrateira na mente confusa.

— Gosto de pensar que existe vida até mesmo na podridão — murmurou o pintor. — A madeira que cai ao apodrecer gera consciência. Sem dúvida há força e movimento na queda de uma folha morta, no quebrar e desabar de todas as coisas. Tomemos uma pedra inerte: está repleta de calor, peso e potências de todos os tipos. O que de fato segura as partículas juntas uma da outra? É algo que compreendemos tão pouco quanto a gravidade, ou por que uma agulha sempre se volta para o norte. Ambas podem ser formas de vida...

— Acha que uma bússola tem alma, sr. Sanderson? — exclamou a senhora, com um sacudir das saias que expressou seu ultraje de maneira ainda mais clara que o tom da voz.

O artista sorriu para si mesmo na escuridão, mas foi o sr. Bittacy quem se apressou em responder:

— Nosso amigo está apenas sugerindo que essas forças misteriosas — disse ele em voz baixa — podem decorrer de alguma forma de vida que não compreendemos. Por que a água corre somente colina abaixo? Por que as árvores crescem a certos ângulos em relação ao solo e em direção ao sol? Por que os mundos giram para sempre nos próprios eixos? Dizer que essas coisas seguem as próprias leis não explica nada. O sr. Sanderson está apenas sugerindo... de maneira poética, é claro, querida... que estas podem ser manifestações de vida, ainda que uma vida em um estágio diferente da nossa.

— Lemos que foi Ele quem soprou o *fôlego da vida* sobre o homem. Essas coisas não respiram — disse ela, triunfante.

Sanderson interveio em seguida, mas falou mais para si ou para o anfitrião do que como uma resposta séria à senhora irritada.

— Mas a plantas também respiram — disse. — Respiram, alimentam-se, digerem e se movem, adaptando-se ao ambiente como homens e animais fazem. Também têm um sistema nervoso... ao menos um complexo sistema de núcleos com algumas qualidades das células nervosas. Podem ter memórias também. Sem dúvida conhecem ações definidas em resposta a estímulos, as quais, ainda que talvez sejam apenas fisiológicas, ninguém foi capaz de provar que são apenas isso, e não... psicológicas. — Ele pareceu não perceber o leve, porém audível, resfolegar por trás do xale amarelo. O sr. Bittacy limpou a garganta e jogou o charuto apagado no jardim, cruzando e descruzando as pernas. — E nas árvores — prosseguiu o outro, apontando para a mata —, por trás de uma grande floresta, por exemplo, pode haver uma esplêndida Entidade que se manifesta em cada uma das milhares de árvores... alguma gigantesca forma de vida coletiva, tão minuciosa e delicadamente organizada quanto a nossa, capaz de se fundir conosco sob certas condições, de maneira que possamos compreendê-la ao *nos tornarmos* parte dela, ao menos por um tempo. Pode até mesmo engolfar a vitalidade humana no imenso redemoinho da própria vida, vasta e sonhadora. A atração de uma grande floresta sobre um homem pode ser tremenda, sobrepujando-o por completo.

A boca da sra. Bittacy se fechou com um estalo. O xale e o vestido ruidoso, em particular, externaram o protesto que ardia e a atormentava por dentro. Estava muito irritada para perder as palavras, mas, ao mesmo tempo, muito confusa em meio à multitude de termos e significados apenas meio compreendidos para encontrar frases prontas que pudesse usar. O que quer que significassem as palavras dele, no entanto, e quaisquer que fossem as ameaças sutis que se escondiam por trás, havia sem dúvida algum tipo de feitiço delicado em meio à escuridão bruxuleante que os mantinha enredados ali, próximos à janela. Os odores de orvalho, flores, árvores e terra vindos do jardim eram parte daquilo.

– Os ânimos que as pessoas nos provocam – continuou ele – se dão em razão da vida oculta delas afetando a nossa. Uma atrai a outra. Uma pessoa, por exemplo, se encontra com você em um quarto vazio: os dois mudam de imediato. A chegada, mesmo que silenciosa, provoca uma mudança de ânimos. Não é possível que os ânimos da Natureza nos toquem e abalem em virtude de uma prerrogativa similar? O mar, as colinas e o deserto provocam paixão, alegria, horror, seja o que for. Para alguns, talvez – e fitou intensamente o anfitrião, de modo que a srta. Bittacy mais uma vez percebeu a direção do olhar –, emoções de um esplendor tão curioso e ardente não possuam nome. Bem... de onde vêm essas forças? Por certo de nada... morto! A influência de uma floresta, seu controle e sua estranha superioridade sobre a mente de certas pessoas, não revela uma manifestação direta de vida? Do contrário, essa misteriosa emanação das grandes matas permaneceria além de qualquer explicação. Algumas naturezas, é claro, a convidam de maneira deliberada. A autoridade de um grupo de árvores – e sua voz se tornou quase solene enquanto falava – é algo que não devemos negar. Penso que seja possível senti-la aqui em particular.

Havia uma tensão considerável no ar quando ele terminou de falar. O sr. Bittacy não pretendia que a conversa se estendesse tanto, que se perdessem daquela forma. Ele não queria ver a esposa infeliz ou assustada, mas sabia – com exatidão – que os sentimentos dela haviam sido provocados até um ponto indesejado. Sabia que algo dentro dela estava prestes a explodir.

Ele procurou generalizar a conversa, espalhando as emoções acumuladas para diluí-las.

– O mar é Dele, pois Ele o fez – sugeriu vagamente, na esperança de que Sanderson mordesse a isca. – O mesmo acontece com as árvores...

– Todo o gigantesco reino vegetal, sim – continuou o artista –, tudo a serviço do homem para alimento, abrigo e milhares de outros propósitos da vida cotidiana. Não é incrível o quanto do globo ele cobre... uma vida maravilhosa e organizada, porém inerte, sempre pronta para nos servir quando desejamos, jamais tentando fugir? Tomar delas, no entanto, não é tão fácil. Um homem pode não ter coragem de colher flores. Outro, de cortar árvores. É curioso também como a maioria das histórias e lendas das florestas são sombrias, misteriosas e um tanto agourentas. As criaturas da floresta raramente são alegres e inofensivas. A vida na floresta nos parece terrível. O culto às árvores existe até hoje em dia. Lenhadores... aqueles que tiram a vida das árvores... vê-se uma espécie de homens assombrados...

Ele parou de súbito, um tom singular na voz. O sr. Bittacy sentiu algo antes mesmo que as frases tivessem chegado ao fim. A esposa, ele sabia, sentiu o mesmo com ainda mais intensidade. Em meio ao silêncio pesado que se seguiu, a sra. Bittacy saltou com violência da cadeira, chamando a atenção dos outros para algo que se movia através do jardim na direção deles. Vinha em silêncio, com contornos que pareciam amplos e espalhados de maneira curiosa. Erguia-se até muito alto também, visto que o céu acima da copa das árvores, ainda de um dourado-pálido do pôr do sol, era obscurecido por sua passagem. Ela declarou mais tarde que aquilo se movia em "círculos repetidos", mas talvez o que quisesse dizer fosse "espirais".

— Está vindo! – gritou ela, sem forças. – Foram vocês que o trouxeram! – Ela se voltou agitada para Sanderson, meio assustada e meio zangada. Disse, ofegante, a educação deixada de lado por completo: – Eu sabia... que se continuasse... eu sabia. Oh! Oh! O que você disse o trouxe para cá! – ela gritou outra vez, a voz bastante trêmula em razão do horror.

Porém, a confusão das palavras veementes passou despercebida no susto inicial causado. Por um momento, nada aconteceu.

— O que você acha que está vendo, querida? – perguntou o marido, assustado. Sanderson não disse uma palavra. Os três se inclinaram para a frente, os homens ainda sentados, mas a sra. Bittacy havia se apressado em direção à janela, colocando-se de propósito, ao que parecia, entre o marido e o quintal. Apontou a pequena mão, criando uma silhueta contra o céu. O xale amarelo pendia do braço como uma nuvem.

— Além do cedro... entre ele e as lilases. — A voz havia perdido a estridência; estava fraca e apressada. — Lá... veja como descreve um círculo ao redor de si... está voltando, graças a Deus! Voltando para a floresta. — Ela afundou em um sussurro, estremecendo. Repetiu, deixando escapar um grande suspiro de alívio: — Graças a Deus! Pensei... de início... que estava vindo para cá... até nós! Até *você*, David! — Ela se afastou da janela em movimentos confusos, tateando na escuridão à procura do apoio da cadeira, mas encontrando a mão estendida do marido no lugar. — Abrace-me, querido. Por favor, abrace-me firme e não me solte.

Ela estava no que ele chamaria depois de "estado normal".

— É fumaça, Sophia, querida — disse ele, levando-a com firmeza de volta à cadeira, tentando fazer a voz soar calma e natural. — Sim, estou vendo. É fumaça da cabana do jardineiro...

— Mas, David — e agora havia um novo terror nos sussurros dela —, aquilo fez barulho. Ainda está fazendo. Posso ouvi-la silvar. — Ela usou alguma palavra parecida: silvar, *sissar*, assoviar, algo do tipo. — Estou com muito medo, David. É algo terrível! Aquele homem a chamou para fora!

— Acalme-se, acalme-se — sussurrou o marido, tomando a mão trêmula dela entre as dele.

— É o vento — disse Sanderson, falando baixo e pela primeira vez. Não era possível discernir a expressão do rosto na escuridão, mas a voz era leve e não havia nenhum temor. A sra. Bittacy se assustou outra vez ao ouvi-la, de maneira que o sr. Bittacy moveu a cadeira um pouco para a frente, para obstruir a linha de visão dela até Sanderson. Ele próprio ficou um tanto estupefato, sem saber ao certo o que fazer. Era tudo tão curioso e repentino.

No entanto, a sra. Bittacy estava bastante assustada. Parecia-lhe que aquilo havia saído da floresta ao redor, além do pequeno quintal. Surgira de maneira furtiva, movendo-se na direção deles com propósito. Moveu-se sorrateiramente, com dificuldade, até que algo o parou.

Não conseguiu avançar além do cedro. A sra. Bittacy ficou com a impressão de que a árvore impedira o avanço da coisa, forçando-a a se afastar. A floresta irrompera como a maré alta, movendo-se na direção deles através da escuridão que a cobria. Esse movimento perceptível havia sido a primeira onda. Isso lhe parecera... aquela misteriosa mudança da maré que costumava assustá-la durante a infância nas areias. Sentira o movimento repentino de alguma enorme Força... uma coisa à qual todos os instintos se elevaram em oposição, pois ameaçava tanto ela quanto pessoas próximas dela. Naquele momento, ela percebeu a ameaçadora personalidade da floresta.

Movendo-se aos tropeços para longe da janela e em direção ao sino, ela mal pôde ouvir o que Sanderson — ou fora o marido dela? — murmurou para si:

— Aquilo veio porque falávamos dela; nossos pensamentos a deixaram ciente de nossa presença e a trouxeram para fora, mas o cedro a impediu. Veja como não é capaz de atravessar o quintal...

Os três agora estavam de pé. A voz do sr. Bittacy veio com autoridade quando os dedos da esposa tocaram o sino.

— Querida, *não* devemos dizer nada a Thompson. — Era possível discernir a ansiedade em sua voz, mas a compostura havia retornado. — O jardineiro pode ir...

Nisso, Sanderson o interrompeu.

— Permita-me — disse ele, depressa. — Verei se há algo errado.

E saltou pela janela antes que qualquer um dos dois respondesse ou fizesse objeção, correndo através do quintal até desaparecer na escuridão.

Momentos depois, a empregada entrou em resposta ao chamado do sino, trazendo consigo o latido alto do terrier no hall de entrada.

— As lâmpadas — disse o sr. Bittacy, apenas. Enquanto ela fechava as portas sem barulho atrás de si, os outros puderam ouvir o vento passando com o som de um canto fúnebre além das paredes da casa, bem como o farfalhar das folhas distantes. — Vejam, o vento *está* aumentando. *Era* o vento! — Ele colocou um braço reconfortante ao redor da esposa, perturbado ao perceber que ela tremia. Sabia, no entanto, que ele próprio estava tremendo, embora fosse algum tipo estranho de euforia em vez de medo. — *Foi* fumaça o que você viu saindo da cabana de Stride, ou dos montes de lixo que ele tem queimado na horta do quintal. Os barulhos que ouvimos foram os galhos se batendo ao vento. Por que precisa ficar tão nervosa?

Uma voz fraca e sussurrante respondeu:

— Estava com medo por *você*, querido. Algo me assustou por *você*. Aquele homem me faz sentir tão ansiosa e desconfortável em razão da influência dele sobre você. Sei que é tolice. Acho que... estou cansada; sinto-me tão inquieta e exagerada.

As palavras jorraram em uma confusão apressada. Ela se voltava o tempo todo para a janela ao falar.

— O estresse de ter um visitante está pesando sobre você — disse ele, acalmando-a. — Estamos tão desacostumados a ter outras pessoas na casa. Ele partirá amanhã.

Ele aqueceu as mãos frias dela entre as dele, segurando-as com carinho. Não havia mais nada que pudesse dizer ou fazer, por mais que quisesse.

A alegria de alguma estranha empolgação interna fez o coração dele bater mais rápido. Não sabia o que era. Sabia apenas, talvez, de onde vinha.

Ela olhou bem de perto no rosto dele, através da escuridão, dizendo algo curioso:

— Pensei por um momento, David... que você parecia... diferente. Meus nervos estão todos à flor da pele esta noite.

Ela não falou mais do visitante do marido. O som de passos vindos do jardim os alertou do retorno de Sanderson.

— Não há necessidade de ficar assustada por minha causa, querida garota — disse ele, falando rápido e em voz baixa. — Não há nada de errado comigo. Garanto que nunca me senti tão bem e feliz em toda minha vida. — Thompson entrou com lâmpadas e claridade, mal havendo se retirado quando Sanderson surgiu escalando a janela.

— Não há nada — disse, fechando-a atrás de si. — Alguém tem queimado folhas, fazendo com que um pouco de fumaça escape através das árvores. O vento — acrescentou, voltando-se intensamente para o anfitrião, mas com discrição suficiente para que a sra. Bittacy não percebesse —, o vento também começou a rugir na floresta... mais além.

A sra. Bittacy reparou em duas coisas nele que a deixaram ainda mais inquieta. Percebeu o brilho no olhar, pois uma luz similar havia surgido de repente nos olhos do marido. Percebeu também a aparente profundidade no significado colocado naquelas simples palavras: "o vento também começou a rugir na floresta... mais além". A mente dela manteve a desagradável impressão de que ele queria dizer mais do que de fato dissera. Havia outra implicação naquele tom de voz. Não era do "vento" que ele falava nem de algo que permaneceria "mais além". Em vez disso, era algo que se aproximava. Outra impressão que teve — ainda mais desagradável — foi a de que o marido compreendeu o significado oculto.

IV

— David, querido — disse a sra. Bittacy assim que ficaram sozinhos no andar de cima —, tenho um pressentimento terrível a respeito daquele homem. Não consigo me livrar disso.

— Que tipo de pressentimento, querida? — perguntou ele, voltando-se para ela. O tremor na voz da esposa havia despertado toda a sua gentileza. — Você tem uma imaginação tão fértil às vezes, não é?

— O que acho — começou ela, hesitando e gaguejando, ainda confusa e assustada —, quer dizer... não seria ele um hipnotista, ou cheio dessas ideias teosóficas, ou algo do tipo? Sabe o que quero dizer...

Ele estava bastante acostumado aos pequenos e confusos sustos para dar explicações sérias na maioria das vezes, ou para corrigir imprecisões verbais, mas, naquela noite, sentiu que ela precisava ser tratada com mais atenção e cuidado.

— Mas não há mal algum nisso, mesmo que ele seja — disse, falando baixinho para acalmá-la da melhor maneira possível. Também não havia qualquer sinal de impaciência em sua voz. — Esses são apenas novos nomes para ideias muito antigas, querida.

— É isso que quero dizer — respondeu ela, os textos que ele tanto repudiava se erguendo como uma multidão não mencionada por trás das palavras. — Ele é uma das coisas das quais fomos alertados que viriam... uma coisa dos Últimos Dias. — A mente dela ainda estava repleta dos bichos-papões do Anticristo e da Profecia. Havia escapado por um triz do Número da Besta. O Papa era o maior alvo de suas críticas, pois ela o compreendia; o alvo era claro, bastava atirar. Essa coisa toda de florestas e árvores, no entanto, era muito vaga e horrível, o que a deixava apavorada. — Ele me faz pensar — continuou ela — em Principiados e Poderes muito acima, em coisas que caminham na escuridão. *Não* gostei da maneira como falou de árvores criando vida durante a noite e tudo mais. Pensei em lobos em peles de cordeiro. Quando vi aquela coisa horrorosa no céu sobre o jardim...

Ele a interrompeu de imediato, pois era melhor que aquilo nem sequer fosse mencionado. Era melhor assim.

— Acho que ele quis dizer apenas, Sophia — disse o sr. Bittacy, grave, porém com um leve sorriso —, que árvores podem ter algum nível de vida consciente... uma ideia ótima de maneira geral, sem dúvida... e que grandes florestas podem deter algum tipo de Personalidade Coletiva. Lembre-se de que ele é um artista, e poético.

– É perigoso – disse ela, enfática. – Sinto que é brincar com fogo, perigoso, pouco sábio...

– Tudo para a graça de Deus – ele se apressou em dizer. – Não devemos tapar nossos olhos e ouvidos para nenhum tipo de conhecimento, devemos?

– Com você, David, "o desejo vai para o pensamento" – respondeu ela, pois, como uma criança que pensava que "padeceu sob Pôncio Pilatos" era "padeceu sob as pontes dos patos", ela ouvia os provérbios foneticamente e os citava dessa forma. Esperava expressar o alerta na citação. – E precisamos sempre provar os espíritos mesmo que não sejam de Deus – acrescentou, cautelosa.

– Sem dúvida, querida, sempre poderemos fazer isso – concordou ele, indo para a cama. Porém, após uma breve pausa, durante a qual ela apagou a vela, David Bittacy, preparando-se para dormir com uma empolgação no sangue que lhe parecia nova e incrivelmente agradável, percebeu que talvez não tivesse dito o bastante para confortá-la. Ela estava acordada ao lado dele, ainda assustada. – Sophia – disse ele, levantando a cabeça na escuridão –, você também deve se lembrar de que, haja o que houver entre nós e... esse tipo de coisa... há um abismo incontornável, um abismo que não pode ser atravessado... hã... enquanto ainda estamos em nossos corpos.

Não ouvindo resposta, ficou satisfeito por ela já estar dormindo e feliz, ainda que ele próprio não estivesse adormecido. Ela ouvira aquela frase, embora não tivesse dito nada por sentir que era melhor não expressar o pensamento. Tinha medo de ouvir as palavras na escuridão. A floresta lá fora ouvia e também poderia ouvi-los... a floresta que "rugia".

O pensamento era que o abismo existia, é claro, mas Sanderson o havia atravessado de alguma forma.

Foi muito mais tarde naquela noite que ela despertou de um sono perturbado, de sonhos agitados, ao ouvir um som que torceu seus nervos com pavor. Despertou-a por inteiro, passando de imediato em seguida. Por mais que tentasse ouvir, não havia mais nenhum som além do murmúrio desarticulado da noite.

Ainda estava sonhando quando ouviu, o que fez com que os sonhos também desaparecessem. Era um som reconhecível, o mesmo silvo do vento que havia cruzado o quintal, porém mais próximo. Ruídos como os de galhos estalando passaram por dentro do quarto, logo acima do rosto dela, o som de folhagens sussurrantes. *Algo acontecendo na copa das amoreiras*, pensou ela. Sonhou que estava deitada sob uma grande árvore em algum lugar, uma árvore que sussurrava com dez mil lábios verdes e macios. O sonho continuou por um momento mesmo após acordar.

Ela se sentou na cama e olhou ao redor. A janela acima estava aberta, revelando as estrelas. A porta, ela se lembrava, estava trancada, como de costume. O quarto, é claro, estava vazio. A profunda calmaria da noite veranil tomava posse de tudo, rompida apenas por outro som que agora vinha das sombras próximas, ao lado da cama.

Um som humano, mas anormal. Esse som havia se apossado do medo com o qual ela havia despertado, tornando-o ainda maior. Embora fosse uma presença familiar, ela não conseguiu nomeá-la de pronto. Alguns segundos se passaram – segundos muito longos – antes que entendesse que se tratava do marido falando durante o sono.

A direção da voz a confundiu e desorientou, pois não vinha do lado, ao contrário do que ela havia pensado. Estava distante. No momento seguinte, sob a luz cada vez mais fraca da chama de uma vela, ela viu a figura branca dele surgir ao centro do quarto, a caminho da janela. Viu-o se aproximar ainda mais enquanto a luz da vela crescia, os braços estendidos à frente. Falava baixo e arrastado, as palavras emboladas demais para serem compreensíveis.

Ela estremeceu. Para ela, falar durante o sono era bizarro e aterrorizante. Era como se os mortos estivessem falando, uma reles paródia de uma voz viva. Não era natural.

– David! – sussurrou ela, apavorada com o som da própria voz e com um pouco de receio de interrompê-lo e ver seu rosto. Não conseguia olhar para os olhos abertos. – David, você está falando durante o sono. Volte... volte para a cama, querido, *por favor!*

O sussurro parecia horrivelmente alto na escuridão. Ele parou ao ouvi-la, voltando-se devagar. Os olhos arregalados se fixaram nos dela sem reconhecê-la, como se olhassem através dela para alguma outra coisa. Era como se ele soubesse a direção do som, mas não pudesse vê-la. Ela percebeu que os olhos dele estavam brilhando como os de Sanderson haviam brilhado horas antes; o rosto estava corado e confuso. A ansiedade era aparente em cada traço.

Percebendo que ele estava com a febre, ela deixou o terror temporariamente de lado, ponderando sobre coisas práticas. Fechou os olhos dele, levando-o de volta para a cama sem despertá-lo, para em seguida fazê-lo engolir alguma coisa do frasco ao lado. Ele se pôs a dormir – ou melhor, dormir mais profundamente – em silêncio total.

Ela se levantou, sorrateira, para fechar a janela, sentindo o vento que soprava fresco e afiado em demasia antes de colocar a vela em um local mais afastado. A Bíblia Baxter próxima à cama a reconfortou um pouco, mas em seu subconsciente corriam os avisos de um medo curioso. Então, enquanto trancava a janela com uma mão e puxava a corda da persiana com a outra, seu marido se sentou na cama outra vez e falou de uma forma que, dessa vez, soou clara e compreensível.

Os olhos dele se abriram novamente. Ela ficou paralisada e ouviu, sua sombra distorcida contra a persiana. Ele não se aproximou dela de imediato, como ela temia.

A voz sussurrante era clara. Horrível também, mais do que qualquer coisa que ela já tivesse ouvido.

— Elas estão rugindo na floresta distante... e eu... preciso ir ver. — Ele olhava para além dela enquanto falava, apontando em direção à mata. — Elas precisam de mim. Mandaram me buscar...

Então, alterado de súbito, ele se deitou, os olhos mais uma vez esquadrinhando as coisas no quarto. Aquela mudança também era horrível. Mais horrível, talvez, por causa da revelação de um outro e detalhado mundo para o qual ele havia partido, para longe dela.

Aquelas palavras congelaram o sangue da sra. Bittacy, deixando-a apavorada por inteiro. O tom de voz do sonâmbulo, apenas um pouco, mas perturbadoramente diferente da fala comum de uma pessoa desperta, parecia maligno de alguma forma. O mal e o perigo se escondiam por trás daquilo. Ela se apoiou no peitoril da janela, tremendo dos pés à cabeça. Teve um sentimento terrível, naquele momento, de que algo estava vindo para buscá-lo.

— Ainda não — ela ouviu da cama em uma voz muito mais baixa —, apenas mais tarde. Será melhor assim... irei depois...

Aquelas palavras expressaram partes distantes dos medos que a haviam assombrado por tanto tempo, medos esses que a chegada e a presença de Sanderson pareciam ter elevado a um ápice sobre o qual nem sequer ousava pensar. Haviam dado forma, trazido para perto, jogado os pensamentos destinados à sua deidade em uma profunda e desvairada oração por ajuda e conselhos. Pois ali estava uma traição direta e deliberada de propósitos e reivindicações que o marido reconhecia, mas havia guardado quase que inteiramente para si.

Quando ela retornou ao lado do marido, recebendo o conforto de seu toque, os olhos dele já haviam se fechado outra vez, agora por conta própria, enquanto ele apoiava a cabeça com calma nos travesseiros. Ela arrumou as roupas de cama, observando-o por alguns minutos enquanto bloqueava a luz da vela com a mão. Havia um estranho sorriso de paz no rosto dele.

Após soprar a vela, ela se ajoelhou e rezou antes de voltar para a cama. No entanto, o sono não veio. Passou a noite inteira acordada, pensando, imaginando e rezando, até que, por fim, com o canto dos pássaros e o brilho da alvorada atravessando a persiana verde, caiu em um sono de completa exaustão.

Mas o vento na floresta distante continuou a rugir enquanto ela dormia. O som se aproximava — às vezes próximo demais.

V

Os curiosos incidentes perderam relevância após a partida de Sanderson, visto que os ânimos agitados também acabaram por voltar ao normal. A sra. Bittacy logo passou a considerá-los desproporcionais e, talvez, altamente exagerados pela própria mente.

Não lhe pareceu uma mudança súbita, pois ocorreu de maneira natural. Primeiro, porque seu marido nunca tocou no assunto, mas também porque se lembrava quantas coisas na vida que haviam lhe parecido únicas e inexplicáveis acabaram por se provar bastante ordinárias.

A maior parte, sem dúvida, ela atribuíra à presença do artista, bem como à fala impensada e sugestiva dele. Com sua bem-vinda partida, o mundo voltou a ser seguro e comum. A febre que, como de costume, durou apenas pouco tempo, não permitiu que seu marido se levantasse para se despedir, de maneira que ela passou em nome dele as mensagens de adeus. O sr. Sanderson pareceu bastante comum pela manhã, com um chapéu e luvas da cidade. Parecia manso e inofensivo quando ela o viu partir.

No fim das contas, pensou ela, observando o carro de pôneis que o levava embora, *é apenas um artista!* Sua parca imaginação não se atreveu a concluir o que havia pensado que ele poderia ser de fato. A mudança de sentimento era agradável e revigorante, fazendo-a se sentir um tanto envergonhada do próprio comportamento. Ela sorriu – um sorriso de alívio genuíno – quando ele se curvou para beijar sua mão, mas não sugeriu uma segunda visita, percebendo com satisfação que o marido também não disse nada.

A pequena residência retornou à rotina normal e sonolenta a que estava acostumada. O nome de Arthur Sanderson raramente – ou nunca – foi mencionado outra vez. De sua parte, ela também não mencionou ao marido o incidente do sonambulismo, ou as palavras descabidas que dissera.

Esquecê-las, porém, era impossível. Permaneciam enterradas dentro dela, como o núcleo de um misterioso sintoma de alguma doença desconhecida, à espera de uma oportunidade favorável para se espalhar. Ela rezou contra isso todas as noites e manhãs: rezou para esquecer – para que Deus mantivesse seu marido a salvo.

A despeito de toda a tolice superficial que muitos enxergariam como fraqueza, a sra. Bittacy era equilibrada, sã e dona de uma fé inabalável. Era mais forte do que pensava. De alguma forma, o amor por Deus e pelo marido eram como um, uma proeza possível apenas para uma alma de nobreza sem igual.

Seguiu-se um verão de grande violência e beleza. De beleza em razão das chuvas refrescantes ao cair da noite, que prolongaram a glória da primavera e a estenderam até o fim de julho, mantendo a folhagem jovem e bela. De violência porque os ventos que atingiram o sul da Inglaterra colocaram o país em movimento, varrendo as matas de maneira grandiosa para mantê-las rugindo com uma voz perpétua e poderosa.

As notas mais profundas pareciam jamais deixar os céus. Cantavam e gritavam, as folhas arrancadas correndo e voando pelo ar muito antes da hora devida. Após dias de danças e rugidos, muitas árvores tombaram de exaustão. O cedro no jardim perdeu dois membros, que caíram um após o outro, ambos na mesma hora – logo antes do entardecer. O vento com frequência faz os maiores esforços nesse horário, antes de se recolher com o sol, de maneira que os dois enormes galhos caíram em ruínas, cobrindo metade do quintal. Espalharam-se por toda sua extensão, em direção à casa, deixando um espaço feio e aberto sobre a árvore que agora parecia incompleta, meio destruída, um monstro desprovido do antigo charme e esplendor. A floresta ficou muito mais visível; infiltrou-se através de uma fresta nas defesas. Era possível avistá-la das janelas da casa – em especial da sala de visita e dos quartos –, das clareiras às profundezas mais além.

O sobrinho e a sobrinha da sra. Bittacy, que estavam de visita na ocasião, acharam imensamente divertido ajudar os jardineiros a retirar os fragmentos. Foi preciso dois dias para fazê-lo, pois o sr. Bittacy insistiu que os galhos fossem movidos inteiros. Não permitiu que fossem cortados, nem que fossem usados como lenha. Sob sua supervisão, as massas revoltas foram arrastadas até os limites do jardim e dispostas sobre a linha fronteiriça entre a floresta e o quintal.

As crianças estavam encantadas com o plano, do qual participaram com entusiasmo. A defesa contra os avanços da floresta deveria ser assegurada a qualquer custo. Foram contagiadas pela franqueza do tio, pressentindo algum motivo oculto que ele pudesse ter. Assim, a visita que costumavam detestar se tornou a viagem de suas vidas.

Era a tia Sophia que dessa vez parecia entediante e desencorajadora.

– Ela ficou tão velha e engraçada – opinou Stephen.

Alice, que sentiu algum segredo alarmante no silêncio e aborrecimento da tia, disse:

– Acho que ela tem medo da mata. Nunca vem conosco até aqui.

– Mais motivos para tornamos essa muralha impenet...
gorda, grossa e sólida – concluiu, incapaz de lidar com a palavra mais longa. – Assim nada, absolutamente nada, poderá
atravessá-la. Não é mesmo, tio David?

Tendo se livrado do casaco para trabalhar com o colete
pontilhado, o sr. Bittacy foi bufando em auxílio dos dois, posicionando o galho maciço do cedro como uma sebe.

– Venham – disse ele. – Sabem que, o que quer que aconteça, precisamos terminar antes que escureça. O vento já está
rugindo na floresta mais além.

Alice ouviu a frase e a repetiu no mesmo instante.

– Stevie – chamou em voz baixa –, mexa-se, seu preguiçoso. Não ouviu o que o tio David disse? Aquilo virá para nos
pegar se não terminarmos logo!

Trabalharam como troianos. Sentada sob a glicínia que
escalava a parede sul da cabana, a sra. Bittacy os observava
enquanto tricotava, chamando-os de tempos em tempos para
dar algum conselho insignificante. As mensagens, é claro, eram
ignoradas. A maioria nem sequer era ouvida, pois os trabalhadores estavam muito absortos. Ela alertou o marido que não se
aquecesse demais, Alice que não rasgasse o vestido, Stephen
que não machucasse as costas puxando peso. Sua mente se alternava entre a caixa de medicamentos homeopáticos no andar
de cima e a ansiedade de ver o trabalho concluído.

O cedro quebrado havia agitado outra vez os medos adormecidos, revivido memórias da visita do sr. Sanderson que
tinham afundado no esquecimento. Lembrou-se de sua estranha e odiosa maneira de falar, as lembranças que esperava que
permanecessem enterradas se erguendo da região subconsciente onde todo o esquecimento é impossível. Olhavam para
ela e acenavam, cheias de vida. Não tinham a menor intenção
de serem deixadas de lado ou enterradas para sempre. "Veja!",
sussurravam, "não dissemos que seria assim?" Estavam apenas
esperando o momento certo de imporem presença, trazendo

de volta aquela vaga angústia de antes. A ansiedade havia retornado, bem como o peso no coração.

O incidente do cedro quebrado não era nada importante, mas a atitude do marido o havia tornado significativo. Não foi nada que ele disse, fez ou deixou de fazer que a assustou. Era o ar de seriedade que parecia excessivo. Podia sentir que ele considerava aquilo importante, que estava afoito em razão do ocorrido. Diante daquela evidência de preocupação e interesse, que havia sido enterrada ao longo de todo o verão, longe de sua visão e conhecimento, ela percebeu que ele o fizera de propósito, tivera a intenção de escondê-la. Havia um mar de pensamentos, desejos e esperanças imersos profundamente dentro dele. O que eram? Para onde levavam? O acidente com a árvore os havia revelado da maneira mais desagradável possível e, sem dúvida, mais do que ele próprio imaginava.

Ela observou cada vez mais assustada o rosto grave e sério do marido enquanto ele trabalhava com as crianças. Achava vergonhoso que elas trabalhassem com tanta disposição, apoiando-o sem saber. Nem sequer conseguia nomear o que temia, mas sabia que aquilo estava à espreita.

Mais do que isso, até onde sua mente confusa era capaz de lidar com um horror tão vago e incoerente, o colapso do cedro de alguma forma o trouxe mais para perto. A verdade era que, embora tão inexplicável e disforme, a coisa habitava sua consciência. Estava além do alcance, mas viva e semovente, preenchendo-a com um tipo de espanto confuso e assustador. Uma presença tão real, um poder tão arrebatador, um segredo tão abominável.

Então, tendo atravessado as trevas da confusão, ela se apoderou de um pensamento, vendo-o com total clareza diante dos olhos. Era difícil colocá-lo em palavras, mas o significado era: aquele cedro permanecera em suas vidas em razão de algo amigável; sua queda significava um desastre; alguma influência protetora da cabana e de seu marido em especial havia enfraquecido naquele momento.

– Por que tem tanto medo de ventos fortes? – perguntou ele, muitos dias antes, após um dia particularmente cansativo.

Ela se surpreendeu com a própria resposta. Uma daquelas lembranças acenou de seu inconsciente, deixando escapar a verdade.

– Porque sinto... sinto que trazem a floresta com eles, David – gaguejou ela. – Algo sopra das árvores... na casa... em nossas mentes.

Ele a olhou com firmeza por um momento.

– Deve ser por isso que os amo. Eles sopram a alma das árvores aos céus como nuvens.

A conversa acabou ali. Ela nunca o ouvira falar daquela maneira antes.

Em outra ocasião, quando ele a persuadira a acompanhá-lo até uma das clareiras mais próxima, ela perguntou por que ele havia levado a pequena machadinha e para que pretendia usá-la.

– Para cortar a hera que se agarra aos troncos e lhes rouba a vida – disse ele.

– Os verdureiros não podem fazer isso? – perguntou ela. – É para isso que são pagos, não?

Ele explicou de imediato que a hera agia como um parasita que as árvores não sabiam combater sozinhas e que os verdureiros eram descuidados, não faziam o trabalho da maneira correta. Davam uma machadada aqui e ali, deixando que a árvore fizesse o resto por si mesma se pudesse.

– Além do mais, gosto de fazer isso por elas. Adoro ajudá-las e protegê-las – acrescentou, a folhagem criando ruídos junto das palavras.

Esses comentários soltos, bem como a atitude dele em relação ao cedro quebrado, demonstravam a sutil e curiosa mudança que vinha acontecendo em sua personalidade ao longo de todo o verão, aumentando de maneira lenta e constante.

Estava crescendo – a ideia a deixou apavorada – como uma árvore, a evidência exterior do dia a dia. Tão leve que mal podia ser notada, mas profunda e irresistível como a maré alta. As mudanças se espalharam por inteiro sobre ele, tanto na mente quanto nas ações, às vezes até mesmo no rosto. Certas ocasiões, também, a mudança se elevava para fora dele, assustando-a. De alguma forma, a vida dele estava se tornando intimamente ligada com as árvores e tudo o que elas significavam. Cada vez mais os interesses dele se tornavam os delas, suas atividades combinavam com as delas, seus pensamentos e sentimentos, propósito, esperança, desejo, destino...

Seu destino! A escuridão de algum terror vago e enorme lançou uma sombra sobre ela ao pensar nisso. Algum instinto infinitas vezes mais assustador que a morte – pois a morte significava a doce transição da alma – fez com que associasse pensamentos a respeito dele com os das árvores, em especial com as da floresta. Por vezes, antes que pudesse encará-lo, racionalizá-lo ou calá-lo por meio da reza, pensamentos a respeito dele corriam depressa pela mente, como um pensamento da própria floresta. Estavam interligados em seu íntimo, cada um uma parte e um complemento do outro, um único ser.

A ideia era muito obscura para enfrentá-la cara a cara. A mera possibilidade se dissolveu no instante em que ela se concentrou para obter a verdade que havia por trás. Era fugidia por inteiro, artificial, multifacetada. O significado desaparecia sob o peso de até mesmo um minuto de concentração, escorrendo por entre os dedos. A ideia existia por trás de quaisquer palavras que pudesse encontrar, além do alcance de pensamentos definíveis.

A mente da sra. Bittacy era incapaz de atingi-la, mas, enquanto desaparecia, o rastro de sua aproximação piscou diante dos olhos dela por um instante. O horror sem dúvida permaneceu.

Reduzida à simples conclusão humana que o próprio temperamento buscou por instinto, ela disse a si mesma: seu marido amava a ela e às árvores, mas as árvores vinham primeiro, tomavam partes dele que ela desconhecia. *Ela* amava a Deus e a ele. *Ele* amava as árvores e a ela.

Assim, no que parecia um tênue e angustiante acordo entre as duas partes, o problema tomou forma em sua mente perplexa perante os termos do conflito. Uma batalha oculta e silenciosa estava sendo travada, mas ainda bastante longe. A quebra do cedro era um fragmento visível de um encontro distante e misterioso que se aproximava dia após dia. O vento, em vez de rugir na floresta mais além, agora chegava mais perto, retumbando em rajadas incertas ao redor das bordas e fronteiras.

Enquanto isso, o verão se recolhia. Os ventos de outono suspiraram através da mata, as folhas se tornaram vermelhas e douradas. As tardes se antecipavam com sombras acolhedoras antes que o primeiro sinal de algum problema sério surgisse. Vieram, então, com um tipo de violência direta e decidida que indicava um preparo antecipado. Não era impulsiva ou impensada. Parecia esperada e, de fato, inevitável. Pois a uma quinzena da mudança anual para o pequeno vilarejo de Seillans, acima de St. Raphael – uma mudança tão regular nos últimos dez anos que nem sequer era discutida entre eles –, David Bittacy subitamente se recusou a ir.

Thompson havia posto a mesa de chá, preparado a lamparina a álcool e fechado a persiana daquela maneira rápida e silenciosa antes de sair. As luzes ainda estavam apagadas. A lareira iluminava as poltronas floridas enquanto Boxer dormia em um tapete de pelo de cavalo negro. As molduras douradas nas paredes reluziam de leve, ainda que as fotos em si fossem indiscerníveis. Após esquentar o bule, a sra. Bittacy enchia as xícaras de água para aquecê-las quando o marido, olhando para o alto da poltrona próxima ao fogo, anunciou de súbito:

– Querida – disse ele, como se seguisse uma linha de pensamento da qual ouviu apenas a última frase –, é realmente impossível que eu vá.

Aquilo soou tão abruto e inconsequente que ela a princípio não compreendeu, pensando que ele se referia a ir até o jardim ou à mata. Ainda assim, seu coração deu um salto. O tom de voz dele era sinistro.

– É claro que não – respondeu ela –, não seria *nada* aconselhável. Por que deveria...? – Ela se referia à neblina que sempre se espalhava sobre o quintal em noites de outono, mas, antes que terminasse a frase, soube que *ele* se referia a outra coisa. O coração deu um novo e terrível salto. – David! Está falando da viagem?

– Sim, querida. Estou falando da viagem.

Aquilo a lembrou do tom de voz que ele usava para dizer adeus anos atrás, antes de alguma daquelas expedições rumo à selva que ela tanto temia. A voz dele ficava tão séria, tão decidida. Estava séria e decidia agora também.

Ocupada com o bule de chá, ela não conseguiu pensar no que dizer por um momento. Havia enchido uma xícara com água quente até que transbordasse, esvaziando-a devagar na tigela de despejo, tentando de toda forma impedir que ele visse o tremor de suas mãos. A parca luz da lareira e a escuridão da sala a ajudaram, mas, de qualquer maneira, ele não teria percebido. Seus pensamentos estavam muito longe...

VI

A sra. Bittacy gostava da casa onde moravam naquele momento. Preferia um terreno plano e aberto que permitisse ver quem se aproximava. Gostava de se antecipar às coisas. A cabana nos limites extremos da zona de caça de William, o Conquistador, nunca atendeu às expectativas de um lugar seguro e agradável para se estabelecerem. A costa marítima, com colinas sem árvores atrás e um horizonte visível na frente, como em Eastbourne, por exemplo, era seu modelo de casa perfeita.

Achava curiosa essa aversão instintiva que sentia em ficar enclausurada – por árvores, em especial; quase um tipo de claustrofobia, provavelmente em razão de, como foi dito, dias na Índia em que árvores levavam seu marido e o cercavam de perigos.

Aquele sentimento amadureceu ao longo das semanas de solidão. Ela o enfrentou à sua maneira, mas nunca o superou. Quando parecia derrotado, aquilo encontrava uma maneira de voltar em alguma outra forma. Nesse caso, submetendo-se aos desejos dele, ela pensou que a batalha havia sido vencida, mas o terror das árvores retornou antes que o primeiro mês passasse. Elas riam na cara dela.

Ela nunca ignorou o fato de que havia quilômetros de floresta próximos à cabana, uma poderosa muralha que se aglomerava, observava e ouvia, uma presença que os isolava de qualquer liberdade ou escapatória. Distante da natureza mórbida, ela fez o possível para ignorar o pensamento, chegando a esquecê-lo por semanas a fio, tão simples e sincera era sua mente.

De súbito, porém, a lembrança retornava como um sopro da dura realidade. Não estava apenas na mente; existia, além de qualquer humor, um medo à parte que caminhava só, indo e vindo. Distanciava-se apenas para observá-la de outro ponto de vista, permanecendo suspenso, à espreita na próxima curva.

A floresta nunca a deixava em paz. Estava sempre pronta para se impor. Todos os galhos, ela às vezes pensava, estendiam-se na mesma direção – rumo à pequena cabana e ao jardim, como se quisessem atraí-los e absorvê-los como parte de si. Sua grandiosa alma respirava profundamente, ressentindo-se da zombaria, da insolência, da irritação do jardinzinho em frente aos portões. Ela os sufocaria e devoraria se pudesse. Cada vento que soprava a trovejante mensagem sobre o gigantesco som de milhões de árvores que se chacoalhavam assegurava esse propósito. Eles haviam enfurecido a alma da floresta, em cujo coração ecoava um rugido profundo e incessante.

Ela jamais havia colocado nada disso em palavras, as sutilezas da linguagem muito além de seu alcance, mas o sentia por instinto; isso e mais. Era bastante perturbador, em especial por causa do marido. Fosse apenas por si, o pesadelo não a teria afetado daquela maneira. Era o interesse peculiar de David por árvores que transformava o medo em um convidado especial.

O ciúme, até então no aspecto mais sutil, veio para agravar a aversão e o desdém, pois surgiu em uma forma que nenhuma esposa razoável poderia se opor. A paixão do marido, refletiu ela, era inata e natural. Havia decidido sua vocação, alimentado ambições, nutrido sonhos, desejos, esperanças. Seus melhores anos de vida ativa haviam sido em defesa e cuidado das árvores. Ele as conhecia, compreendia sua natureza e a vida secreta por trás, "gerenciava-as" de maneira tão intuitiva quanto outros homens "gerenciavam" cães e cavalos. Não conseguia viver longe delas por muito tempo sem uma estranha e aguda nostalgia que lhe roubava o sossego e, por consequência, a vitalidade. A floresta o deixava feliz e em paz; era a fonte das mais profundas emoções. As árvores influenciavam as nascentes da vida dele, aumentavam ou diminuíam os batimentos cardíacos. Afastado delas, ele se lamentava como um amante dos mares caído na terra, ou um triste montanhista na monotonia horizontal das planícies.

Isso ela era capaz de entender e permitir, até certo ponto. Submetera-se gentil e até docemente à escolha dele da casa na Inglaterra, pois não havia na pequena ilha nada que se aproximasse das matas de países mais selvagens do que a Nova Floresta. Possuía o ar e o mistério genuínos, a profundidade e o esplendor, a solidão e, aqui e ali, a poderosa e indomável natureza de florestas antigas, como Bittacy do Departamento as conhecia.

Ele havia cedido aos desejos dela em apenas um único detalhe. Consentira com uma cabana nas cercanias, em vez de no coração da floresta. Viveram por uma dúzia de anos, felizes e em paz, na boca daquela enorme e crescente coisa que cobria tantas léguas com um emaranhado de pântanos, charnecas e esplêndidas e antigas árvores.

Apenas nos últimos dois ou três anos – em razão da idade ou perda da saúde, talvez – o peculiar interesse pelo bem-estar da floresta pareceu aumentar. Ela o viu crescer, apenas rindo de início, para então falar com simpatia e permitir com sinceridade, opondo-se de leve em seguida, percebendo, por fim, que tudo estava além do alcance, o que a levou a temer com todas as forças.

Cada um deles, é claro, via de maneira bastante diferente as seis semanas no ano em que passavam longe da casa na Inglaterra. Para o marido, eram um doloroso exílio que não fazia nada bem à saúde, ao passo que, para ela, significavam um alívio do terror à espreita – uma escapatória. Abrir mão daquelas seis semanas próximos ao mar, na ensolarada e brilhante costa da França, era quase mais do que aquela pequena mulher poderia suportar, mesmo com tamanha generosidade.

Passado o choque inicial do anúncio, ela refletiu tão profundamente quanto sua natureza permitiu. Rezou, chorou em segredo – e tomou uma decisão. Sentia com clareza que o dever apontava para a renúncia. A disciplina sem dúvida seria severa – ainda que ela nem sequer sonhasse no momento o quão severa! –, mas aquela excelente cristã via as coisas como eram. Aceitou também sem nenhum suspiro de mártir, embora a coragem demonstrada fosse digna de um. Seu marido jamais poderia saber o preço.

Em qualquer outra coisa além daquela paixão, a generosidade dele era tão grande quanto a dela. O amor que sentia por ele ao longo de todos aqueles anos, como o amor à sua deidade antropomórfica, era profundo e real. Adorava sofrer por ambos. Além do mais, a maneira como o marido o anunciou foi muito singular, e não apenas uma predileção egoísta. Algo maior do que duas vontades em conflito, tentando entrar em acordo, estava ali desde o início.

– Sinto que seria mais do que eu poderia suportar, Sophia – disse ele, fitando as chamas por sobre as botas enlameadas. – Meu dever e a minha felicidade estão aqui com a floresta e você. Minha vida está enraizada neste lugar. Algo que não consigo definir conecta meu ser com essas árvores. Separar-me delas me deixaria doente, poderia até me matar. Minha força vital enfraqueceria, pois aqui está a fonte dela. Não consigo explicar melhor do que isso.

Ele ergueu os olhos para o rosto dela do outro lado da mesa, de maneira que ela percebeu a gravidade na expressão de seu rosto e o brilho nos olhos.

– David, você sente isso com uma tremenda intensidade! – disse ela, esquecendo-se por completo das coisas do chá.

– Sim – respondeu ele –, sinto. Não apenas no corpo, mas na alma.

A verdade do que ele sugeriu se esgueirou para dentro da sala sombria como uma Presença verdadeira, sentando-se ao lado deles. Aquilo não veio pela porta ou pelas janelas, mas preencheu todo o espaço entre as paredes e o teto, roubando o calor do fogo em frente ao rosto dela.

A sra. Bittacy se sentiu assustada, com frio e um pouco confusa. Quase dava para sentir o farfalhar da folhagem ao vento. Era algo que se colocava entre o marido e ela.

– Acho que há coisas... algumas coisas – gaguejou ela – das quais não devemos ficar sabendo.

Aquelas palavras expressavam a atitude dela para a vida em geral, não apenas para aquele incidente em especial.

– Não consigo explicar melhor do que isso – repetiu ele, falando com a voz grave e, após uma pausa de vários minutos, ignorando a crítica como se não a tivesse ouvido. – Há um tremendo e profundo elo... alguma força misteriosa emanada pelas árvores que me mantém saudável, feliz e... vivo. Se não puder entender, espero que seja ao menos capaz de... perdoar. – O tom de voz dele se tornou mais gentil e carinhoso. – Sei que meu egoísmo deve parecer imperdoável. Não há o que fazer.

Essas árvores, a floresta antiga, tudo parece amarrado ao que me faz vivo. Se eu partir...

Houve um leve som de colapso na voz dele. Ele parou de repente, afundando de volta na poltrona. Ela se aproximou e colocou os braços ao redor dele, mas um distinto nó surgiu na garganta. Era difícil lidar com a sensação.

– Querido – murmurou ela –, Deus dará a direção. Nós aceitaremos Sua orientação. Ele sempre nos mostrou o caminho.

– Meu egoísmo me aflige... – começou ele, mas ela não o deixou terminar.

– Ele dará a direção, David. Nada de mau acontecerá com você. Não aguento ouvi-lo dizer essas coisas, pois nunca foi egoísta, nem uma única vez. O melhor caminho se abrirá para você... para nós dois.

Ela o beijou, impedindo-o de falar. Tinha o coração na garganta, sentindo muito mais por ele do que por si.

Ele havia sugerido a ela que fosse sozinha, talvez por um período de tempo mais curto, para ficar na mansão do irmão com as crianças, Alice e Stephen. Estavam sempre de portas abertas, como ela bem sabia.

– Você precisa da mudança – disse ele, depois que as lâmpadas foram acesas e a criada se retirou outra vez. – Precisa dela tanto quanto eu a temo. Eu aguentaria de alguma forma até que você voltasse. Ficaria mais feliz dessa forma. Não posso abandonar a floresta que tanto amo. Sinto até mesmo, Sophia, minha querida – ele se endireitou na cadeira e a fitou, quase sussurrando –, que *jamais* poderei deixá-la novamente. Minha vida e felicidade estão juntas aqui.

Por mais que desdenhasse da ideia de deixá-lo só com a influência da floresta desimpedida sobre ele, ela sentiu uma pontada de ciúme que, embora sutil, penetrou fundo. Ele amava a floresta mais do que a ela, colocando-a em primeiro lugar. Mais do que isso, havia por trás das palavras o pensamento não dito que a fazia se sentir tão ansiosa. O terror que Sanderson trouxera revivia e batia asas diante de seus olhos, pois toda a conversa, da qual aquilo era apenas um fragmento, expressara a implicação indizível de que, tanto quanto ele não podia se afastar das árvores, elas também não deixariam que se fosse. A nitidez com a qual ele havia tanto escondido quanto revelado aquele fato trouxe uma angústia profunda, algo que atravessava a fronteira entre pressentimentos e medos genuínos.

Ele sem dúvida sentia que as árvores sentiriam falta dele — as árvores que ele vigiava, protegia, amava e cuidava.

— Ficarei aqui com você, David. Acho que precisa mesmo de mim... não precisa?

As palavras fluíram com ansiedade, com um toque de paixão sincera.

— Agora mais do que nunca, querida. Seu sacrifício — acrescentou ele — é ainda maior por você não compreender o que faz com que se torne necessário que eu permaneça aqui.

— Talvez na primavera... — disse ela, a voz trêmula.

— Sim, talvez — respondeu ele, gentil, quase aos sussurros. — Elas não precisarão de mim até lá. O mundo inteiro pode amá-las na primavera. É no inverno que ficam solitárias e abandonadas. Gostaria de permanecer com elas durante esse período. Sinto que deveria... que preciso.

Assim, sem maiores discussões, a decisão foi tomada. A sra. Bittacy, ao menos, não fez mais perguntas, embora não conseguisse demonstrar mais simpatia do que o necessário. Sentia que, caso o fizesse, poderia levá-lo a falar abertamente, revelando coisas que ela não suportaria saber. Não ousaria correr o risco.

VII

Aquilo foi o fim do verão, mas o outono chegou sem demora. A conversa de fato marcou o limiar entre as duas estações, demarcando também a linha entre o estado negativo e agressivo do sr. Bittacy.

A sra. Bittacy quase sentiu que cometeu um erro ao ceder. Ele se tornou ousado, descartando por completo a discrição. Passou a ir abertamente até a mata, deixando de lado os deveres, as ocupações anteriores. Tentou até mesmo persuadi-la a ir com ele. A coisa oculta se exibia sem disfarce.

Ela tremia diante de tanta energia, ainda que admirasse a paixão viril que ele demonstrava. O ciúme havia muito dera lugar ao medo, aceitando o segundo lugar. Seu único desejo agora era proteger. A esposa havia se tornado mãe.

Ele não falava muito sobre isso, mas odiava entrar em casa. Perambulava pela floresta de manhã até a noite; saía com frequência após o jantar, a mente repleta de pensamento sobre árvores – folhagens, crescimento, desenvolvimento; o fascínio, força e beleza; a solidão e isolamento, o poder da massa arrebanhada. Conhecia o efeito de cada tipo de vento sobre elas; os perigos do norte tempestuoso, a glória do oeste, a aridez do leste e a leve, gentil umidade que os ventos do sul deixavam ao desbastar as copas. Falava o dia inteiro sobre o que sentiam as árvores ao beber dos últimos raios de sol, sonhar sob o luar, energizar-se com o beijo das estrelas. O orvalho podia trazer metade da paixão da noite, mas a geada as fazia mergulhar para baixo da terra, à espera da maciez que chegaria até as raízes. Elas nutriam as vidas que carregavam – insetos, larvas, crisálidas. Quando os céus acima derretiam, ele falava de como elas permaneciam "imóveis no êxtase da chuva", ou, sob o sol do meio-dia, "posando sobre as prodigiosas sombras".

Uma vez, a sra. Bittacy acordou no meio da noite ao som da voz do marido. Ouviu-o – plenamente acordado, não balbuciando durante o dono – falando em direção à janela, para onde a sombra do cedro se espalhava ao meio-dia:

Ó, você que canta para o cedro-do-líbano
Na longa brisa que flui ao delicioso Leste?
Cantando para o cedro
Cedro sombrio.

E quando, tanto encantada quanto apavorada, ela se voltou para ele e o chamou pelo nome, ele disse apenas:

– Minha querida, eu senti a solidão... percebi de súbito a desolação da árvore isolada, colocada aqui em nosso pequeno quintal na Inglaterra enquanto seus irmãos no Leste a chamam durante o sono.

Aquela resposta pareceu tão estranha, tão "des-evangélica", que ela aguardou em silêncio até que ele voltasse a dormir. A poesia passara batida por ela. Parecera desnecessária e inadequada. Fez com que estremecesse de medo, ciúme e suspeitas.

O medo, no entanto, pareceu de alguma forma ignorado e banido logo depois, em razão da relutante admiração pela energia e esplendor do estado de saúde do marido. A ansiedade, ao menos, havia mudado de religiosa para médica. Parecia-lhe que ele poderia estar perdendo um pouco da razão. Era impossível dizer com que frequência ela rezava em agradecimento à orientação que a levara a permanecer ao lado dele para ajudá--lo e vigiá-lo. Duas vezes ao dia ou mais, sem dúvida alguma.

Um dia, quando o sr. Mortimer, o vigário, ligou, trazendo consigo um médico mais ou menos renomado, ela chegou a falar com o profissional em particular sobre alguns sintomas da estranheza do marido. A resposta de que "não havia nada que ele pudesse receitar" apenas aumentou a sensação de profana perplexidade. Sir James sem dúvida jamais havia sido "consultado" sob circunstâncias tão pouco ortodoxas antes. A noção do que ele estava se tornando substituía naturalmente os instintos adquiridos como um habilidoso instrumento de auxílio.

– Sem febre, você acha? – perguntou ela, insistente e com pressa. Estava determinada a fazê-lo falar.

– Como já lhe disse, madame, não é nada com que eu possa lidar – respondeu, ofendido, o cavaleiro alopático.

Estava claro que ele não gostava de ser chamado para examinar pacientes em segredo, em frente a uma chaleira no quintal e prováveis problemas na tarifa. Gostava de ver a língua e examinar o pulso; de conhecer as linhagens e a conta bancária de quem lhe fazia as perguntas. Aquilo era pouco usual e do mais abominável gosto. É claro que era, mas a mulher em prantos estava desesperada por respostas.

A atitude agressiva do marido a havia sobrepujado ao ponto de que parecia difícil até mesmo questioná-lo, embora dentro de casa ele fosse gentil e prestativo, fazendo o que podia para tornar o sacrifício dela o menos doloroso possível.

— David, não seria *nada* sábio sair agora. A noite está úmida e bastante fria. O chão está encharcado de orvalho. Ainda encontrará a morte em um resfriado.

O rosto dele se tornou mais brando.

— Por que não vem comigo, querida? Só dessa vez. Irei apenas até o canto dos azevinhos para ver a faia que se ergue sozinha, tão solitária.

Ela havia saído com ele em uma tarde breve e escura, quando passaram por aquele maligno grupo de azevinhos onde os ciganos acampavam. Nada mais crescia ali, exceto os azevinhos que proliferavam no solo pedregoso.

— A faia está bem e a salvo, David. — Ela havia aprendido um pouco da fraseologia dele, ficado mais esperta de repente em razão do amor. — Não há vento esta noite.

— Mas está vindo — respondeu ele —, vindo do leste. Pude ouvi-lo nos lariços nus e famintos por sol e orvalho. Sempre gritam quando o vento do leste cai sobre eles.

Ela enviou uma oração breve e silenciosa à sua entidade ao ouvi-lo dizer aquilo. Estremecia, sentindo como se um lençol frio se apertasse contra sua pele e carne toda vez que ele falava daquela maneira familiar e íntima sobre as vidas das árvores. Como era possível que soubesse de tais coisas?

Apesar disso, em todas as outras coisas da vida cotidiana, ele parecia são e sensato, amoroso e gentil. Apenas no tocante às árvores se tornava estranho e instável. O mais curioso era que, após a queda do cedro que os dois amavam, cada um à sua maneira, os desvios da normalidade haviam aumentado. Por que outra razão observava as árvores como um homem cuidaria de uma criança doente? Por que ansiava ao entardecer em capturar os "tons da noite", como os chamava? Por que pensava nelas com tanto afinco quando a geada ameaçava ou o vento parecia aumentar?

Como ela própria com frequência colocava – como era possível que *soubesse* de tais coisas?

Ele saiu, fechando a porta atrás de si. Ela ouviu o rugido distante da floresta.

Súbito, algo lhe ocorreu: como era possível que ela também soubesse?

Aquilo a atingiu como um golpe que ela sentiu de uma vez só por todo o corpo, coração e mente. A descoberta saltou em uma emboscada para sobrepujá-la. A verdade tornou qualquer discussão inútil, adormecendo as faculdades mentais. Amortecida de início, no entanto, ela logo recuperou o ânimo, todo o seu ser se erguendo em uma oposição agressiva. Uma bravura tão selvagem quanto calculada, como as de líderes animados por vãs e esplêndidas esperanças, ardeu em seu pequeno ser, uma chama grandiosa e invencível. Ainda que se conhecesse como fraca e insignificante, a força por trás dela era a mesma que movia o mundo. A fé dentro dela era a arma em suas mãos, o direito com o qual a reivindicava; o espírito do sacrifício total e altruísta que lhe caracterizava a vida era o meio pelo qual dominava seu uso imediato. Algum tipo de intuição clara e indefectível a guiava ao ataque, Deus e a Bíblia logo atrás.

Era incrível que uma divinação tão magnífica chegasse a ela daquela maneira, embora algum início de explicação possa ser encontrado, talvez, na própria simplicidade de sua natureza. De qualquer forma, ela via certas coisas com bastante clareza; via-as apenas em alguns momentos – após as orações, na quietude da noite, ou nas longas horas sozinha com seu tricô e pensamentos –, mas a orientação que brilhava diante dela permanecia, mesmo quando a origem da ideia era esquecida.

Essas coisas, visões sem formas ou palavras, vieram até ela, mas não era possível colocá-las em nenhuma forma de linguagem. Era o fato de permanecerem livres de frases que fazia com que mantivessem o vigor e a clareza originais.

Horas de espera paciente trouxeram as primeiras ideias, facilitando também que outras viessem nos dias seguintes, uma após a outra. O marido estava fora desde o início da manhã, tendo levado o almoço consigo. Ela estava sentada à mesa de chá com xícaras e a chaleira quentes, bolinhos próximos ao guarda-fogo para que não esfriassem, tudo pronto para o retorno do sr. Bittacy, quando percebeu, de súbito, que a coisa que o havia levado embora, que o mantivera fora tantas horas dia após dia, essa coisa que se colocava contra as vontades e os instintos dela era tão enorme quanto o mar. Não era apenas o capricho de Árvores isoladas, mas sim algo massivo como uma montanha.

Erguia-se diante dela, até os céus, uma enorme parede de oposição, de escala gigantesca e força prodigiosa. O que ela até então conhecia como formas verdes e delicadas se remexendo com o vento era muito mais do que isso, como a espuma que surgia na borda mais próxima de profundezas muito, muito distantes. De fato, as árvores eram sentinelas visíveis nos limites de um acampamento que permanecia invisível. Os horríveis zumbidos e murmúrios da mata distante chegaram à sala silenciosa com a lareira e a chaleira que assoviava. Lá fora – na floresta mais além –, a coisa que sempre rugia ao centro estava aumentando de maneira pavorosa.

Veio também o pressentimento de uma batalha derradeira – uma batalha entre ela e a floresta pela alma dele. Era claro como se Thompson tivesse entrado na sala para dizer em voz baixa que a cabana estava cercada. "Por favor, madame, as árvores estão se aproximando da casa", ela poderia ter anunciado de repente, ouvindo a resposta em seguida: "Está tudo bem, Thompson. O coração da floresta ainda está longe".

Seguindo o encalço da primeira, então, outra verdade surgiu com um choque de realidade. Ela percebeu que o ciúme não estava confinado no mundo dos humanos e animais, existindo em toda a criação. O reino vegetal também o conhecia. A natureza que denominavam inanimada compartilhava do sentimento. As árvores o sentiam; aquela floresta logo além da janela – imóvel no silêncio da tarde de outono, próxima ao pequeno jardim – também o sentia. Uma força que se alastrava sem remorso, buscando manter somente para si aquilo que amava e de que necessitava, espalhando-se como um desejo vivo por todas as milhões de folhas, caules e raízes. Nos humanos, é claro, era direcionado de maneira consciente; nos animais, agia com franqueza instintiva; mas nas árvores o ciúme surgia como uma maré cega de fúria impessoal e inconsciente, algo que varreria a oposição do caminho como o vento varre a neve poeirenta da superfície do gelo. Seus números eram hostes com reforços infinitas, aumentando em poder ao perceber que a paixão era recíproca. As árvores haviam tomado consciência do quanto o sr. Bittacy as amava. Elas o tomariam dela no final.

Naquele momento, enquanto ouvia os passos dele pelo hall e o fechar da porta da frente, ela viu uma terceira coisa com clareza: o aumento do abismo entre os dois. Aquele outro amor o havia provocado. Ao longo de todas aquelas semanas de verão em que se sentira tão próxima dele, em especial quando fizera o maior sacrifício de toda a vida para permanecer ao lado dele e ajudá-lo, ele estava sendo gradualmente atraído. A separação agora se fazia presente. Um fato consumado, amadurecido por muito tempo antes de se abrir em um amplo e profundo espaço entre eles.

Ela viu as mudanças de uma perspectiva impiedosa através dessa distância. O vulto e o rosto dele se revelaram diante dela, tão amado, idolatrado com todo o carinho, agora muito longe do outro lado da distância sombria, até parecer minúsculo, de costas para ela, movendo-se enquanto ela observava – movendo-se para longe dela.

Tomaram o chá em silêncio. Ela não fez perguntas, nem ele ofereceu informações sobre o dia. O coração pesava dentro dela, a terrível solidão da idade se espalhando como uma neblina.

Ela o observou, fazendo todas as suas vontades. O cabelo dele estava desarrumado e as botas, cobertas de lama escura. Ele se movia de uma forma inquieta e balouçante que, por alguma razão, tirou a cor do rosto dela e provocou um calafrio miserável pelas costas. Aquilo a fazia se lembrar das árvores. Os olhos dele também estavam muito brilhantes.

Ele trazia consigo um odor de terra e floresta que parecia sufocá-la, dificultando a respiração. No rosto dele, sob a luz das lâmpadas, também – algo que ela percebeu com um surto de temor quase incontrolável – havia um tênue, mas glorioso brilho que a fez pensar na luz da lua caindo sobre a mata através de sombras pontilhadas. Era uma nova felicidade que brilhava, uma que não havia sido causada por ela, da qual ela não fazia parte.

Havia um punhado de folhas amarelas de faia no casaco dele. "Trouxe isto da floresta para você", disse ele, com todo o ar inerente aos pequenos atos de devoção de outrora. Ela apanhou as folhas mecanicamente, com um sorriso, murmurando "obrigada, querido", como se ele, sem saber, tivesse colocado nas mãos dela a arma com que ela destruiria a si, e ela a tivesse aceitado.

Ele saiu ao terminar o chá, mas não foi para o escritório, nem trocou de roupa. Ela ouviu a porta da frente se fechando de leve quando ele se dirigiu à floresta mais uma vez. Um momento depois ela estava no quarto, no andar de cima, ajoelhada ao lado da cama – o lado em que ela dormia –, rezando com afinco através de uma torrente de lágrimas para que Deus o salvasse e o mantivesse ao lado dela.

O vento soprou nas janelas enquanto ela rezava.

VIII

Em uma manhã ensolarada de novembro, quando a pressão chegou a um ponto que tornou quase impossível reprimi-la, ela tomou uma decisão impulsiva e foi adiante com ela.

O marido havia saído com o almoço novamente, mas, desta vez, ela agarrou a oportunidade da aventura e o seguiu. Tinha a força para enxergar com clareza algo que a elevava a um nível anormal de compreensão. Permanecer dentro de casa à espera do retorno dele agora parecia impossível. Almejava saber o que ele sabia, sentir o que ele sentia, colocar-se no lugar dele. Encararia o fascínio da floresta – compartilharia dele com o marido. Era bastante desafiador, mas lhe daria um entendimento maior de como salvá-lo e, portanto, um poder maior. Ela subiu ao quarto para rezar primeiro.

Usando botas pesadas – as mesmas botas de caminhar que usava com ele para subir as montanhas próximas de Seillans – e uma saia quente e grossa, ela saiu da cabana pela porta dos fundos, em direção à floresta.

Não poderia segui-lo, visto que ele havia saído uma hora antes e para uma direção que ela desconhecia. A urgência era estar com ele na mata, caminhar sob galhos sem folhas como ele havia feito: estar lá quando ele estava, ainda que não ficassem juntos. Ocorreu-lhe que poderia, assim, compartilhar ao menos uma vez dessa vida asquerosa e da respiração das árvores que ele tanto amava.

Elas precisariam muito dele no inverno que se aproximava, dissera ele. O amor dela deveria trazer algo do que ele próprio sentia – a enorme atração, a sucção, o puxar de todas as árvores. Assim, ela poderia partilhar, de alguma forma indireta e sem o conhecimento dele, daquilo que o estava tomando dela. Poderia até diminuir o ataque da coisa sobre si.

O impulso veio a ela como uma forma de clarividência, a que ela obedeceu sem qualquer hesitação. Uma compreensão mais profunda de todo aquele terrível quebra-cabeça chegaria até ela.

E chegou, mas não da forma como ela havia imaginado.

O ar estava parado. O céu era de um azul frio e pálido, mas sem nuvens. Toda a floresta estava em silêncio, em guarda, ciente de que ela havia chegado. Soube no momento em que entrou; observou-a, seguiu-a, quando algo caiu por trás dela sem produzir nenhum som, fechando a saída.

Os pés dela pressionaram em silêncio a grama musgosa da clareira, enquanto faias e carvalhos mudavam de lugar em fileiras para se posicionarem atrás dela. Não era nada agradável a maneira como se tornavam mais densas no instante em que passava. Ela percebeu que se aglomeravam em um exército crescente, amontoando-se, arrebanhando-se e marchando no espaço entre a cabana e ela para bloquear a rota de fuga.

As árvores abriam caminho com facilidade, mas, para sair, ela as encontraria de outra forma – um emaranhado de galhos espessos e hostis que se estendiam na direção dela, crescendo em números com rapidez impressionante. Adiante, pareciam esparsas e distantes uma da outra, com espaços por onde o sol raiava. Porém, ao se voltar de costas, pareciam tão próximas umas das outras, um exército fechado, escurecendo a luz do dia. Traziam sombras como a própria noite, erguendo-se como um antemuro proibitivo e sem folhas. Engoliam para si a clareira por onde ela havia chegado, pois, quando ela – raramente – olhava para trás, o caminho trilhado até ali estava escuro e perdido.

Ainda assim, a manhã faiscava acima, provocando uma leve empolgação que vibrou através dela durante todo o dia. Era o que ela conhecia como "tempo de criança", tão limpo e inofensivo, sem qualquer sinal de perigo, nada agourento para ameaçar ou alarmar. Inabalável em seu propósito, olhando para trás apenas o mínimo que ousava, Sophia Bittacy marchou rumo ao coração da floresta silenciosa, mais e mais profundamente.

Parou de súbito em um espaço onde o sol brilhava desimpedido. Era um dos locais por onde a floresta respirava. Samambaias e urzes mortas e apodrecidas estavam caídas em tiras cinzentas e asquerosas. As árvores se erguiam vigilantes por toda a volta – carvalho, faia, azevinho, freixo, pinheiro e lariço, além de pequenos grupos de juníperos aqui e ali. Ela parou para descansar na boca desse espaço por onde a mata respirava, desobedecendo pela primeira vez os instintos que a diziam para continuar. Não queria mesmo descansar.

Aquele foi o pequeno ato que a trouxe – a mensagem sem fio de um vasto Emissor.

Fui parada, ela pensou com uma terrível e súbita sensação de náusea.

Ela olhou ao redor daquele lugar antigo e silencioso. Nada a alarmava. Não havia qualquer sinal de vida; nenhum pássaro cantando, ou coelhos correndo para longe quando ela se aproximava. A calmaria era desconcertante, a gravidade caindo sobre o local como uma cortina pesada, calando o coração dentro dela. Poderia aquilo ser parte do que o marido sentia – aquela sensação de estar enredada por espessos caules, ramos, raízes e folhagens?

Isso tudo sempre foi como é agora, pensou ela, sem saber por que havia pensado. *A floresta tem permanecido serena e secreta desde seu surgimento. Jamais mudou.* A cortina de silêncio se aproximou, tornando-se mais densa ao redor. *Por mil anos... aqui estou com mil anos. Por trás desse lugar estão todas as florestas do mundo!*

Aquelas ideias eram tão distantes de seu temperamento e tão opostas a tudo o que ela havia sido ensinada a procurar na Natureza que ela as rejeitou. Lutou para afastá-las, mas elas se prendiam e a assombravam de uma forma ou outra, recusando-se a se dispersar. A cortina se erguia densa e pesada, como se a textura se tornasse cada vez mais espessa. O ar passava com dificuldade através dela.

Súbito, pareceu a ela que a cortina se ergueu. Havia movimento em algum lugar. Aquela coisa obscura e que espreitava por trás das aparências visíveis das árvores se aproximou. Ela recuperou o fôlego e olhou ao redor, ouvindo com atenção. As árvores, talvez porque as enxergasse com maiores detalhes agora, pareciam ter mudado. Alterações tênues e vagas se espalhavam por elas, de início tão leves que ela mal as teria admitido, mas crescendo logo em seguida, ainda que de uma forma obscura, de dentro para fora.

"Tremem e sofrem mudanças". O horrível verso proferido por Sanderson ecoou em pensamento. Ainda assim, apesar da rudeza de um movimento tão vasto, a mudança era graciosa. Elas haviam se voltado na direção dela. Aquele era o momento. *Elas a viram*. Assim a mudança se fez presente em seus pensamentos bambos e aterrorizados. Até então, havia sido o contrário: ela as havia olhado do próprio ponto de vista. Agora, elas a olhavam dos delas. Fitavam-no o rosto e olhos; olhavam-na de cima a baixo. Encaravam de uma forma cruel, rancorosa e hostil. Até então, ela as havia enxergado de formas variadas e superficiais, vendo nelas o que a própria mente sugeria. Agora, elas viam nela o que ela realmente *era*, não apenas simples interpretações.

Parecia haver vida no silêncio inerte das árvores. Mais do que isso, uma vida que soprava sobre ela algum tipo de terrível e suave encanto que a enfeitiçava. Aquilo se ramificava através dela, escalando até o cérebro. A floresta a havia capturado em uma enorme, gigantesca fascinação.

Naquele recanto afastado por onde a mata respirava, intocado através dos séculos, ela chegou ao pulso secreto de todo o coletivo de árvores. Elas estavam cientes de sua presença, voltando toda a miríade de olhares, toda a vasta visão para a intrusa. Gritaram em silêncio quando ela tentou olhar de volta para elas, mas era como encarar uma multidão, seu olhar apenas saltando com pressa de uma árvore para outra, sem encontrar a que procurava.

Elas a viam com tanta facilidade, cada uma delas. As fileiras que se erguiam atrás dela também a encaravam, mas ela não podia devolver aquele olhar. Seu marido, ela percebeu, podia.

Aquele olhar intenso a chocou como se estivesse nua. Elas viam tanto dela, mas ela via pouquíssimo das árvores.

Os esforços em devolver o olhar foram patéticos. A mudança constante intensificava o estarrecimento. Ciente da terrível e enorme visão sobre si, ela primeiro voltou os olhos para o chão, para em seguida fechá-los por completo. Tinhas as pálpebras tão pressionadas quanto possível.

A visão das árvores, no entanto, chegava até mesmo à escuridão por trás das pálpebras fechadas. Não havia escapatória. Lá fora, na luz, ela ainda sabia que as folhas dos azevinhos brilhavam com suavidade, que a folhagens mortas dos carvalhos estavam quebradiças no ar acima, que as agulhas dos pequenos juníperos apontavam todas em uma única direção. A percepção compartilhada da floresta estava focada nela. Um mero fechar de olhos não poderia evitar o vasto, mas concentrado olhar – a visão onisciente da grande mata.

Não havia vento, mas, aqui e ali, uma folha solitária, pendurada em um tronco seco, tremia com grande velocidade, fazendo um ruído. Era a sentinela trazendo as atenções para a presença dela. Outra e outra vez, como nas longas semanas anteriores, ela sentiu seus Seres como uma maré dentro dela.

Algo havia mudado. A memória das areias da infância retornou, quando a enfermeira disse: "a maré mudou; precisamos entrar". Ela viu o monte de águas verdes se elevando no horizonte, percebendo que se aproximavam devagar. Costumava sentir essa gigantesca massa, muito vasta para ter pressa, carregada de propósito e se movendo na direção dela. O corpo líquido do mar se aproximava sob o céu, até o exato local sobre as areias amarelas onde ela costumava brincar. A visão e a lembrança daquilo sempre a haviam deslumbrado com uma sensação de reverência – como se seu minúsculo ser estivesse ao encontro do avanço de todo o mar.

"A maré mudou; precisamos entrar."

Aquilo estava acontecendo dentro dela – o mesmo que acontecia nas florestas –, lenta e constantemente, um movimento tão sutil quanto o do mar. A maré havia mudado. Mais do que nunca, a diminuta presença humana que havia se aventurado através das verdes e montanhosas profundezas era seu objetivo.

Tudo isso estava claro para ela, sentada e esperando de pálpebras bem apertadas. Porém, ao abrir os olhos no momento seguinte, ela percebeu de súbito que havia algo a mais. A presença que a floresta buscava não era a dela. Era a de outra pessoa, o que a levou a compreender. Seus olhos pareceram se abrir com um estalo, mas o som, na verdade, veio de fora. Através da clareira onde o sol brilhava tão calmo e sereno, ela viu o vulto do marido se movendo entre as árvores — um homem caminhando como uma árvore.

Olhando para o alto e com as mãos para trás, ele se movia bastante devagar, como se estivesse absorto nos próprios pensamentos. Menos de cinquenta passos os separavam, mas ele não tinha qualquer suspeita da presença dela ali, tão próxima. Com a mente e os sentidos tão voltados para o próprio interior, ele passou por ela como uma imagem em um sonho, e assim ela o viu partir. Amor, anseio e piedade surgiram em uma tempestade dentro dela, mas, como em um pesadelo, ela não encontrou palavras ou forças para se mover. Ela se sentou e o observou enquanto ele seguia para longe — longe dela —, cada vez mais para dentro dos mais profundos recantos da verdejante floresta que os envolvia. O desejo de salvá-lo ardeu dentro dela, de implorar para que voltasse, mas não havia nada que pudesse fazer. Viu-o se afastar dela, indo por conta própria para além de onde ela poderia ir. Viu os galhos acima descendo e ocultando o caminho atrás dele, até que desaparecesse entre as sombras pontilhadas pela luz do sol. As árvores o envolveram, a maré o levou embora, sem resistência e feliz em partir, flutuando para longe do alcance dela no seio daquele mar esverdeado.

Os olhos dela já não podiam segui-lo. Ele havia partido.

Aquela foi a primeira vez que ela percebeu, mesmo daquela distância, que a expressão no rosto dele era de paz e felicidade — arrebatado pela alegria, um ar de jovialidade. Ele jamais havia mostrado a ela aquela expressão, mas ela a *conhecia*. Anos atrás, no início da vida conjunta, ela a percebera no rosto dele. Agora, aquele olhar já não obedecia ao chamado, à presença nem ao amor dela. Apenas a floresta poderia invocá-lo; respondia às árvores, à mata que havia tomado cada pedacinho dele – tomado dela –, do coração à alma.

Tendo mergulhado para dentro, rumo aos campos das memórias esquecidas, a visão dela agora retornava para as coisas exteriores. Ela olhou ao redor ao perceber que o amor que a faria voltar insatisfeita e de mãos vazias também a deixou só com o maior e mais sombrio terror que já conheceu. Descobrir que coisas como aquela eram reais e podiam acontecer a deixou totalmente impotente. O horror invadiu os recantos mais silenciosos e intocados de seu coração. Ela não conseguiria – naquele momento, ao menos – alcançar nada, fosse Deus ou a Bíblia.

Desolada em um mundo vazio e assustador, ela se sentou com olhos muito secos e quentes para chorar, mas com uma frieza de gelo sobre a própria carne. Olhou ao redor outra vez, sem nada encontrar. O horror à espreita na quietude do meio-dia, quando o brilho de um sol artificial iluminava as árvores inertes, fazia as coisas se moverem ao redor. Sabia haver algo à frente e atrás, coisas de outro mundo que passavam logo além dos limites daquele silêncio furtivo.

Contudo, não conseguia vê-las. Seu marido as vira, conhecera sua beleza e fascínio, sim, mas para ela estavam além do alcance. Não compartilharia daquilo com ele. Parecia que, por trás e através do brilho daquele dia invernal, no coração da floresta, havia um universo diferente de vida e paixão, algo jamais expressado para ela. O silêncio e a calmaria o encobriam, mas ele havia chegado até lá, interpretado tudo por meio do amor e, por fim, compreendido.

Ela se pôs de pé, cambaleando sem forças antes de tombar outra vez sobre os musgos. Já não sentia medo por si; nenhum pequeno temor pessoal poderia atingi-la na angústia e na profunda saudade que fluía até ele, a quem amava com tamanha bravura. Naquele momento de absoluto abandono pessoal, ao perceber que a batalha estava perdida, acreditando ter perdido até mesmo seu Deus, ela O reencontrou muito próximo de si, uma leve Presença no terrível e hostil coração da floresta. A princípio, não percebeu que Ele estava ali; não O reconheceu naquele estranho e inaceitável disfarce. Ele chegou tão perto, tão íntimo, doce e reconfortante, mas tão difícil de compreender – como resignação.

Ela se levantou com dificuldade outra vez, retornando com sucesso através da clareira musgosa por onde viera. Pareceu-lhe maravilhosa, ainda que apenas por um momento, a facilidade com a qual encontrara o caminho. Apenas por um momento, pois logo lhe ocorreu a verdade.

As árvores estavam contentes em vê-la partir. Elas a haviam ajudado. A floresta não a queria.

A maré estava vindo, sim, mas não para ela.

Por fim, em mais um daqueles momentos de clareza, que vinham ocorrendo com maior frequência, ela viu e compreendeu a totalidade da terrível coisa.

Até então, ainda que não o tivesse colocado em palavras ou pensamento, seu medo fora de que a mata que o marido tanto amava de alguma forma o tomaria dela – para mesclar a vida dele à própria –, até mesmo para matá-lo de alguma maneira misteriosa. Dessa vez, ela percebeu o grave erro cometido, permitindo que caísse sobre si a mais completa agonia.

O ciúme delas não era o ciúme mesquinho de animais ou humanos. Elas o queriam porque o amavam, mas *não* o queriam morto. Queriam-no preenchido pelo mais esplêndido entusiasmo e vitalidade. Queriam-no... vivo.

Era ela quem havia ficado no caminho. As árvores queriam se livrar dela.

Aquilo lhe trouxe uma sensação de impotência abjeta. Estava sobre a areia, contra um oceano inteiro que se assomava lentamente sobre ela. Pois, como todas as forças de um ser humano se combinam de maneira inconsciente para remover um grão de areia que entrou sob a pele para causar desconforto, também a massa que Sanderson chamara de consciência coletiva da floresta se uniu para retirar esse átomo humano do caminho até aquilo que desejava.

Por amar o marido, havia entrado sob a pele das árvores. Era ela que elas removeriam e mandariam embora; era ela que destruiriam, não ele. Ele, amado e necessário, elas manteriam vivo. Desejavam-no assim. Ela chegou em casa em segurança, embora não se lembrasse de como encontrou o caminho de volta. Haviam facilitado a tarefa para ela. Os galhos quase a expulsaram.

Atrás dela, enquanto deixava aquele lugar sombrio, sentiu como se um poderoso anjo da floresta tivesse brandido uma espada de fogo contra infinitas folhas que formavam uma barreira verde, brilhante e intransponível em seu encalço. Jamais retornou à floresta.

A sra. Bittacy retornou aos afazeres diários com uma calma e tranquilidade que pareciam um estarrecimento perpétuo até mesmo para ela própria. Algo de outro mundo. Ela conversava com o marido quando ele entrava para tomar chá – à noite. A resignação trazia uma grande e curiosa bravura – quando não havia mais nada a perder. A alma ousa e se arrisca. Seria um atalho para grandes alturas?

– Fui à floresta hoje de manhã, David, logo depois de você. Eu o vi lá.

– Não era maravilhoso? – respondeu ele, inclinando um pouco a cabeça. Não havia surpresa ou irritação em seu rosto; um leve e gentil *tédio*, talvez. Não era uma pergunta real. Aquilo a fez pensar em alguma árvore qualquer em um quintal, atingida de repente por uma ventania e se dobrando quando não gostaria de fazê-lo; a leve relutância com a qual acabava cedendo. Ela o via dessa forma com frequência, agora, nos termos das árvores.

– Sim, era mesmo maravilhoso, querido – respondeu ela, a voz firme, embora indistinta. – Mas para mim era muito... muito grande e estranho.

As lágrimas permaneceram ocultas na voz silenciosa, sem demonstrar a paixão que havia nela. Ela conseguiu contê-las de alguma forma.

Após uma pausa, ele acrescentou:

– Acho tudo mais e mais maravilhoso a cada dia. – A voz dele atravessava a sala iluminada pelas lamparinas como o murmúrio dos ventos nos galhos. A expressão de felicidade e jovialidade que ela avistara no rosto dele lá fora havia desaparecido por inteiro, dando lugar ao rosto cansado de um homem um tanto incomodado e adoecido ao se ver em um lugar pouco amigável. Era a casa que ele odiava; retornar aos cômodos, paredes e móveis. O teto e as janelas fechadas o enclausuravam, mas não havia sinal de que *ela* o perturbasse. Não parecia considerar a presença dela de qualquer maneira; na verdade, mal reparava nela. Perdia-a por longos períodos, sem saber se ela sequer estava ali. Não tinha necessidade dela. Vivia sozinho. Os dois viviam sozinhos.

Os sinais pelos quais ela reconheceu que a terrível batalha estava contra ela, e que os termos de rendição já estavam aceitos, foram patéticos. Ela guardou a caixa de remédios de volta na prateleira; preparou o almoço dele para que o levasse antes que pedisse; foi para a cama cedo e sozinha, deixando a porta da frente destrancada, com leite, pão e manteiga no hall ao lado da lamparina – concessões que se sentira impelida a fazer. Mais e mais, exceto quando o tempo estava muito violento, ele saía até mesmo antes do jantar para passar horas na floresta. No entanto, ela nunca dormia até ouvir a porta da frente se fechando abaixo, seguida dos passos cuidadosos dele subindo as escadas em direção ao quarto. Permanecia acordada até ouvir a respiração profunda dele logo ao lado.

Havia perdido por completo a força e o desejo de resistir. O que estava contra ela era muito grande e poderoso. A capitulação era completa, um fato consumado desde o dia em que o seguira até a floresta.

Mais do que isso, o momento da retirada – a retirada dela própria – parecia estar se aproximando. Vinha lenta e discretamente, mas com a firmeza da maré que ela costumava temer. Ela aguardava com calma à altura da água – esperando para ser levada embora.

A floresta ao redor observava de além do jardim os terríveis dias do início do inverno que se aproximavam, crescendo e fluindo em direção aos pés da sra. Bittacy que, apesar de tudo, jamais abriu mão da Bíblia ou da reza. De alguma forma, a resignação absoluta trouxe uma grande e estranha compreensão. Ainda que ela não ousasse acompanhar o marido no terrível abandono de si em prol de forças externas, ela poderia, e conseguiu, de alguma forma confusa, entender os significados sombrios que faziam daquele abandono – possível, sim, mas mais do que apenas possível – algo que não fosse maligno, ainda que extraordinário.

Até então, ela dividia o mundo do além em duas metades – espíritos bons e maus. Novas ideias surgiam agora, suaves e tentadoras como as pegadas dos deuses sobre a lã, sugerindo que, além dessas duas metades definidas, poderiam haver outras forças que não pertenciam em definitivo a um lado ou outro.

O pensamento acabou nisso, mas a grande ideia encontrou abrigo na pequena mente, permanecendo ali em razão do imenso coração dentro dela. Aquilo trouxe até algum conforto.

O fracasso – ou indisposição, como ela preferia colocar – de seu Deus em interferir e ajudar também trouxe algum entendimento. Parecia mais e mais fácil imaginar que não havia alguma força maligna em ação, apenas algo que costumava se manter afastado da humanidade. Algo estranho e pouco reconhecido.

Havia um abismo entre os dois, que o sr. Sanderson *havia* atravessado com suas conversas, explicações e atitudes. Aquilo fora o caminho encontrado pelo marido dela. O temperamento dele, bem como a paixão natural pela mata, havia preparado a alma para que, no instante em que avistou o caminho, ele tivesse tomado sem qualquer resistência.

A vida, é claro, era aberta a todos. O sr. Bittacy tinha o direito de escolher, como havia escolhido, onde viveria – longe dela e de outros homens, mas não necessariamente longe de Deus. Aquela era uma enorme concessão da qual ela havia se aproximado, mas sem confrontá-la; era revolucionária demais, embora a possibilidade espiasse em sua mente estarrecida.

Aquilo poderia desacelerar o progresso dele, ou acelerá-lo. Quem poderia saber? E por que Deus, que a tudo ordenava nos mais magníficos detalhes, do raiar do sol ao voo de um pardal, faria objeção à livre escolha dele, ou interferiria para impedi-lo?

Ela veio a perceber de outra forma a própria resignação. Encontrou conforto, talvez até paz. Lutou contra o menosprezo de seu Deus. Talvez fosse suficiente que Ele soubesse.

– Não se sente sozinho entre as árvores lá fora, querido? – arriscou ela. Era perto da meia-noite quando ele retornou na ponta dos pés ao quarto de dormir. – Deus está com você?

– Magnificamente. – Foi a resposta imediata, dada com entusiasmo. – Pois Ele está em toda parte. E eu desejaria apenas que você...

Ela tapou os ouvidos com os lençóis. Aquele convite era mais do que poderia suportar. Era como se pedisse que se apressasse para a própria execução. Ela enterrou o rosto entre os lençóis e cobertores, tremendo como uma folha.

IX

A certeza de que era ela quem seria mandada embora permaneceu e se tornou mais forte. Talvez fosse o primeiro sinal do enfraquecimento mental que indicava o posicionamento singular da sra. Bittacy. As árvores sentiam que era a oposição da mente que se colocava no caminho delas. Uma vez que aquilo fosse superado e obliterado, a presença física dela não teria mais importância. Ela seria inofensiva.

Tendo aceitado a derrota, pois passara a sentir que a obsessão dele não era de fato maligna, ela aceitou também as condições de uma solidão atroz. Estava agora mais distante do marido do que da lua. Não recebiam visitas. Ligações eram cada vez mais raras e menos encorajadas. O vazio escuro do inverno estava sobre eles.

Não havia ninguém entre os vizinhos com quem ela trocaria confidências sem deslealdade para com o marido. Se fosse solteiro, o sr. Mortimer poderia tê-la socorrido no deserto de solidão que assolava sua mente, mas a esposa dele era um obstáculo. Usava sandálias, acreditava que as nozes eram o mais completo alimento do homem e se permitia outras idiossincrasias que inevitavelmente a classificavam entre os "sinais" que a sra. Bittacy fora ensinada a temer como perigosos. Assim, ela permanecia desolada e só.

Por fim, a solidão na qual a mente desimpedida se alimenta das próprias desilusões foi a causa imputável do gradual transtorno e colapso mental.

Com a chegada definitiva do frio, o marido desistiu das andanças noturnas. As tardes eram passadas juntos em frente ao fogo: ele lia o *Times*; até mesmo conversavam sobre a viagem adiada para a primavera vindoura. A mudança não o deixou inquieto; ele parecia calmo e contente, falando pouco sobre árvores e florestas e demonstrando uma saúde muito melhor do que se alguma mudança de ares tivesse ocorrido. Era gentil e solícito com ela, mesmo nas pequenas coisas, como nos tempos distantes da primeira lua de mel.

Todavia, aquela profunda calma não a enganaria. Sabia o que significava: ele se sentia seguro de si, dela e das árvores. Estava tudo enterrado nas profundezas dentro dele, muito seguras, muito intimamente estabelecida no cerne de quem ele era para permitir que perturbações superficiais revelassem desarmonia interior.

A vida dele estava oculta por trás das árvores. Até mesmo a febre, tão temida na umidade do inverno, havia desaparecido. Ela agora sabia por quê: a febre era causada pelos esforços das árvores em obtê-lo, bem como os esforços dele em responder e partir — consequências físicas de uma agitação feroz que ele próprio jamais compreendera, não até que Sanderson viesse com aquelas malditas explicações.

Agora era o contrário. A ponte havia sido feita. Ele a havia atravessado.

Ela, uma alma corajosa, leal e perseverante, agora se via absolutamente só, mesmo ao tentar tornar a passagem dele mais fácil. Sentia-se ao fundo de uma enorme ravina que se abrira em pensamento, com paredes que, em vez de pedras, eram feitas de enormes árvores que alcançavam os céus, engolfando-a por inteiro. Apenas Deus sabia que ela estava lá. Ele observava, permitia, talvez até aprovava. De qualquer maneira, Ele sabia.

Além disso, durante aquelas tardes tranquilas na casa, enquanto se sentavam próximos ao fogo para ouvir os ventos errantes ao redor, seu marido recebia acesso contínuo ao mundo que o amor paralelo lhe havia construído. Jamais havia sido separado dele. Ela olhava para o jornal aberto sobre o rosto e os joelhos dele, via a fumaça do charuto rodopiar acima da borda, percebia os pequenos furos nas meias e ouvia, como antigamente, os parágrafos que ele lia em voz alta.

Aquilo tudo, no entanto, era apenas um véu que ele havia colocado de propósito ao redor de si. Por trás, ele escapava. Era o truque de um mágico para desviar a visão aos detalhes sem importância, enquanto o essencial acontecia sem ser visto. Fazia-o com perfeição; ela o amava pelo esforço em poupá-la de maiores angústias, mas, da mesma forma, sabia que o corpo estirado na poltrona diante dela continha apenas o menor dos fragmentos de seu verdadeiro eu. Era pouco mais que um cadáver, uma casca vazia. A alma, a essência dele estava lá fora com a floresta – mais ao longe, próxima do coração que jamais parava de rugir.

Ao anoitecer, a floresta avançou com ousadia, pressionando contra as paredes e janelas para espiá-los, unindo as mãos sobre o telhado e as chaminés. Os ventos sempre corriam sobre os caminhos de cascalho, indo e vindo. Parecia sempre que havia alguém falando na mata, alguém dentro da casa. Passavam por eles nas escadas, ou correndo com suavidade e sons abafados, grandes e gentis pelos corredores e patamares das escadas após o entardecer, como se fragmentos soltos do Dia tivessem se libertado e permanecido entre as sombras, aprisionados, tentando se libertar.

Caminhavam sem rumo por toda a casa. Esperavam que ela passasse antes de sair em disparada. E o marido sabia. Mais de uma vez ela o viu evitá-los deliberadamente – porque *ela* estava lá. Mais de uma vez também, ela o viu parar para ouvir quando pensava que ela não estava por perto, quando ela mesma ouviu os longos e poderosos passos que se aproximavam através do jardim silencioso. *Ele* já os havia ouvido nos ventos distantes da noite, muito, muito longe. Eles se apressavam, ela sabia bem, pela clareira de relva musgosa pela qual ela havia saído. A relva que amaciava os passos como fizera com os dela.

Parecia a ela que as árvores estavam sempre na casa com ele, até mesmo no quarto de dormir. Ele lhes dava boas-vindas sem saber que ela também as via, trêmula como estava.

Uma noite, no quarto, elas a encontraram desprevenida, despertando-a de um sono profundo. Assomaram-se sobre ela antes que pudesse recobrar as forças para se controlar.

O dia fora bastante intenso, mas agora o vento havia acessado, apenas leves brisas flutuando através da noite. A luz da lua cheia atravessou os galhos encimados por nuvens que corriam e tomavam a forma de monstros, mas, na terra lá embaixo, tudo estava silencioso. A hoste de árvores permanecia imóvel, pingando e brilhando de umidade quando a lua as atingiu. Havia um cheiro forte de mofo e folhas mortas. O ar estava carregado – pesado com odores.

Ela soube de tudo aquilo no momento em que acordou, pois lhe parecia que estivera em algum outro lugar – seguindo o marido –, como se tivesse *saído*! Não havia sonho, apenas a definitiva e assombrosa certeza. Havia mergulhado, se perdido e enterrado na noite.

Ela se sentou na cama ao retornar a si.

O quarto reluzia na luz pálida do luar refletida nas janelas, pois as venezianas estavam abertas. Ela viu o marido ao lado, inerte em um sono profundo, mas o que lhe chamou a atenção foi o fato terrível de que, ao acordar de repente daquela maneira, havia surpreendido as outras coisas no quarto, ao lado da cama e reunidas perto dele enquanto dormia. Era a pavorosa ousadia – ela própria tratada com total indiferença – que a levou a gritar de medo antes que pudesse reunir as forças para não o fazer. Gritou antes de perceber o que fazia – um longo e estridente berro que ecoou pelo quarto, mas fez pouquíssimo som.

As presenças brilhantes de umidade se agrupavam ao redor da cama. Ela viu os contornos sob o teto, corpos verdes que se espalhavam em uma vaga extensão pelas paredes e a mobília. Mudavam de lá para cá, maciços, porém translúcidos; leves, mas espessos, movendo-se e se contorcendo em uma miríade de ruídos abafados. Havia naquele som algo muito doce e pecaminoso, algo que caiu sobre ela como um feitiço, um terrível encantamento. Eram tão gentis, cada uma delas, mas tão incríveis juntas.

O frio se apossou dela. Os lençóis contra o corpo se transformaram em gelo.

Ela gritou outra vez, mas o som mal deixou a garganta. O feitiço afundou mais, até o coração, suavizando a corrente sanguínea para lhe roubar vida em um fluxo – em direção a elas. Parecia impossível resistir.

O marido se remexeu no sono, despertando em seguida. Os vultos se aproximaram de imediato, em riste, reunindo-se de alguma forma impressionante. Diminuíram em extensão, dispersando-se pelo ar como um efeito de luz quando as sombras tentavam sufocá-lo. Era tremendo, mas encantador.

Uma cortina verde e pálida, com forma e substância, preencheu o quarto. Houve um sopro de movimento silencioso quando as Presenças se aproximaram pelo ar... para então desaparecer.

Com clareza maior que a de qualquer outra coisa, ela viu a maneira como se movimentavam. Reconheceu no tumulto da fuga através da janela os mesmos "círculos repetidos" – espirais, ao que parecia — que vira no quintal semanas atrás quando Sanderson falara.

O quarto estava vazio outra vez.

Ela ouviu a voz do marido no silêncio que se seguiu, como se viesse de muito longe, ouvindo também as próprias respostas. Ambas pareciam muito estranhas e diferentes da fala normal, as palavras soando pouco naturais.

— O que foi, querida? Por que me acorda *agora*?

A voz dele sussurrava como em um suspiro, como o vento nos galhos dos pinheiros.

— Há um momento, algo passou por mim através do ar dentro do quarto. Voltou para a noite.

A voz dela também soava como o vento preso entre folhas em demasia.

— *Era* o vento, querida.

— Mas ele chamou, David. Estava chamando *você* pelo nome!

— O que você ouviu foi o ar ao redor dos galhos, querida. Volte a dormir. Durma, eu imploro.

— Aquilo tinha uma miríade de olhos espalhados por toda parte, na frente e atrás.

A voz dela se tornou mais alta, mas a resposta dele afundou para mais longe, tornando-se estranha e abafada.

— A luz da lua sobre o mar de galhos e arbustos na chuva, querida. Foi isso que você viu.

— Mas aquilo me assustou. Perdi meu Deus... e você... estou fria como a morte!

— É o frio das primeiras horas da manhã, querida. O mundo inteiro está adormecido. Durma outra vez você também.

Ele sussurrou ao pé do ouvido da esposa, a mão ao redor da dela. A voz dele era suave e tranquilizadora, mas apenas parte dele estava ali. Apenas parte dele estava falando. Era um corpo meio vazio que estava ao lado dela e falava aquelas coisas estranhas, até mesmo forçando a escolha das palavras. O terrível e difuso encanto das árvores estava próximo deles, dentro do quarto – árvores retorcidas, ancestrais, solitárias no inverno e sussurrando ao redor da vida humana que tanto amavam.

– E me deixe dormir novamente – ela o ouviu murmurar enquanto ele se aconchegava nos lençóis –, adormecer outra vez naquela profunda e deliciosa paz da qual você me tirou.

O tom alegre e sonhador, bem como o olhar jovial que ela distinguiu no rosto dele, mesmo sob a luz oscilante da lua, tocou-a mais uma vez como se por um feitiço das presenças verdes e gentis. Afundou dentro dela enquanto o sono a buscava. Na fronteira do sono, uma daquelas vozes estranhas e erráticas que a perda da consciência libertava a chamou de leve em seu coração...

– Há alegria na floresta sobre um pecador que...

O sono a derrubou antes que percebesse que parodiava de maneira vil um de seus mais preciosos textos. Uma irreverência horripilante.

Embora ela tenha voltado depressa a dormir, o sono não foi comum e sem sonhos. Não sonhou com florestas e árvores, mas sim teve um breve e curioso sonho que se repetia vez após outra: que estava sobre uma rocha em frente ao mar enquanto a maré subia. As águas chegavam primeiro aos pés, e em seguida aos joelhos e à cintura. Toda vez que o sonho se repetia, a maré parecia mais alta, chegando até o pescoço e a boca, cobrindo os lábios de maneira que ela não conseguia respirar. Ela não despertava entre os sonhos; um período de sono vazio ou sem cor se interpunha, até que, por fim, a água se ergueu acima dos olhos e do rosto, cobrindo a cabeça por inteiro.

Em seguida veio a explicação – o tipo de explicação que trazem os sonhos. Ela compreendeu que, embaixo d'água, enxergou o mundo de algas se erguendo das profundezas do mar como uma floresta de caules longos, densos e sinuosos. Galhos imensos e espessos, milhões de membros se estendendo no poder da folhagem oceânica através das águas escuras. O reino vegetal existia mesmo no mar. Estava em toda parte. A terra, o ar e a água o serviam. Não havia qualquer escapatória.

Até mesmo no fundo do mar ela podia ouvir aquele terrível rugido – seriam as ondas, o vento ou as vozes? – mais além, mas vindo continuamente em sua direção.

Assim, na solidão daquele cinzento inverno inglês, a mente da sra. Bittacy, atacando a si mesma e alimentada por um horror constante, acabou por se perder na desproporção. A monotonia preencheu as semanas com céus tristes, sem o sol, mas com uma umidade persistente que desconhecia a alegria da neve.

Sozinha com os próprios pensamentos, tanto Deus quanto o marido recolhidos na distância, ela contava os dias para a primavera. Tateava o caminho à frente, tropeçando em meio a um túnel longo e escuro. Além do arco da saída estava a imagem do mar reluzente e violeta da costa da França. Lá estava a segurança, a escapatória para os dois, caso aguentassem até lá. Atrás, as árvores bloqueavam a entrada, mas ela não ousava olhar.

Ela desabou. A vitalidade foi levada embora por algum tipo de sucção constante, uma sensação tremenda e incessante de ter as próprias forças drenadas. As torneiras estavam todas abertas. Sua personalidade fluiu para longe, atraída por aquela força que jamais se cansava, parecendo inesgotável. Aquilo a venceu como a lua cheia triunfa sobre a maré.

Ela esmoreceu; apagou-se, obedeceu.

De início, ela acompanhou o processo, reconhecendo com exatidão o que se passava. A vida física e o equilíbrio da mente – que dependia do bem-estar do corpo – estavam sendo prejudicados. Ela o via com clareza. Apenas a alma, como uma estrela independente e separada do resto, permanecia em segurança em algum lugar – com o Deus distante. Disso ela sabia, não tinha dúvida. O amor espiritual que a ligava ao marido estava a salvo de qualquer ataque. Algum dia, quando Ele achasse adequado, os dois se uniriam outra vez em razão daquilo.

Enquanto isso, qualquer ligação que ela tinha com a terra estava desaparecendo pouco a pouco, uma separação realizada sem qualquer remorso. Cada parte dela que as árvores podiam tocar estava sendo drenada. Ela estava sendo... removida.

Depois de um tempo, no entanto, até mesmo essa capacidade de percepção se esvaiu, de maneira que ela não assistiu mais ao "processo", ou soube ao certo do que se passava. A única satisfação que havia conhecido — o doce sentimento de sofrer por ele — se foi com ela. Ela estava inteiramente só com o terror das árvores... em meio às ruínas da mente partida e desordenada.

Ela dormiu mal, acordando ao amanhecer com olhos quentes e cansados. A cabeça doía; estava cada vez mais confusa, perdendo a noção da vida diária da maneira mais débil possível. Também deixou de enxergar a imagem brilhante no fim do túnel, vendo-a se dissipar em um pequeno semicírculo de luz pálida, o mar violeta e a luz do sol se tornando o mais reles ponto branco, distante como uma estrela e tão inacessível quanto. Sabia que jamais a alcançaria.

Através da escuridão que se estendia atrás, a força das árvores se aproximou e a agarrou, escalando os pés e os braços, subindo até a cabeça. Ela acordou sem fôlego no meio da noite, com a impressão de ter folhas molhadas dentro da boca e vinhas suaves se segurando ao pescoço. Os pés estavam pesados, meio enraizados em uma terra espessa e profunda. Trepadeiras enormes se estendiam por todo o túnel escuro, procurando nela locais onde poderiam se prender com firmeza, como a hera ou os parasitas gigantes do Reino Vegetal se colocavam em árvores para lhes roubarem a vitalidade e matá-las.

O crescimento mórbido se apoderou devagar da vida dela, enredando-a. Temia aqueles mesmos ventos que corriam pela floresta invernal. Estavam mancomunados, ajudavam por toda parte.

— Por que não dorme, querida? — Era o marido que desempenhava o papel de cuidador, atendendo às pequenas vontades dela com um carinho sincero, ainda que apenas imitasse os serviços do amor. Estava inteiramente alheio à feroz batalha que havia provocado. — O que a mantém tão inquieta e acordada?

– Os ventos – sussurrou ela, no escuro. Fazia horas que assistia ao movimento das árvores através das venezianas abertas. – Eles caminham e conversam por todo lado, mantendo-me acordada. Chamam em uma voz muito alta por você, o tempo todo.

A estranha resposta veio em um sussurro que a chocou por um momento, até que o significado desvaneceu e a deixou em uma escura confusão mental, algo que agora se tornava quase permanente.

– As árvores os atiçam ao anoitecer. Os ventos são os grandes e velozes mensageiros. Vá com eles, querida... não contra. Conseguirá dormir se o fizer.

– A tempestade está se aproximando – começou ela, mal sabendo o que dizia.

– Mais um motivo para ir com eles, nesse caso. Não resista. Eles apenas a levarão até as árvores.

Resistir! A palavra pressionou o botão de algum texto que uma vez a havia ajudado.

– "Resisti ao diabo, e ele fugirá de vós" – respondeu ela, se ouvindo em um sussurro. Afundou o rosto nos lençóis no mesmo instante, um choro histérico que provocou uma enchente.

O marido não pareceu perturbado. Talvez não tivesse ouvido, pois o vento soprava próximo às janelas com um grito trovejante, o rugido da floresta mais além surgindo junto desse mesmo sopro, invadindo o quarto. Talvez, também, ele já estivesse adormecido outra vez.

Ela recobrou a compostura devagar, erguendo o rosto do emaranhado de lençóis e cobertores. Com um terror crescente sobre si – ela ouviu. A tempestade estava se aproximando. Veio com um sopro repentino e impetuoso que tornou impossível continuar dormindo.

Sozinha em um mundo que estremecia, ela se deitou e parou para ouvir. A tempestade elevou sua mente ao ápice. A floresta urrava a vitória aos ventos que a proclamavam para a noite. O mundo inteiro soube da derrota completa da sra. Bittacy, de sua perda, da pequena dor humana.

Aquele foi o rugido de vitória que ela ouviu, pois, sem dúvida alguma, as árvores estavam gritando no escuro. Eram sons também, como o drapejar de grandes velas de navio, mil de cada vez, e, por vezes, barulhos que, mais do que qualquer coisa, lembravam os estrondos distantes de enormes tambores. As árvores se ergueram — toda a hoste em cerco se ergueu —, batendo a mensagem trovejante através da noite com o alvoroço de milhões de galhos.

Parecia que todas haviam se libertado. As raízes varriam os campos, sebes e telhados. As árvores jogavam para trás as cabeças repletas de folhas, sob as nuvens, chacoalhando os ramos com selvageria e deleite. Corriam e saltavam pelos céus com os troncos erguidos, produzindo sons terríveis de aventura e agitação. Os gritos eram como o som do mar atravessando os portões e fluindo livre sobre o mundo.

O marido dela dormiu profundamente ao longo daquilo tudo, como se não tivesse ouvido. Aquilo era, ela bem sabia, o sono dos semimortos. Ele estava lá fora, em meio à agitação clamorosa. A parte dele que ela havia perdido estava lá. A forma que dormia ao lado dela com tanta tranquilidade era apenas uma casca vazia.

Quando a manhã de inverno roubou a cena com uma luz pálida e fosca que se seguiu ao fim da tempestade, a primeira coisa que ela viu ao se aproximar da janela e olhar para fora foi o cedro arruinado no quintal. Não restava nada além do tronco aleijado e esquelético. O único ramo gigante remanescente jazia escurecido sobre a grama, puxado em direção à floresta por uma grande rajada de vento. Estava jogado como destroços de um naufrágio, trazido até a areia por uma maré alta de primavera — resquícios de uma esplêndida e amigável embarcação que um dia abrigara homens.

Ao longe, ela ouviu mais além o rugido da floresta. A voz de seu marido estava nele.

MESTRES do GÓTICO BOTÂNICO

A GLICÍNIA GIGANTE

1891

Charlotte Perkins Gilman

Um grupo de turistas aluga uma velha casa de verão à procura de férias e histórias de fantasmas. O que eles não imaginam é o segredo que se esconde à sombra de uma enorme glicínia na varanda.

IRE AS MÃOS DE MINHA MAIS NOVA planta, criança! Veja! Já quebrou o broto frágil. Nunca se ocupa da agulha ou da roca, e ainda assim não se aquieta!

Agarrados a uma pequena cruz de cornalina que pendia do pescoço, os dedos nervosos estremeceram antes de tombar em razão do desespero.

— Dê-me minha filha, mãe, e então ficarei quieta!

— Silêncio! Silêncio! Tola, alguém pode estar próximo! Veja, lá vem seu pai neste mesmo instante. Entre, depressa!

115

Ela ergueu os olhos para o rosto da mãe. Olhos cansados, mas que ainda detinham uma chama incerta e bruxuleante nas profundezas sombrias.

— Você é mãe, mas não se apieda de mim, que também sou mãe? Dê-me minha filha!

A voz dela se ergueu em um grito estranho e grave, interrompido pela mão do pai sobre sua boca.

— Insolente! — disse ele, falando por entre os dentes. — Vá para o quarto, e não quero vê-la outra vez esta noite, do contrário, mandarei amarrá-la!

Ela obedeceu, seguida por uma criada carrancuda que retornou em seguida, entregando a chave à senhora.

— Está tudo bem com ela e a criança?

— Ela está quieta, sra. Dwining, ao menos por esta noite, não tenha dúvida. A criança se agitou por horas, mas, com exceção disso, passa bem sob meus cuidados.

Os pais foram deixados sozinhos na varanda alta e com grandes pilares. A lua se erguia, criando tênues sombras das videiras novas que se erguiam com exuberância ao redor deles. Sombras se estendiam como pequeninos dedos, alongando-se sobre o chão de largas e pesadas tábuas de carvalho.

— As vinhas que me trouxe no navio cresceram bem, meu marido.

— Sim — respondeu ele, amargo —, assim como a vergonha que lhe trouxe. Se soubesse, teria preferido que o navio afundasse sob nossos pés e que nossa filha se afogasse antes de viver para este fim!

— Você é muito duro, Samuel. Não teme pela vida dela? Ela sente muita falta da criança, sim, e de poder andar pelos verdes campos!

— Não, não temo — disse ele, sinistro. — Ela já perdeu algo mais importante que a vida, e em breve poderá respirar. Amanhã o navio estará pronto para nosso retorno à Inglaterra. Ninguém aqui sabe da mancha em nossa honra, ninguém. Se a cidade tiver uma criança abandonada para criar de maneira decente, ora, não será a primeira, mesmo aqui. Será cuidada bem o bastante! Em verdade, temos motivos para sermos gratos, visto que o primo dela ainda está disposto a desposá-la.

— Contou a verdade a ele?

— É claro! Acha que levaria vergonha à casa de outro homem sem o conhecimento dele? Ele sempre a desejou, mas ela o rejeitava, a teimosa. Não tem escolha agora!

— Ele será gentil, Samuel? Poderia ele...

— Gentil? De que mais o chamaria por aceitar alguém como ela como esposa? Gentil! Quantos homens a aceitariam, mesmo que ela tivesse o dobro da sorte? Já sendo da família, ele ficará satisfeito em esconder o escândalo para sempre.

— E se ela não o aceitar? Ele é um rapaz grosseiro, e ela sempre o evitou.

— Está louca, mulher? Ela se casará com ele amanhã antes de partirmos ou ficará para sempre naquele quarto. A garota não seria tão tola! Ele fará dela uma mulher honesta e salvará nossa casa da desonra pública. Que outra solução para ela, senão uma vida nova para encobrir a antiga? Deixe que tenha filhos de maneira decente, já que há tempos deseja um.

Ele atravessou a varanda a passos pesados até que as tábuas frouxas rangessem outra vez. Caminhou de um lado ao outro, os braços cruzados e o cenho fortemente franzido acima da boca de ferro. As sombras acima tremeluziram, zombeteiras, sobre um rosto branco em meio às folhas, com olhos de fogo prestes a se apagar.

— Oh, George, que casa adorável! Com certeza é assombrada! Vamos ficar com ela para passar o verão! Receberemos Kate e Jack, e Susy e Jim, é claro, e nos divertiremos muito!

Jovens maridos são indulgentes, mas ainda precisam reconhecer os fatos.

— Minha querida, a casa pode não estar disponível para ser alugada e pode não estar habitável.

— Com certeza há alguém lá. Vou perguntar!

O grande portão central havia se desprendido das dobradiças em razão da ferrugem. Árvores cresciam em meio à longa estrada, mas uma pequena trilha mostrava sinais de uso contínuo. A senhora Jenny tomou essa trilha, seguida por seu obediente George.

As janelas da frente da antiga mansão estavam seladas, mas em uma ala aos fundos encontraram cortinas brancas e portas abertas. Uma mulher fazia a limpeza do lado de fora, sob o sol claro de maio. Era cortês e amigável, evidentemente alegre por encontrar visitantes naquele lugar solitário.

Ela "achava que a casa estava para alugar – não tinha certeza". Os herdeiros estavam na Europa, mas "havia um advogado em Nova Iorque que cuidava do aluguel". Pessoas haviam morado ali anos atrás, mas não na época dela. Ela e o marido não precisavam pagar aluguel por tomarem conta do lugar. Não que tivessem tomado tanto cuidado, "mas mantivemos os ladrões afastados". Era inteiramente mobiliada, um tanto antiquada, mas boa. "Se ficassem com a casa, ela mesma poderia trabalhar para eles", achava – "se ele estivesse disposto!"

Nunca antes um plano maluco fora executado com tamanha facilidade. George conhecia o advogado em Nova Iorque; o aluguel não era alarmante, e a proximidade a um resort à beira-mar em construção tornava aquele um lugar ainda mais agradável para passarem o verão. Kate, Jack, Susy e Jim aceitaram, muito animados.

A lua de junho os encontrou sentados na varanda alta da frente. Haviam explorado a casa de alto a baixo, do grande quarto no sótão – com nada além de um berço carcomido –, até o poço no porão, sem bordas e com uma corrente enferrujada que descia até a escuridão desconhecida lá embaixo. Exploraram a área ao redor, outrora bela, com árvores raras e arbustos, mas agora um tenebroso ermo de sombras emaranhadas.

As antigas lilases, os laburnos e os buquês de noiva se inclinavam contra as janelas do segundo andar. As poucas plantas do jardim que haviam sobrevivido eram arbustos desbastados ou canteiros grandes e sem forma, além de uma enorme trepadeira glicínia que cobria toda a fachada da casa. O tronco, muito grande para ser chamado de caule, erguia-se do canto da varanda, próximo aos degraus superiores; costumava escalar os pilares, mas estes agora estavam desalinhados, mantidos fixos e inúteis por ramos bem enrolados e amarrados.

A glicínia cercava todo o piso superior da varanda com uma parede de folhas e caules entrelaçados. Corria pelos beirais, sustentando a calha que costumava segurá-la. Encobria todas as janelas com um verde intenso e flores aromáticas e gotejantes que criavam uma cortina púrpura ondulante do telhado ao chão.

– Vocês já viram uma glicínia como essa?! – exclamou a sra. Jenny, extasiada. – Podermos nos sentar sob uma vinha dessas já faz o preço do aluguel valer a pena. Uma figueira ao lado seria a mais pura futilidade e maliciosa extravagância!

– Jenny adorou essa glicínia – disse George – porque ficou muito desapontada em relação aos fantasmas. Assim que bateu os olhos na casa, ela se convenceu de que os encontraria, mas não consegue achar nem mesmo uma história de fantasmas.

– Não – assentiu Jenny, pesarosa. – Pressionei a pobre sra. Pepperill por três dias. Não consegui arrancar nada dela, mas estou certa de que há uma história, só precisamos encontrá-la. Não me diga que uma casa assim, com um jardim e um porão desses, não é assombrada!

– Concordo – disse Jack, repórter de um jornal de Nova Iorque e noivo da bela irmã da sra. Jenny. – Se não encontrarmos um fantasma de verdade, podem ter certeza de que criarei uma história assim mesmo. É uma oportunidade boa demais para perder!

Sentada ao lado dele, a bela irmã se ressentiu.

– Não faça nada disso, Jack. Este é um lugar fantasmagórico verdadeiro, não permitirei que o ridicularize! Veja aquele grupo de árvores lá fora, na grama alta. Parecem-se muito com um vulto sinistro se abaixando!

— A mim parecem uma mulher colhendo mirtilos — disse Jim, que era casado com a bela irmã de George.

— Pare com isso, Jim! — disse a jovem. — Acredito no fantasma de Jenny tanto quanto ela. Que lugar! Veja só esse grande tronco de glicínia escalando os degraus! Parece-se muito com um corpo contorcido em agonia, subserviente, implorando!

— Sim, Susy — respondeu Jim, após ter sido silenciado —, parece. Veja a cintura, como é retorcida, quase dois metros dela. Um desperdício de bom material!

— Não sejam tão terríveis, garotos! Vão fumar em algum lugar se não conseguem ser agradáveis!

— Conseguimos! E vamos! Seremos tão fantasmagóricos quanto desejar.

Imediatamente, começaram a ver manchas de sangue e vultos escondidos com tanta frequência que os mais deleitosos calafrios se multiplicaram. Os entusiastas se prepararam para dormir, declarando que não conseguiriam fechar os olhos.

— Todos teremos sonhos — disse a sra. Jenny. — Devemos compartilhá-los pela manhã!

— Mais uma coisa é certa — disse George, apanhando Susy quando ela tropeçou em uma tábua solta. — Vocês, criaturas descontroladas, devem usar a porta lateral até que eu conserte esse pórtico que mais parece a Torre Eiffel, ou teremos novos fantasmas nesse lugar. Encontramos uma tábua aqui que se abre feito um alçapão grande o bastante para engoli-los e cujo fundo acredito ser a China!

A manhã seguinte os encontrou vivos, comendo um nutritivo desjejum da Nova Inglaterra na companhia de serras e martelos na varanda, onde carpinteiros de rapidez milagrosa despedaçavam as coisas por toda parte.

— Quase tudo precisa vir abaixo — disseram eles. — Essas madeiras estão completamente podres; as que não estão foram desalinhadas por essa vinha. É só o que segura a coisa toda de pé.

O que disseram fazia sentido, de maneira que, com um aviso da ansiosa sra. Jenny para que não danificassem a glicínia, os carpinteiros foram deixados para demolir e consertar como quisessem.

— E quanto aos fantasmas? — perguntou Jack após a quarta panqueca. — Encontrei um, e ele tirou meu apetite!

A sra. Jenny deu um gritinho e derrubou os talheres.

— Oh, também tive um sonho! Tive o mais terrível... digo, não foi bem um sonho, mas uma sensação. Havia me esquecido completamente!

— Deve ter sido horrível — disse Jack, apanhando outra panqueca. — Conte-nos sobre essa sensação. Meu fantasma pode esperar.

— Tenho calafrios de pensar nisso, mesmo agora — disse ela. — Acordei em um salto com aquela sensação horrível de que algo iria acontecer, sabe? Estava bem acordada, parecendo ouvir cada pequeno som por quilômetros ao redor. Há tantos barulhinhos estranhos no interior, pois é tudo tão quieto. Milhões de grilos e coisas lá fora, e todo tipo de ruído nas árvores! Não ventava muito, e a luz da lua atravessava minhas janelas como três quadrados brancos no chão velho e escuro. Aquelas folhas cheias de dedos da glicínia, das quais falávamos ontem à noite, pareciam rastejar pelos quadrados no chão. E, oh, garotas, lembram-se daquele pavoroso poço no porão?

O relato provocou uma reação bastante positiva, de maneira que Jenny prosseguiu com alegria:

— Bem, tudo estava horrivelmente quieto, e eu, deitada, tentando não acordar George, ouvi com tanta clareza que parecia estar acontecendo ali mesmo, no quarto: aquela velha corrente lá embaixo, rangendo e se arrastando sobre as pedras!

— Bravo! — exclamou Jack. — Muito bem! Colocarei na edição de domingo.

— Fique quieto! — disse Kate. — O que era, Jenny? Você viu mesmo alguma coisa?

— Não, sinto dizer que não vi. Não quis ver nada naquela hora. Acordei George e fiz um alvoroço tão grande que ele me deu brometo, dizendo que daria uma olhada. Não pensei mais nisso até que Jack me lembrou... o brometo funcionou tão bem.

— Conte-nos a sua história agora, Jack — disse Jim. — Talvez se encaixe de alguma forma. Um fantasma sedento, imagino. Talvez tivessem proibições aqui naquela época!

Jack dobrou o guardanapo, recostando-se à cadeira da maneira mais impressionante possível.

— O grande relógio do hall marcava meia-noite... — começou ele.

— Não há um relógio no hall!

— Ah, fique quieto, Jim, você estraga o ritmo. Era apenas uma da manhã, então, de acordo com meu repetidor antiquado.

— Que seja, um relógio de parede! Não importa que horas eram!

— Bem, para ser honesto, acordei pronto, como nossa querida anfitriã. Tentei voltar a dormir, mas não consegui. Vivenciei todas aquelas sensações de insônia e distração, assim como Jenny, imaginando qual poderia ter sido o problema com a ceia, quando meu fantasma entrou, e eu soube que era tudo um sonho! Era uma mulher fantasma. Imagino que fosse jovem e bela, mas todos aqueles vultos sombrios e rastejantes da tarde de ontem logo invadiram minha mente, fazendo com que a pobre criatura parecesse idêntica a eles.

"Ela estava coberta por um xale, carregando um grande embrulho sob o braço... Céus, estou estragando o final da história! Com ares e postura frenética de alguém apressado e aterrorizado, o vulto agasalhado deslizou até um escritório escuro e antigo, onde pareceu tirar coisas das gavetas. Quando ela se virou, a luz da lua brilhou sobre uma pequena cruz vermelha, pendurada por uma fina corrente dourada ao redor de seu pescoço. Eu a vi cintilar enquanto ela se esgueirava em silêncio para fora do quarto. Isso é tudo."

— Ora, Jack, não seja tão horrível! Você viu mesmo? Isso é tudo? O que acha que era?

— Não sou horrível por natureza, apenas por profissão. Sim, eu vi. Isso foi tudo. Estou plenamente convencido de que era um fantasma genuíno e legítimo de uma camareira cleptomaníaca em fuga!

— Você é péssimo, Jack! — exclamou Jenny. — Tirou todo o terror da história. Não restou um "arrepio" entre nós.

— Nove e meia da manhã não são horas para arrepios, com sol e carpinteiros lá fora. Todavia, se não consegue esperar até o crepúsculo para os arrepios, acho que posso arranjar um ou dois — disse George. — Desci ao porão atrás do fantasma de Jenny!

Houve um coral de vozes femininas extasiadas. Jenny lançou um olhar de gratidão genuína ao marido.

— Não há problema em se deitar e ver fantasmas, ou ouvi-los — prosseguiu ele. — O jovem proprietário suspeitava de ladrões, embora fosse médico e entendesse de nervosismo. Depois que Jenny foi dormir, parti em uma jornada de descobertas. Nunca mais o farei, prometo!

— Por quê? O que aconteceu?

— Oh, George!

— Peguei uma vela...

— Bom alvo para os ladrões — murmurou Jack.

— Andei por toda a casa, descendo pouco a pouco até o porão e o poço.

— Então? — disse Jack.

— Podem rir, mas aquele porão não é brincadeira à luz do dia. Ao anoitecer, uma vela é tão inspiradora quanto um vaga-lume na Mammoth Cave. Segui a luz, tentando não cair no poço antes da hora, chegando de uma vez só. Desci a luz e vi, bem debaixo de meus pés... Quase caí por cima dela, ou talvez tenha caminhado através dela... Uma mulher encolhida sob um xale!

"Ela estava segurando a corrente. A vela brilhava nas mãos brancas e esguias, bem como em uma pequena cruz vermelha pendurada no pescoço. Foi como Jack disse! Não acredito em fantasmas e desaprovo com firmeza a presença de desconhecidos em casa à noite, de maneira que me dirigi a ela com certa agressividade. Ela não pareceu notar. Abaixei-me para segurá-la... então, vim parar no andar de cima."

— Para quê?

— O que aconteceu?

— Qual era o problema?

— Bem, não aconteceu nada, exceto que ela não estava lá. Pode ter sido indigestão, claro, mas, como médico, não aconselho ninguém a enfrentar uma indigestão sozinho à meia-noite em um porão.

— Esse é o fantasma mais interessante, esquivo e peripatético de que já ouvi falar — disse Jack. — Acredito que tenha uma infinidade de canecos prateados e uma abundância de joias no fundo daquele poço. Voto em ir até lá e averiguar!

— Ao fundo do poço, Jack?

— Ao fundo do mistério. Venham!

Houve unanimidade. As cambraias novas e as belas botas foram galantemente escoltadas por cavalheiros cujas piadas foram tão frequentes que muitas soaram um tanto forçadas. Profundo e antigo, o porão era tão escuro que tiveram que levar luzes, e o poço, tão sinistro em sua escuridão que as senhoras se encolheram para longe dele.

— Esse poço assusta até mesmo um fantasma. O que mais *posso* dizer? — comentou Jim.

— A verdade está nas profundezas de um poço, e precisamos tirá-la de lá — disse George. — Pode me ajudar com a corrente?

Jim puxou a corrente enquanto George girava a manivela barulhenta. Jack continuava:

— Esse fantasma chegou mesmo ao fundo do poço — disse ele. — Parece ser trabalhoso manter a presença de espírito! Imagino que ele tenha chutado o balde enquanto descia!

À medida que a corrente diminuía e se tornava mais leve, crescia entre eles um silêncio preocupante. Quando o balde apareceu, elevando-se devagar através da água escura, todos espiaram, ansiosos mas meio relutantes, afastando-se por instinto.

Eles examinaram o tenebroso conteúdo.

– É só água.

– Nada além de lama.

– Alguma coisa...

Esvaziaram o balde sobre a terra escura. As garotas saltaram, correndo em direção à luz e ao calor do sol lá fora, onde havia os sons de serras e martelos, bem como o cheiro de madeira nova. Nada disseram até que os homens se juntaram a elas, quando Jenny perguntou, timidamente:

– Que idade você acha que ele tinha, George?

– Todo um século – respondeu ele. – Aquela água é um conservante... havia cal nela. Ah! Você quer dizer...? Não mais de um mês; um bebê muito pequeno!

Fez-se outro silêncio depois disso, interrompido pelos gritos dos trabalhadores. Eles haviam removido o chão e as paredes laterais da antiga varanda, de maneira que o sol brilhou sobre as pedras escuras do fundo do porão. Lá, no aperto sufocante das raízes da grande glicínia, jaziam os ossos de uma mulher em cujo pescoço ainda se encontrava uma pequena cruz vermelha, pendurada em um fio de ouro.

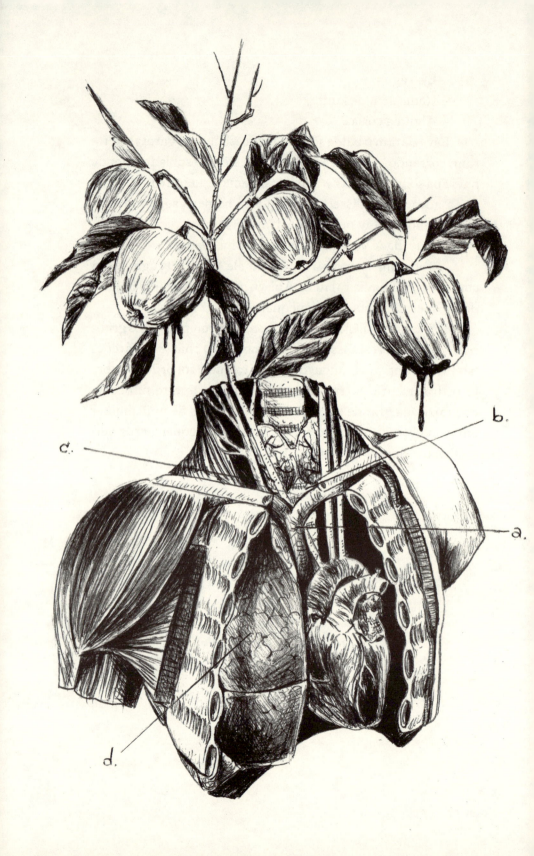

MESTRES do GÓTICO BOTÂNICO

O CRIME DE MICAH ROOD

1888

Elia W. Peattie

Micah Rood, o gentil e simplório dono de uma incrível árvore de maçãs douradas, se vê diante de uma tragédia sangrenta quando forças exteriores ameaçam tomar a velha casa de seus ancestrais, seu único refúgio no mundo.

O INÍCIO DO SÉCULO PASSADO, NO LESTE do Connecticut, vivia um homem chamado Micah Rood. Uma alma solitária que vivia em uma casa baixa e decrépita, na qual ele viu as irmãs, os irmãos, o pai e a mãe morrerem. Os ratos usavam os pisos descobertos como parque de diversões; as andorinhas ocupavam as chaminés sem uso; esquilos faziam a festa no porão, enquanto uma centena de morcegos havia feito do sótão o seu lar. Micah Rood não perturbava nenhuma criatura viva, exceto de vez em quando ao matar uma lebre para o jantar do dia, ou lançar uma isca para uma truta brilhante no rio Shetucket. A maior parte do alimento vinha do jardim e do pomar, o qual seu pai havia cultivado e cuidado anos antes.

Apesar da decadência na qual a casa se encontrava, o jardim florescia e prosperava como um Éden ocidental. Silvas de copas luxuriantes escalavam as paredes de pedra, protegidas por fileiras de groselheiras inglesas podadas. Morangos se aninhavam entre os ramos indomáveis, uvas de diferentes tons se penduravam nas treliças. Dispostos em fileiras por toda a expansão ensolarada do jardim, cresciam todos os tipos de vegetais nativos do oeste do mundo, ou trazidos pela indústria colonial. Tudo ali crescia e dava frutos com uma abundância deslumbrante. Além dos limites do jardim ficava o pomar, um labirinto de flores na primavera, um paraíso verdejante no verão e um milagre de fartura na época das frutas.

O dono do pomar parava com frequência em frente ao portão nas frescas manhãs de outono, com o chapéu cheio de maçãs para as crianças que passavam a caminho da escola. Havia apenas uma árvore no pomar com a qual ele era cauteloso com os frutos. Consequentemente, era nessa árvore que as crianças mais se interessavam.

— Por favor, senhor Rood — diziam elas —, poderia nos dar algumas maçãs douradas?

— Vendo as maçãs douradas por dinheiro — respondia ele —; contentem-se com as verdes e vermelhas.

Não havia nada igual àquela incrível maçã em lugar algum da região. A casca era do mais puro âmbar, translúcida e impecável. A polpa era branca como a neve, suculenta, porém firme, sem nenhum defeito da casca brilhante às sementes marrons que se aninhavam como bebês em um berço sedoso. O sabor era peculiar e picante, com notas de acidez. A fama da maçã de Micah Rood, como era chamada, havia se espalhado por toda parte. Contudo, todas as tentativas de implantá-la em outras árvores haviam falhado miseravelmente, deixando os fazendeiros invejosos sem opção além de se contentarem com os brotos exóticos.

Se havia qualquer vaidade no coração de Micah Rood, era pela posse dessa macieira, a qual havia sido premiada em todas as feiras locais, levando o nome do dono além da vizinhança onde ele vivia. Em geral, era um homem modesto e avesso a qualquer tipo de discussão, afastando-se das pessoas e das opiniões delas. Falava mais com o cachorro do que com qualquer ser humano. Ocupava a mente com alguns livros velhos e fazia da natureza sua religião. Todas as coisas que moravam na floresta eram amigas dele, pois detinha seus segredos e se insinuava em suas confidências. No entanto, mais do que qualquer coisa, ele amava as crianças.

Quando lhe contavam suas tristezas, lágrimas surgiam em resposta. Quando contavam coisas boas, suas risadas ecoavam pelo Shetucket, leves e livres como as delas. Ria com frequência quando estava com as crianças, jogando a grande cabeça para trás enquanto lágrimas de alegria corriam dos olhos azuis e vivazes. Dentes como pérolas constituíam a maior parte de seu charme, pois no restante ele era rústico e de traços firmes.

Depois de um tempo, pareceu às crianças que uma nuvem pairava sobre o espírito sereno do amigo. Após ele ter rido e suspirado, atravessando os caminhos verdes que levavam para longe de casa, elas repararam em como ele olhava com afeto para a velha moradia, balançando a cabeça de novo e de novo em melancolia e perplexidade. Os mercadores também perceberam como ele havia se tornado inflexível em suas barganhas, distribuindo maçãs de maneira tão gananciosa que os pássaros e as crianças haviam perdido o banquete outonal.

O inverno passou, deixando Micah nesse humor diferente. Ele se sentava em frente ao fogo, fumando e se lamentando por dias longos e maçantes. Fazia as próprias refeições simples com bacon e mingau, guardando para si os próprios conselhos e jamais visitando ou recebendo visitas do povo da vizinhança.

Um dia, durante uma chuva forte de janeiro, os garotos avistaram um estranho que cavalgava velozmente através do vilarejo, puxando as rédeas em frente ao portão do pomar. Ele passou pelo pomar sem folhas e pelas trilhas lamacentas do jardim, até chegar à casa velha e desmantelada. Os garotos tiveram tempo de memorizar cada detalhe da égua castanha amarrada à cerca antes que o estranho retornasse, seguido por Micah em direção ao portão. O estranho montou a égua com um tipo de galanteria exagerada, deixando Micah cabisbaixo, mastigando a ponta de um graveto.

— Bem, senhor Rood — os garotos ouviram o estranho dizer —, você tem até o dia primeiro de maio, mas nem um dia a mais. — Ele falava de uma forma decidida e astuta que deixou sem fôlego os garotos acostumados com homens lentos e de fala arrastada. — Lembre-se — cortou ele, como um cão raivoso —, nem um dia a mais.

Micah não disse palavra, mastigando com passividade a ponta do graveto enquanto o estranho açoitava o animal com o chicote, até que égua e cavaleiro dispararam pela triste estrada. Os meninos começaram a saltar e cutucar o velho amigo, puxando com selvageria a cauda de seu casaco. Gritavam e assoviavam para despertá-lo do devaneio.

Micah levantou a cabeça e rugiu:

— Deem o fora! Não estou para brincadeiras!

Como um cachorro humilhado por um golpe foge com o rabo entre as pernas, os garotos também se encolheram e fugiram pela estrada sem dizer mais nada, magoados e indignados diante da crueldade do velho amigo.

O sol de abril trazia os odores úmidos da terra quando as belas moças do vilarejo foram tomadas por um surto de agitação. O velho mercador Geoffry Peterkin havia chegado com joias, laços e tantas outras coisas como as donzelas do Shetucket jamais tinham visto iguais.

— Está ficando rico, Geoffry — disseram os homens.

— Não, não! — E Geoffry balançou a cabeça grisalha com um sorriso encabulado. — Não por conta de suas mulheres. Não há grandes negociantes daqui até a cidade de Boston.

— Deveria levar seus negócios para Boston, Geoffry — disse outro. — Está ficando muito sofisticado para viajar de mala nas costas entre nós, simples pessoas do interior.

— De maneira alguma — protestou Geoffry. — Não poderia deixar as mocinhas bonitas sem laços e colares de contas. Venho e vou tão certo quanto as folhas, primavera, verão e outono.

Ao entardecer, Geoffry já havia feito a última visita. Com a mala um tanto mais leve, ele vagou noite adentro, pela estrada que levava ao próximo vilarejo, até estar fora do alcance das janelas. Virou à direita e tateou pelo caminho através das ruas, olhos sempre fixos em uma escuridão ainda mais profunda. Essa escuridão que se assomava sobre ele era o pomar de Micah Rood. Ele encontrou o portão e entrou, seguindo rumo à casa desmantelada. Um morcego bateu as asas contra seu rosto enquanto ele cutucava a porta com o cajado.

— Que bruxaria é essa? — disse ele, batendo com mais força.

Não havia rachaduras através das quais a luz pudesse passar pela pesada porta de carvalho, de maneira que o velho Geoffry foi cegado como uma coruja quando a porta se abriu de supetão. Micah Rood surgiu com um candelabro duplo em mãos, dizendo para que entrasse ao reconhecê-lo. O vento varreu o corredor, soprando as chamas alguns centímetros acima dos pavios, fazendo-as arder em línguas azuladas antes de se extinguirem e deixarem os homens na escuridão. Geoffry entrou, no que Micah empurrou a porta com o peso do corpo, colocou a trava de volta no lugar e guiou Geoffry até uma sala ampla e quase vazia, iluminada por toras de nogueira que ardiam no fogo.

Quando as velas foram acesas outra vez, Micah disse:

— Já ceou esta noite, Peterkin, meu amigo?

— Sim. Muitíssimo bem, por sinal, com Rogers, o ferreiro. Nada mais para mim.

Micah Rood atiçou o fogo e apanhou uma garrafa de conhaque do armário da cozinha, enchendo um copo que ofereceu ao visitante. O mercador entornou a bebida com avidez, enquanto Micah guardava a garrafa sem beber nada.

Cachimbos foram acesos em seguida. Micah fumou calado e cabisbaixo. O mercador também estava calado, abraçando o joelho e tragando vigorosamente o cachimbo, encarando as toras de nogueira no fogo.

Micah falou primeiro:

— Você prosperou desde que vendia panelas de leite para minha mãe.

— Fiz fortuna com aquela velha mala — disse o mercador, apontando para o canto onde havia deixado a bolsa. — Ano após ano trilhei esta estrada, e ano após ano minha bolsa tem se tornado maior e as paradas, mais longas. Minhas mercadorias também mudaram. Não carrego mais panelas de leite. Deixo isso para os outros. Agora tenho joias e tecidos. Ora, agora mesmo há uma fortuna naquela velha bolsa. — Ele se levantou e desamarrou as tiras de couro que fechavam a mala, retirando vários porta-joias para mostrá-los a Micah. — Não mostrei estes no vilarejo — continuou, apontando por sobre o ombro. — Vendo-os nas cidades.

Micah se atrapalhou para abrir alguns, vasculhando os conteúdos com olhos inquietos. Havia rubis vermelhos como a língua de uma serpente; prata esculpida com a delicadeza de cristais de gelo, brilhando como diamante; pérolas aninhadas como ovos preciosos em ninhos de ouro feitos pelas fadas; turquesas brilhando em molduras de esmalte, e braceletes de ébano cobertos de esferas de topázio.

— Estes — disse Geoffry, rindo enquanto segurava um colar de âmbar translúcida — eu guardo para me proteger da má sorte. Somente uma bruxa me faria vendê-los, mas, se vier a se casar, bom mestre Rood, darei estas joias à sua noiva.

Ele riu, se engasgou e gorgolejou com vigor; mas Micah interrompeu seu entusiasmo ao erguer os olhos com firmeza.

— Nunca haverá uma noiva para mim — disse. — Ela morreria aqui, com os ratos e a podridão da umidade. É preciso ouro para conseguir uma mulher.

— Pfft! — desdenhou Geoffry. — É preciso ser jovem, rapaz. Olhos azuis, uma boa risada e pernas fortes. Ora, se ouro bastasse para conseguir uma noiva, isso eu tenho. — Ele desenrolou um pedaço de cetim azul e brilhante, de onde retirou duas bolsas de couro macio, mas resistente. — É aqui que guardo as crianças douradas! — exclamou com alegria. — Quando as deixo sair, elas me trazem qualquer coisa que eu queira, Micah Rood, exceto um coração verdadeiro. Como as coisas têm prosperado para você? — concluiu, lançando um olhar malicioso de baixo das sobrancelhas.

— Mal — confessou Micah —, muito mal. Tudo tem se voltado contra mim ultimamente.

— Deixe-me ver, rapaz — disse o mercador, de súbito. — Não venho a esta velha casa há anos. Pegue a luz e me mostre o lugar.

— Não — disse Micah, balançando a cabeça com pesar. — Está em mau estado. Seria como mostrar um amigo vestindo trapos.

— Bobagem! — exclamou o mercador, caindo na risada. — Não precisa temer. Não vou julgar o seu velho amigo. — Ele guardou os objetos de volta na bolsa e apanhou o candelabro duplo antes de acenar em direção à porta. — Mostre o caminho. Quero ver como estão as coisas.

Micah obedeceu, emburrado. Passaram de um cômodo ao outro, através do frio e da escuridão miseráveis. A vela lançava uma luz tênue sobre os cômodos desorganizados, contaminados de poeira e decadência. Nenhum defeito escapava aos olhos do mercador. Ele passou os dedos pelas rachaduras nas portas, contou as vidraças quebradas, denotou as falhas no reboco.

— A podridão chegou ao lambril — afirmou ele, certo do que dizia. Micah Rood queimava de ódio em razão da impotência. Tentou guiar o mercador para além de uma porta, mas os olhos astutos do velho eram rápidos demais para ele. — O que temos aqui? — disse ele, abrindo a porta com o pé.

Era o quarto onde Micah e os irmãos haviam dormido quando crianças. As pequenas camas desmanteladas permaneciam lado a lado, além de uma mesa de trabalho com ferramentas em miniatura sob uma janela descortinada. Tudo que veio ao encontro de seu olhar trouxe consigo uma torrente de memórias antigas.

— Aqui está um incrível amontoado de velharias — exclamou Geoffry. — A primeira coisa que faria seria jogar tudo porta afora.

Micah o seguro pelo braço e o empurrou para fora do quarto.

— Acontece que não são suas para jogar.

Geoffry Peterkin começou a rir baixo, de uma maneira irritante. Riu por todo o caminho de volta ao cômodo onde o fogo havia sido aceso. Continuou rindo enquanto Micah lhe mostrava o quarto onde passaria a noite; riu e gargalhou, dando um tapa nas costas de Micah quando por fim desejaram boa--noite um ao outro.

O dono da casa fez o caminho de volta, parando sozinho em frente ao fogo que se apagava.

— Por Deus, o que ele quer dizer? — ele se perguntou. — Será que sabe da hipoteca? — Micah sabia que o rico mercador fazia negócios frequentes com os papéis comerciais dos fazendeiros. Raiva e orgulho irromperam no coração dele como bestas selvagens. O que diriam os vizinhos quando vissem o filho de seu pai expulso da casa que pertencera à família por gerações? Como poderia suportar a surpresa e desprezo da vizinhança? O que diriam as crianças ao encontrarem um estranho em posse da famosa macieira? — Não tenho mais com o que pagar — disse, angustiado e impotente — do que tinha no dia em que o maldito advogado chegou com as ameaças dele.

Decidiu descobrir o que Peterkin sabia do assunto. Estendeu uma pele de urso em frente ao fogo e se jogou sobre ela, caindo em um sono febril. Acordou muito antes que a alvorada púrpura chegasse.

Preparou um desjejum com bacon e bolo de milho, fez uma xícara de café e acordou o hóspede. Astuto e alerta, o mercador fingiu não reparar na postura pesada e cabisbaixa de Micah.

Fizeram a refeição em silêncio. Ao terminarem, Geoffry colocou o casaco, ajustou a bolsa e se preparou para partir. Micah colocou o chapéu, apanhando uma faca de podar enquanto dizia:

— Costumo começar cedo o trabalho no pomar — e seguiu o mercador até a porta. As árvores no pomar brilhavam verdes e jovens. O aroma, tão familiar a Micah, tão sugestivo do lugar ao qual ele amava mais do que todo o resto do mundo, tomou posse dele, até que a curiosidade prevalecesse sobre a discrição. — É trabalho duro para um único homem manter um lugar assim e fazê-lo render — disse. Geoffry sorriu, dissimulado, mas nada disse. — A má sorte tem levado a melhor sobre mim ultimamente — prosseguiu, em uma tentativa genuína de candura.

— Foi o que ouvi dizer.

— O que mais ouviu? — questionou Micah, tão depressa que seu rosto começou a arder. A vergonha e a raiva brilhavam nos olhos azuis.

— Bem — respondeu o mercador, demonstrando bastante cautela —, ouvi dizer que a hipoteca era um bom investimento para qualquer um que quisesse comprá-la.

— Você talvez saiba mais do que isso — disse Micah, desdenhoso.

Peterkin assoprou entre as mãos e as esfregou com um ar de prudência.

— Bem — disse —, eu sei o que sei.

— Maldito! — vociferou Micah, tropeçando nas palavras. — Fale de uma vez!

O mercador estava ficando irritado. Ele levou a mão ao peito e puxou um papel.

— Quando maio chegar, mestre Rood, pedirei que veja este documento.

— Você é um ladrão! — rugiu Micah, cerrando o punho. — Um ladrão covarde e com sangue de barata!

— Palavras duras para dizer a um homem na propriedade dele — respondeu o mercador, sorrindo com malícia.

Aquele fora o insulto mais profundo que poderia ter oferecido ao homem diante dele. Uma torrente de emoções incontroláveis se apoderou de Micah. Latente em todos os animais enfurecidos, o impulso de atacar, esmagar e matar despertou dentro dele. Ele saltou à frente, enlouquecido, quando então a emoção diminuiu, e ele viu o mercador caído no chão.

A faca de podar que tinha em mãos estava vermelha de sangue. Ele olhou horrorizado, suando frio. Fraco e trêmulo, Micah tentou jogar folhas por cima do corpo para tirá-lo de vista, conseguindo reunir apenas alguns punhados antes que o vento as levasse embora.

A luz estava se tornando mais intensa. Logo haveria pessoas passando pela estrada. Ele caminhou de alto a baixo sem rumo por um tempo, até chegar ao jardim. Voltou com uma pá e começou a cavar furiosamente. Cavou uma vala entre o morto e a árvore debaixo da qual ele havia caído, empurrando o corpo para dentro com o pé ao terminar. Não ousou tocá-lo com as mãos.

Não havia dúvida da morte do mercador. A face rígida e as vestes encharcadas de sangue sobre o peito atestavam o fato. O sangue havia jorrado de tal maneira que o solo, as folhas mortas e as raízes expostas da árvore ficaram manchadas de vermelho. Micah olhou para cima sem querer, gritando em absoluto pavor. Era a árvore das maçãs douradas.

Ele recomeçou o trabalho após um momento de silêncio, jogando terra sobre a vala em uma pressa desesperada. Aplainou a terra com tanto cuidado que, ao terminar, nem mesmo os contornos de um monte podiam ser vistos. Espalhou folhas mortas sobre a terra recém-remexida, para em seguida caminhar lentamente de volta para casa.

A sombra que pairava sobre a casa o atingiu pela primeira vez, uma treva profunda como o desespero que o mirava das janelas vazias. As lentes da familiaridade haviam escondido dele o que por muito tempo fora evidente aos outros: a decadência, a ruína, a solidão. Arrebatou-o como uma onda gelada que leva um homem prestes a se afogar.

Os ratos fugiram dele quando entrou pelo hall. Mantinha longe de si o braço do qual o sangue escoava rapidamente, como se temesse que a confissão do crime tocasse seu corpo. A manga estava grudada ao braço, incutindo-lhe o horror sobre os nervos, como se um réptil estivesse agarrado ali. Ele bateu o casaco e, por fim, trêmulo e adoecido, tirou a roupa de flanela que vestia por baixo, percebendo pontos e manchas vermelhos das pontas dos dedos ao cotovelo.

Percebeu de imediato a necessidade de destruir as roupas. Nu da cintura para cima, ele atiçou as brasas moribundas na lareira e as jogou ali. A flanela grossa do casaco se recusava a queimar, de maneira que ele a empurrou cada vez mais para o fundo com o atiçador de fogo, até perceber que havia apagado as chamas.

— É o destino! — exclamou, desalentado. — Não consigo destruí-las.

Ele acendeu o fogo três vezes, mas a pressa e a confusão decorrentes do pânico o fizeram jogar as roupas pesadas e sufocar as chamas todas as vezes. Por fim, ele as levou ao sótão e as trancou em um velho baú. Assustado pelas sombras em meio às vigas e pelo ranger das tábuas, fez o caminho de volta através do frio cortante dos cômodos vazios, até o quarto que ocupava. Lavou o braço de novo e de novo, até que brilhasse como uma nova mancha de sangue.

Nas semanas seguintes, trabalhou no jardim durante o dia, dormindo no chão com as velas acesas e a mão sobre uma pistola durante a noite. Enquanto isso, as folhas no pomar cresciam e se espalhavam, trazendo o perfume das flores. Os galhos da árvore das maçãs douradas se tornaram rosados, com brotos inchados, mas Micah não voltou àquele lugar. Sentia que teria os pés agarrados por mãos espectrais.

Certa noite, uma ventania chegou forte, firme e morna, parecendo palpável como tecido ao toque. Ao amanhecer, o pomar havia lançado todas copas para o alto. Micah olhou perplexo para as nuvens de fragrâncias brancas e rosadas que se erguiam, mas, enquanto seus olhos perscrutavam aquele esplendor ondulante, ele também viu algo que quase o levou ao chão, em choque.

A árvore das maçãs douradas havia florescido vermelha como sangue.

Ele não trabalhou naquele dia. Ficou sentado da primeira hora da manhã até a luz sumir no oeste, olhando para a árvore que exibia as flores vermelhas contra o céu de muitas cores. Poucos vizinhos foram para aqueles lados e, como a árvore ficava ao centro do pomar, menos ainda foram os que repararam em sua beleza maldita. Aos que repararam, Micah gaguejou ao insinuar algum tipo de mistura engenhosa de plantas, um segredo do qual faria fortuna. Ainda que o resto do mundo questionasse e balançasse a cabeça sem dúvida de que se tratava de algum tipo de bruxaria, as crianças ficaram extasiadas. Elas invadiram o pomar e roubaram punhados de flores rosadas para levá-las para a escola. As garotas as prenderam às tranças e as usaram sobre os corações inocentes, enquanto os garotos as colocaram nos laços dos chapéus e saíram dançando, alegres como jovens pastores apaixonados.

A primavera passou, cumprindo as promessas de abundância. Um verde luxuriante cresceu no jardim, enquanto no pomar os galhos se estenderam quase até o chão. Micah Rood trabalhava dia e noite. Não visitava ninguém, tampouco procurava companhia. Se um vizinho o visse e se aproximasse para conversar, Micah já teria se escondido antes que pudesse alcançá-lo.

— Ele costumava ser tão ansioso por notícias quanto nós — diziam os vizinhos —, e tinha uma risada como a de um cavalo. A amada deve tê-lo chutado.

Quando o roxo das uvas cresceu através do âmbar, e as suculentas maçãs caíram dos caules, as crianças começaram a se reunir ao redor da entrada do pomar como urubus em um campo de batalha. Contudo, encontraram o portão fechado com um cadeado, e a cerca de tábuas repleta de gravetos afiados. Viam Micah apenas raramente, e seu rosto, outrora tão iluminado, parecia tão terrível quanto o do anjo com a espada de fogo que mantinha guarda em frente aos portões do Éden. Assim, os inocentes Adões e Evas não tinham escolha senão dar meia-volta de bolsos vazios.

Certa manhã, porém, o acaso levou Micah ao portão parafusado bem no momento em que as crianças voltavam para casa em grupo no pôr do sol de outono, pois naquela época estudantes de qualquer idade eram mantidos ocupados por tantas horas do dia quanto possível. Uma menininha que mais parecia uma fada, com cachos ensolarados como as vinhas de uma uva, avistou-o primeiro. Seu chapéu estava enfeitado com folhas vermelhas de bordo; o vestido era tão avermelhado quanto as maçãs. Ela parecia uma fada de outono correndo na direção dele com os braços abertos, gritando:

— Oh, senhor Rood! Venha brincar! Onde esteve por todo esse tempo? Nós queríamos algumas maçãs, mas o terrível portão estava trancado.

Pela primeira vez em meses, a nuvem da lembrança que pairara sobre a felicidade morta de Micah havia se dissipado, trazendo de volta o espírito de outrora. Ele pegou a pequenina nos braços fortes e a jogou para o alto enquanto ela gritava de medo e alegria. Depois disso, as crianças não deram mais trégua. A barreira havia sido rompida. Elas marcharam à frente para invadir a fortaleza. Aquele momento foi para Micah como um sonho de água a um homem morrendo de sede, e ciente de que teria que enfrentar a agonia tão logo o êxtase do sonho terminasse. Ele correu, saltou e celebrou com as crianças à sombra das árvores até que os gritos de todos ecoassem pelo pomar, enquanto o céu mudava de narciso para carmesim, tornando-se cinzento antes de afundar em um profundo crepúsculo de outono. Micah encheu os pequenos bolsos de todos com frutas antes de mandá-los para casa, mas eles permaneceram insatisfeitos.

— Queria que ele nos desse maçãs douradas — sussurravam entre elas, até que uma arranjou coragem.

— Bom mestre Rood, dê-nos das maçãs douradas, por favor.

Micah balançou a cabeça com firmeza. Elas suplicaram com caras e bocas, vendo a chance de fazer bagunça. Agarraram-se a ele, subiram em suas costas e dançaram ao redor dele, gritando:

— As maçãs douradas! As maçãs douradas!

Uma mudança repentina aconteceu dentro dele; ele marchou em direção à árvore com o olhar dos homens quando vão para a guerra.

— Há sangue nelas! — gritou ele, a voz soando rouca. — Elas estão amaldiçoadas! Amaldiçoadas!

As crianças gritaram de alegria, pensando se tratar de uma piada.

— Sangue nas maçãs! Ha! Ha! Ha! — E rolaram umas por cima das outras, brigando pelos frutos que haviam caído no chão.

— Estou dizendo a verdade! — continuou Micah, apanhando uma maçã para parti-la em duas metades. — Vejam! — exclamou. Seus olhos eram os de homem perdendo a luz da razão. As crianças se aglomeraram ao redor dele, amontoando-se para ver a maçã. No lado de dentro de ambas as metades havia marcas vermelhas da largura do dedo mínimo de uma criança se estendendo da casca ao caroço. Um silêncio estupefato pairou sobre o pequeno grupo. — Agora vão para casa! Vão e contem o que viram. Corram, pirralhos.

— Então deixe que levemos algumas maçãs conosco — insistiram eles.

— Ora, seus fofoqueiros! Conheço seus truques! Aqui, então...

Ele balançou a árvore como um gigante. As maçãs foram ao chão tão depressa que pareciam as contas de um colar de âmbar. Rindo e gritando, as crianças as recolheram enquanto caíam, comparando as manchas vermelhas. Algumas tinham sangue logo abaixo da casca, com uma estreita listra carmesim que penetrava o caroço e coloria a polpa prateada. Outras tinham um único coágulo do tamanho de uma fruta silvestre, enquanto em umas poucas uma listra vermelha e curva rodeava quase toda a casca brilhante.

Subitamente, um barulho não tão alto, mas agoniante, assustou os pequeninos. Eles olharam para o amigo, percebendo que ele havia se tornado horrível. Seu rosto estava tão contorcido que parecia irreconhecível; os olhos estavam voltados para o chão, como se tivessem visto um espectro ali. As crianças fugiram aos gritos, assustadas demais para sequer olharem para trás.

No dia seguinte, o ferreiro, muito curioso com as histórias contadas pelas crianças, tirou um tempo para fazer uma visita à casa de Micah Rood. Convidou o alfaiate, um homem faminto por fofocas, para que o acompanhasse. Encontraram o portão do pomar aberto, balançando nas dobradiças da maneira como as crianças o haviam deixado. Os visitantes entraram por conta, planejando encontrar Micah na casa, pois era perto do meio-dia. Provaram um fruto ou outro, experimentaram uma pera, depois um abricó e em seguida uma maçãzinha.

— A árvore das maçãs douradas fica logo ali ao centro — disse o ferreiro.

Ele apontou. O alfaiate olhou, quando então suas pernas cederam com a naturalidade com que se sentava em um banco. O ferreiro olhou, deixando os braços tombarem. Os dois homens prosseguiram após um momento, agarrados um ao outro como crianças no escuro.

Micah Rood, com os cabelos claros atrelados aos galhos, a língua preta e pendendo para fora da boca, o rosto purpúreo e as mãos crispadas sujas de terra, estava pendurado na árvore das maçãs douradas. Abaixo dele, em uma vala na qual o solo havia sido escavado por mãos humanas, jazia um amontoado de roupas sem forma ou cor. Um crânio humano estava jogado em um dos lados da vala, sob o qual foi encontrada uma velha bolsa repleta de pedras preciosas em meio ao restante de seu conteúdo putrefato.

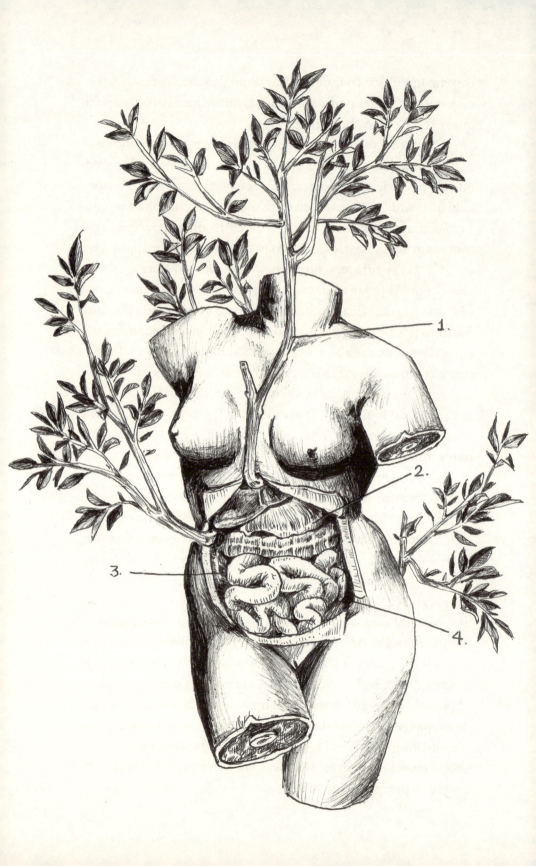

MESTRES do GÓTICO BOTÂNICO

O FREIXO

1904

Montague Rhodes James

Quando uma mulher é condenada à forca por bruxaria, cria-se um segredo que acompanhará várias gerações de moradores da mansão Castringham. Mortes misteriosas, vultos correndo na noite e promessas de tragédias, tudo à sombra de uma única árvore que cresce ao lado da mansão.

ODOS OS QUE JÁ VIAJARAM PELO LESTE DA Inglaterra conhecem essas pequenas casas de campo — prédios pequenos e um tanto úmidos, geralmente de arquitetura italiana, cercados de terrenos entre trinta e dois e quarenta hectares. Para mim, eles sempre tiveram um apelo muito forte: as cercas de carvalho cinzento, as árvores nobres, os açudes com juncos ao redor e a faixa de bosques ao longe. Gosto do pórtico com pilares, talvez fixado a uma casa de tijolos vermelhos ao estilo rainha Ana, estucada para se adequar à moda "greciana" do fim do século XVIII; do salão interior que vai até o telhado, o qual deve sempre conter uma galeria e um pequeno órgão de tubos. Gosto também da biblioteca, onde se pode encontrar desde um saltério do século XIII até uma edição em quarto de Shakespeare. Gosto dos quadros, é claro; mas, talvez mais do que qualquer outra coisa, gosto de imaginar como teria sido a vida naquela casa quando fora construída, no auge da prosperidade dos senhorios, e não menos do que agora, quando, se o dinheiro não é tão abundante, os gostos são mais variados e a vida é tão interessante quanto. Gostaria de ter uma dessas casas, além de dinheiro o bastante para mantê-la, e nela entreter modestamente meus amigos.

Mas estou me desviando do assunto. Preciso contar sobre uma série de casos curiosos que aconteceram em uma casa tal qual a que tentei descrever: a mansão Castringham, em Suffolk, Inglaterra. Acho que muitas obras foram feitas no casarão desde o período de minha história, mas as características essenciais que descrevi ainda estão lá: pórtico italiano, casa branca e quadrada, mais velha por dentro do que por fora, o terreno com bosques ao redor e o açude.

A principal característica que ressaltava a casa entre tantas outras já não existe mais. Quem a olhasse pelo lado de fora veria à direita um grande e antigo freixo que crescia a uns seis metros da casa, quase encostando os galhos na parede. Suponho que estivesse lá desde que Castringham deixou de ser uma fortificação, quando o fosso fora preenchido e a residência elisabetana, construída. De qualquer maneira, a árvore já estava bem perto de atingir o tamanho máximo em 1690.

Naquele ano, o distrito no qual se situava a mansão fora palco de uma série de julgamentos de bruxas. Levará tempo, penso eu, até que alcancemos uma estimativa correta da quantidade de razões reais – se é que houve alguma – enraizadas no medo universal de bruxas na antiguidade. Se as pessoas acusadas desse crime realmente imaginavam possuir algum tipo de poder estranho; se ao menos tinham a intenção, além do poder, de fazer mal aos seus semelhantes; ou se todas as confissões, das quais existem tantas, foram extraídas pela simples crueldade dos caçadores de bruxas. Estas são perguntas que, penso eu, permanecem sem resposta. A narrativa a seguir me faz pensar que não posso descartá-la por completo, como mera invenção. O leitor deverá julgá-la por si próprio.

Castringham forneceu uma vítima para o auto da fé. Chamava-se sra. Mothersole, da qual a única diferença para as demais bruxas comuns de vilarejos era ser um tanto mais rica e de posição social mais influente. Muitos fazendeiros de boa reputação na paróquia fizeram esforços para salvá-la, atestando sobre seu caráter e se mostrando bastante apreensivos perante a decisão do júri.

O que parece ter sido fatal para a mulher fora a evidência apresentada pelo então proprietário da mansão Castringham, sir Matthew Fell, que afirmou tê-la visto da janela em três ocasiões diferentes, em noites de lua cheia, colhendo ramos "do freixo próximo à minha casa". Ela havia subido nos galhos, em roupas de dormir, para então cortar pequenos gravetos com uma faca bastante curva, parecendo falar sozinha enquanto trabalhava. Em cada ocasião, sir Matthew havia feito seu melhor para tentar capturá-la, mas a mulher sempre percebia qualquer barulho que ele fizesse por acidente, e tudo o que ele encontrava ao chegar ao jardim era uma lebre correndo pelo caminho em direção ao vilarejo.

Na terceira noite, ele havia dado o máximo de si para persegui-la tão depressa quanto possível, indo parar direto na casa da sra. Mothersole. Tivera que aguardar por quinze minutos enquanto batia à porta dela até que a mulher surgisse, parecendo muito zangada e sonolenta, como se tivesse acabado de sair da cama, e ele sem uma boa explicação para a visita.

Principalmente em razão dessa evidência, ainda que houvesse muitas outras menos impactantes e incomuns trazidas por outros habitantes do vilarejo, a sra. Mothersole foi considerada culpada e condenada à morte. Enforcaram-na uma semana após o julgamento, com mais cinco ou seis criaturas infelizes, em Bury St. Edmunds.

Sir Matthew Fell, que na época era o xerife da cidade, esteve presente na execução. Era uma manhã chuvosa de março quando a carroça subiu pelas duras colinas do lado de fora de Northgate, onde ficava o cadafalso. As outras vítimas estavam apáticas ou inconsoláveis, mas a sra. Mothersole, tanto na vida quanto na morte, tinha um temperamento muito diferente das demais. Sua "fúria venenosa", como colocou um repórter da época, "deixou os presentes tão transtornados – sim, até mesmo o carrasco –, que todos os que a viram concordaram que se tratava da encarnação de um diabo louco. Ainda assim, não ofereceu resistência aos agentes da lei; apenas os olhou com uma expressão tão terrível e peçonhenta que, como me afirmou um deles, a mera lembrança daquele olhar assombrou seus pensamentos pelos seis meses seguintes".

Porém, tudo o que ela disse e permanece registrado foi o que pareceram palavras sem sentido: "haverá convidados na mansão", palavras que repetiu mais de uma vez em voz baixa.

Sir Matthew Fell ficou impressionado com a atitude da mulher. Discutiu o assunto com o padre da paróquia local, com o qual viajara de volta para casa após o julgamento. Não havia entregado as evidências de bom grado, pois não se sentia particularmente infectado pela obsessão com a caça às bruxas, mas havia declarado, antes e após o veredito, que seu testemunho não poderia ter sido diferente e que não era possível que estivesse equivocado a respeito do que vira. O processo todo havia sido repugnante para ele, visto que se tratava de um homem que gostava de se manter em bons termos com os outros; mas tinha um dever a cumprir, e assim o fizera. Este parece ter sido o resumo de seus sentimentos, pelos quais o padre o aplaudiu, como qualquer homem sensato teria feito.

Algumas semanas depois, quando a lua de maio estava cheia, o padre e o senhor de terra se encontraram de novo no terreno ao redor da mansão, onde caminharam juntos. A senhora

Fell estava com a mãe, a qual se encontrava bastante doente, enquanto sir Matthew permanecia sozinho na casa. Assim, o padre, que se chamava sr. Crome, foi facilmente persuadido a participar de uma ceia tardia na mansão.

Sir Matthew não foi uma companhia muito boa naquela noite. A conversa girou principalmente em torno de assuntos familiares e da paróquia, para os quais, por acaso, sir Matthew fez um memorando descrevendo certos desejos e intenções a respeito de suas propriedades, os quais se provaram muito úteis mais tarde.

Quando o sr. Crome pensou em voltar para casa, mais ou menos às nove e meia da noite, sir Matthew e ele pegaram a primeira curva do caminho de cascalho nos fundos da propriedade. O único acontecimento que chamou a atenção do sr. Crome foi quando, ao avistarem o freixo que descrevi como crescendo próximo às janelas da casa, sir Matthew parou e disse:

— O que é aquilo correndo para cima e para baixo no tronco da árvore? Seria um esquilo? Achei que estivessem em suas tocas a essa hora.

O padre olhou e viu a criatura se movendo, mas não conseguiu distinguir sua cor sob a luz do luar. Os contornos distintos, no entanto, vistos apenas por um instante, ficaram marcados em sua mente. Poderia ter jurado que, por mais que parecesse bobagem, esquilo ou não, a coisa tinha mais de quatro patas.

Sem muito que pudesse ser feito quanto à visão momentânea, os dois se separaram. Pode ser que tenham se encontrado de novo desde então, mas não antes de se passarem muitos anos.

No dia seguinte, sir Matthew Fell não estava no andar de baixo às seis da manhã, como de costume, nem às sete, nem mesmo às oito, o que levou os criados a baterem à porta de seu quarto. Não preciso me estender no quanto estavam preocupados, tentando ouvir pela porta e batendo repetidas vezes. Quando, por fim, a porta foi aberta pelo lado de fora, como se pode adivinhar, encontraram o mestre morto e escurecido. Não havia nenhuma marca de violência visível naquele momento, mas a janela estava aberta.

Um criado saiu para buscar o padre, que o instruiu a partir a cavalo para dar a notícia ao legista. O sr. Crome se dirigiu o mais rápido que pôde até a mansão, sendo então guiado ao quarto onde o homem jazia morto. Deixou, entre outros papéis, algumas anotações que mostravam o genuíno respeito e a tristeza que sentiu por sir Matthew, além deste relato, o qual transcreverei em prol dos esclarecimentos que traz aos acontecimentos, bem como às crenças comuns à época:

"Não havia qualquer indício de uma entrada forçada no quarto, mas a janela estava aberta, como meu pobre amigo a teria deixado nesta estação. Naquela tarde, ele havia bebido um pouco de cerveja em um recipiente de prata, mais ou menos do tamanho de uma caneca de meio litro, mas à noite ainda não havia bebido tudo. Essa bebida foi examinada pelo médico de Bury, um tal de sr. Hodgkins, o qual não foi capaz, conforme declarou sob juramento, diante de solicitação do legista, de revelar a presença de qualquer tipo de substância venenosa. Como esperado em razão do grande inchaço e escurecimento do cadáver, falava-se entre os vizinhos de um possível envenenamento.

"Pela forma como o corpo fora encontrado na cama, tão contorcido e desarrumado, concluiu-se que meu valoroso amigo e patrono provavelmente sucumbira em extrema dor e agonia. O que permanece sem explicação, e que a mim parece indício de um terrível e ardiloso plano por parte dos autores desse crime bárbaro, é que as mulheres responsáveis por lavar e preparar o corpo, ambas pessoas sérias e bastante respeitadas em seu ofício fúnebre, vieram a mim, afligidas por um enorme sofrimento do corpo e da mente. Afirmavam que, tão logo haviam tocado o peito do cadáver com as mãos nuas, foram acometidas por uma dor nas palmas e por uma tremedeira fora do comum, o que de fato foi confirmado assim que se batia o olho nelas. A dor e o inchaço se estenderam rapidamente para os antebraços, aumentando tanto que, como foi observado mais tarde, ambas foram forçadas a se ausentar do exercício da profissão por várias semanas. Ainda assim, nenhuma tinha marcas visíveis na pele.

"Ao ouvir isso, fui ter com o médico, o qual ainda estava na casa. Procuramos por provas com o maior cuidado possível, com o auxílio de uma pequena lente de aumento, para investigar qualquer anormalidade na pele do corpo. Ainda assim, não conseguimos detectar, com o instrumento que tínhamos à disposição, nada além de alguns pequenos cortes ou picadas, os quais concluímos terem sido os pontos pelos quais o veneno poderia ter sido introduzido. Lembrei-me do anel do papa Bórgia, bem como de outros exemplos conhecidos da horrível arte dos envenenadores italianos da era passada.

"Isso é tudo que há para ser dito a respeito dos sintomas encontrados no cadáver. Quanto ao que tenho a acrescentar, trata-se apenas de um experimento próprio e cujo valor deixarei para ser julgado pela posteridade, se existe algo de valor nele. Havia uma pequena Bíblia sobre a mesa de cabeceira, da qual meu amigo – diligente tanto em assuntos menores quanto nos mais relevantes – fazia uso à noite e ao despertar, quando lia um pequeno trecho. Tomando-a em mãos – não sem uma lágrima devidamente derramada em respeito a ele, de cujo simples prognóstico havia passado para a contemplação de sua grande origem –, ocorreu-me como em tais momentos de desamparo tendemos a nos agarrar a qualquer brilho tênue que traga a promessa de luz, para colocar à prova aquela antiga prática de *Sortes*, a leitura da sorte nas páginas da Bíblia, considerada por muitos como mera superstição, mas da qual o relato de sua majestade sagrada, o abençoado rei e mártir *Charles*, lorde *Falkland*, era agora amplamente discutido.

"Devo admitir que minhas tentativas não me foram de grande valia. Ainda assim, tendo em vista que a causa e origem destes terríveis incidentes poderão ser investigadas em algum momento, tratei de registrar os resultados para o caso de revelarem a verdadeira natureza do crime a uma inteligência mais apurada do que a minha.

"Fiz três tentativas, abrindo o livro sagrado e colocando o dedo sobre certas palavras. As primeiras vieram de Lucas, capítulo 13, versículo 7, *Corte-a*. Na segunda tentativa, Isaías, 13:20, *Nunca mais será habitada*; e na terceira, Jó, 39:30, *E seus filhos chupam o sangue.*"

Isto é tudo que precisa ser citado das anotações do sr. Crome. Sir Matthew Fell foi devidamente sepultado, e o sermão fúnebre realizado pelo sr. Crome no domingo seguinte foi impresso sob o título de "O Caminho Insondável; ou, O Perigo à Inglaterra e as Maliciosas Artimanhas do Anticristo". Era a opinião do padre, assim como da maior parte da vizinhança, que o nobre cavalheiro havia sido vítima de uma imitação da trama papal.

Seu filho, sir Matthew II, herdou os títulos e as propriedades, encerrando o primeiro ato da tragédia de Castringham. É preciso mencionar, ainda que não seja nenhuma surpresa, que o novo baronete não ocupou o quarto no qual o pai havia morrido. Na verdade, ninguém além de algum visitante ocasional dormiu lá durante todo aquele período. Sir Matthew II faleceu em 1735, e não me parece que qualquer coisa em particular tenha marcado seu governo, exceto por uma curiosa e constante mortalidade entre o gado e demais animais domésticos, a qual pareceu aumentar ligeiramente com o passar do tempo.

Interessados nos detalhes poderão encontrar um relatório estatístico em uma carta à *Revista dos Cavalheiros* de 1772, a qual coletou dados das anotações do próprio baronete. Ele colocou um fim na situação com uma medida simples: trancando os animais em galpões durante a noite e não mantendo nenhuma ovelha solta no terreno, pois percebera que os ataques não ocorriam quando estavam todas em ambientes fechados. Depois disso, os incidentes se limitaram a pássaros selvagens e animais silvestres. Como não temos um testemunho adequado dos sintomas, em vista de que vigílias noturnas se provaram inúteis para trazer à tona qualquer evidência, não me estenderei no que os fazendeiros de Suffolk chamaram de "doença de Castringham".

O segundo sir Matthew faleceu em 1735, como mencionei, e foi devidamente sucedido pelo filho, sir Richard. Foi nesse período que o grande assento particular da família fora construído no lado norte da igreja. As ideias do novo senhor eram tão grandiosas que diversos túmulos daquele lado maldito tiveram de ser violados para satisfazer às suas necessidades. Entre eles estava o da sra. Mothersole, cuja localização era conhecida com precisão devido a uma anotação nos projetos da igreja e do jardim, ambos feitos pelo sr. Crome.

Criou-se certo interesse no vilarejo quando veio a público que a famosa bruxa, a qual ainda era lembrada por alguns, estava para ser exumada. Houve então um forte sentimento de surpresa e deveras apreensão quando se descobriu que, embora o caixão estivesse razoavelmente preservado, dentro dele não havia nenhum sinal de corpo, ossos ou poeira. Um fenômeno curioso, de fato, pois à época do enterro ninguém sequer teria sonhado com algo como a ressurreição. Também era difícil conceber qualquer motivo racional para o roubo de um cadáver, senão para uso em uma sala de dissecação.

O incidente trouxe à tona, por um tempo, todas as histórias de julgamentos e façanhas das bruxas, dormentes havia quarenta anos. A ordem de sir Richard para que queimassem o caixão foi vista por muitos como bastante imprudente, mas foi devidamente obedecida.

Sir Richard era um inovador pernicioso, sem dúvida. Antes dele, a mansão havia sido um belo quarteirão dos mais elegantes tijolos vermelhos, mas ele havia viajado pela Itália, onde fora infectado pelo gosto local. Tendo mais dinheiro que seus antecessores, decidira criar um palácio italiano onde antes encontrara uma casa inglesa. Estuque e silhar cobriram os tijolos; alguns mármores romanos sem graça foram colocados no hall de entrada e nos jardins; uma réplica do Templo de Sibila, em Tivoli, foi erigida na margem oposta do açude. A mansão Castringham adquiriu um aspecto inteiramente novo e, devo dizer, menos atraente. Apesar de tudo, era bastante admirada, servindo de modelo para muitas casas da alta sociedade local ao longo dos anos.

Certa manhã, em 1754, sir Richard acordou após uma noite de desconforto. Estivera ventando bastante, e a chaminé esfumaçara de maneira persistente, mas, ainda assim, fazia tanto frio que fora preciso manter o fogo aceso. Alguma coisa havia feito tanto barulho pelo lado de fora da janela que teria sido impossível para qualquer pessoa ter um momento de sossego. Além disso, aguardava vários convidados importantes que chegariam ao longo do dia, os quais estariam esperando por algum tipo de entretenimento. Seus surtos de raiva, os quais continuaram ao longo da caçada, vinham sendo tão sérios que ele temia pela própria reputação de responsável pelas atividades de caça esportiva. No entanto, o que mais o atingiu foi o outro fator da noite mal dormida. Não dormiria naquele quarto novamente de maneira alguma.

Este foi o principal tópico de suas reflexões durante o desjejum, após o qual começou uma avaliação sistemática dos quartos que poderiam atender melhor às suas necessidades, o que levou tempo. Este tinha as janelas voltadas para o leste e aquele, para o norte; neste, os criados estariam sempre passando em frente à porta, e naquele outro o estrado da cama não o agradara. Não, ele precisaria de um quarto com vista para o oeste, para que o sol não o acordasse tão cedo, e que ficasse longe dos afazeres da casa.

A governanta estava ficando sem opções.

— Bem, sir Richard — disse ela. — Sabe que há apenas um quarto assim na casa.

— Qual seria? — perguntou sir Richard.

— O quarto de sir Matthew. O aposento oeste.

– Nesse caso, coloque-me lá, pois dormirei nele esta noite. Onde fica? Por aqui, sem dúvida. – E se apressou em direção ao quarto.

– Ah, sir Richard – disse ela, seguindo-o. – Ninguém dorme lá há quarenta anos. O ar quase não mudou desde que sir Matthew morreu no cômodo.

– Vamos, abra a porta, sra. Chiddock. Ao menos quero ver o quarto.

A porta foi aberta e, de fato, havia um cheiro rançoso de terra. Sir Richard caminhou até a janela, impaciente como de costume, abrindo as cortinas e escancarando os caixilhos. Aquela parte da casa quase não havia sido tocada pelas reformas devido ao grande freixo que a mantinha fora da vista.

– Areje-o durante todo o dia, sra. Chiddock, e à tarde traga a mobília de meu quarto para cá. Coloque o bispo de Kilmore em meu antigo aposento.

– Com licença, sir Richard – disse uma voz diferente, interrompendo-o. – Poderia fazer a gentileza de ceder um momento de atenção? – Sir Richard se virou e viu um homem vestido de preto sob a soleira da porta. – Peço que perdoe a intromissão – continuou o homem, curvando-se. – Talvez não se lembre bem de mim. Meu nome é William Crome. Meu avô foi padre daqui durante o tempo de seu avô.

– Bem, senhor – disse sir Richard. – O sobrenome dos Crome sempre abrirá as portas da mansão Castringham. Ficarei contente em renovar uma amizade que já existe há duas gerações. Em que posso servi-lo? Se não estiver enganado, a julgar pela hora da visita e por sua postura, acredito que esteja com alguma pressa.

– É a mais pura verdade, sir. Estou viajando a cavalo de Norwich a Bury St. Edmunds tão depressa quanto sou capaz. Parei para lhe entregar alguns documentos, os quais acabamos de encontrar entre aquilo que meu avô deixou após a morte. Acreditamos que encontrará questões pertinentes à sua família entre eles.

— É imensamente prestativo, sr. Crome. Tenha a bondade de me acompanhar até a sala de estar e aceitar um cálice de vinho para que possamos dar uma olhada juntos nesses documentos.

"Quanto a você, sra. Chiddock, como disse, certifique-se de arejar este quarto... Sim, foi aqui que meu avô faleceu... Sim, a árvore talvez deixe o local um tanto úmido... Não, não desejo ouvir mais nada. Peço que não crie problemas. Você tem suas ordens, então vá. Poderia me seguir, senhor?"

Dirigiram-se ao escritório. O pacote que o jovem sr. Crome trouxera — ele havia acabado de se tornar membro de Clare Hall, em Cambridge, devo acrescentar, e em seguida publicado uma respeitável edição de Polieno — continha, entre outras coisas, as anotações que o antigo padre fizera logo após a morte de sir Matthew Fell. Era a primeira vez que sir Richard se deparava com a enigmática *Sortes Biblicae*, a leitura da sorte nas páginas da Bíblia, da qual você ouviu falar, e a qual o impressionou bastante.

— Bem — disse ele —, a Bíblia de meu avô deu um conselho bastante prudente: *corte-a*. Se isso se refere ao freixo, que ele descanse tranquilo, pois não ignorarei o que foi dito. Nunca vi tamanho criadouro de catarro e febre.

A sala de estar continha os livros da família, os quais, à espera de uma coleção que sir Richard havia adquirido na Itália e da construção de um cômodo adequado para mantê-los, não eram muitos.

Sir Richard ergueu os olhos do papel para a estante de livros, dizendo:

— Será que o velho profeta ainda está ali? Gostaria de vê-lo.

Atravessando a sala, apanhou uma Bíblia pesada, encontrando na folha de guarda uma inscrição que dizia: "Para Matthew Fell, de sua querida madrinha, Anne Aldous, 2 de setembro de 1659".

— Não seria má ideia testá-lo novamente, sr. Crome. Aposto que encontraremos alguns nomes nas Crônicas. Hm! O que temos aqui? "Tu me procurarás pela manhã, mas eu já não existirei". Ora, ora! Seu avô teria feito um belo presságio disso, não? Sem mais profetas para mim! Não passam de histórias. E agora, sr. Crome, sou infinitamente grato pela entrega. Receio que esteja ansioso para seguir caminho, mas, por favor, permita-me lhe servir outro cálice.

Após a genuína mostra de hospitalidade – pois sir Richard aprovara a cordialidade e boa educação do jovem –, ambos seguiram seus caminhos.

À tarde, chegaram os convidados: o bispo de Kilmore, a sra. Mary Hervey, sir William Kentfield, etc. Jantar às cinco, vinho, cartas, ceia e, depois, camas.

Na manhã seguinte, sir Richard estava relutante em apanhar a arma para se unir ao demais. Conversava com o bispo de Kilmore, o qual, diferente de muitos bispos irlandeses da época, havia visitado o Vaticano e, de fato, vivido lá por um tempo considerável. Naquela manhã, enquanto caminhavam pela varanda e conversavam a respeito das reformas e melhorias da casa, o bispo apontou para a janela do quarto oeste, e disse:

– Você jamais convenceria alguém de meu rebanho irlandês a dormir naquele quarto, sir Richard.

– Por que diz isso, meu senhor? Aquele é, em verdade, meu próprio quarto.

– Bem, acredita-se entre nosso campesinato irlandês que dormir próximo a um freixo traz a pior sorte possível, e você tem um belo exemplar dessa árvore a menos de dois metros da janela do quarto. Talvez essa característica já o tenha atingido – prosseguiu o bispo, sorrindo –, pois você não parece, se me permite dizer, tão descansado quanto seus amigos gostariam de vê-lo após uma noite de sono.

– É fato que isso ou alguma outra coisa me fez perder o sono da meia-noite às quatro da manhã, meu senhor. Quanto à árvore, será cortada amanhã, e não terei mais de me preocupar com ela.

– Aplaudo sua determinação. Não pode ser muito saudável respirar o ar abafado como estava por toda essa folhagem.

— Vossa senhoria tem razão, penso eu. Porém, não deixei a janela aberta noite passada. Foi o barulho, o qual sem dúvida era dos galhos roçando o vidro, que entrou e me manteve de olhos abertos.

— Não creio que isso seja possível, sir Richard. Aqui, observe deste ângulo. Nenhum destes galhos mais próximos poderia tocar a janela, a não ser que houvesse uma ventania, o que não ocorreu ontem à noite. Precisariam de mais trinta centímetros para tocar o vidro.

— É verdade, senhor. O que então, pergunto-me, arranhava e chacoalhava de tal forma... ora, e veja só, cobriu a poeira na soleira da janela com linhas e marcas?

Concordaram, por fim, que ratos deveriam ter escalado as trepadeiras. Foi a conclusão do bispo, a qual sir Richard aceitou de pronto.

O dia passou tranquilamente, e a noite veio. Todos se dirigiram aos quartos de dormir, desejando uma noite melhor a sir Richard. Estamos agora em seus aposentos, com a luz apagada e o cavalheiro na cama. O quarto fica sobre a cozinha, e a noite lá fora está agradável e quente, de maneira que a janela permanece aberta.

Há pouca luz sobre a cama, mas nota-se um movimento estranho, como se sir Richard estivesse movendo a cabeça depressa de um lado para o outro, produzindo o som mais baixo possível. E agora, você imaginaria, pois a meia-luz pode ser enganadora, que ele tinha várias cabeças marrons e arredondadas, as quais se moviam para frente e para trás, chegando à altura do peito. Seria uma ilusão horrível, ou algo mais? Ali! Algo cai da cama com um leve ruído, como um gato, e foge pela janela em um instante. Outros quatro, e em seguida tudo está quieto novamente.

"Tu me procurarás pela manhã, mas eu já não existirei."

Primeiro sir Matthew, agora, sir Richard: morto e escurecido na própria cama!

Uma trupe de convidados e criados, silenciosos e pálidos, se reuniu sob a janela quando a notícia foi dada. Envenenadores italianos, emissários papais, ar infectado. Todos esses e outros palpites mais foram levantados. O bispo de Kilmore olhou para a árvore, na qual um gato branco estava agachado sobre um dos galhos inferiores, olhando para dentro do tronco oco e marcado pelos anos. Observava com grande interesse alguma coisa lá dentro.

Súbito, o gato se levantou e se inclinou sobre o buraco. Então, um pedaço da borda no qual ele estava se abriu, e o animal rastejou para dentro. Todos olharam para cima com o barulho da queda.

É sabido pela maioria que um gato é capaz de gritar, mas poucos já ouvimos, espero, um grito como o que veio de dentro do tronco do grande freixo. Houve dois ou três gritos – as testemunhas não saberiam dizer –, e então nada além de um barulho leve e abafado de alguma coisa se remexendo ou lutando lá dentro. A senhora Mary Hervey desmaiou de imediato, ao passo que a governanta tapou os ouvidos e fugiu até cair na varanda.

O bispo de Kilmore e sir William Kentfield permaneceram ali, mas também estavam assustados, ainda que tivesse sido apenas o grito de um gato. Sir William engoliu em seco uma ou duas vezes antes de conseguir dizer:

– Há mais do que imaginamos naquela árvore, meu senhor. Sugiro que seja feita uma busca neste instante.

Os demais concordaram. Uma escada foi trazida para que um dos jardineiros subisse e olhasse dentro do tronco, mas não era possível ver nada além de leves indícios de algo se movendo. Trouxeram uma lanterna, a qual foi descida por uma corda.

– Precisamos chegar ao fundo disso. Apostaria minha vida, meu senhor, que o mistério destas mortes terríveis está ali.

O jardineiro subiu outra vez com a lanterna, descendo-a com cuidado pelo buraco. Viu-se a luz amarela em seu rosto quando ele se inclinou e então as feições distorcidas por um terror e repulsa inacreditáveis antes que gritasse com uma voz horrível e caísse para trás da escada – onde, por sorte, dois homens o seguraram –, deixando a lanterna deslizar para dentro da árvore.

Ele havia desmaiado, e seria preciso tempo antes que tirassem qualquer palavra dele. Até lá, tinham outra coisa para a qual olhar. A lanterna devia ter se quebrado no fundo da árvore, expondo a chama às folhas secas e aos detritos que lá se encontravam. Uma densa fumaça surgiu em questão de minutos, e então o fogo, até que a árvore inteira estivesse ardendo.

Os presentes se posicionaram em um círculo a alguns metros de distância. Sir William e o bispo deram ordens aos homens para que trouxessem quaisquer armas e ferramentas que pudessem encontrar, pois, sem dúvida alguma, o que quer que estivesse usando a árvore de covil seria forçado a sair pelo fogo.

E assim foi. Primeiro, vindo de onde a árvore se dividia em duas, viu-se um corpo arredondado e em chamas – do tamanho de uma cabeça humana – aparecer de repente, caindo para trás em seguida. Isso se repetiu mais cinco ou seis vezes, até que uma bola similar saltou pelo ar e caiu na grama, onde ficou imóvel por um momento. O bispo se aproximou tanto quanto a coragem lhe permitia, encontrando nada além dos restos de uma enorme aranha, cheia de veias e fustigada pelas chamas!

À medida que o fogo alcançava o sopé da árvore, mais corpos grotescos e cobertos de pelos cinzentos surgiam de dentro do tronco. O freixo ardeu por um dia inteiro, ao longo do qual os homens mantiveram guarda, matando os monstros que saltavam dali. Somente quando a árvore se desfez em pedaços, e após um longo tempo sem que mais criaturas surgissem, eles se aproximaram com cautela para examinar as raízes.

– O que encontraram – relatou o bispo de Kilmore – foi um local oco sob a terra, dentro do qual havia dois ou três corpos daquelas criaturas sufocadas pela fumaça. Porém, o mais curioso é que, ao lado do covil, escorados contra a parede, estavam os restos de um esqueleto humano com a pele ressecada sobre os ossos e alguns resquícios de cabelos pretos. Após serem examinados, declarou-se sem sombra de dúvida serem os restos mortais de uma mulher morta há cerca de cinquenta anos.

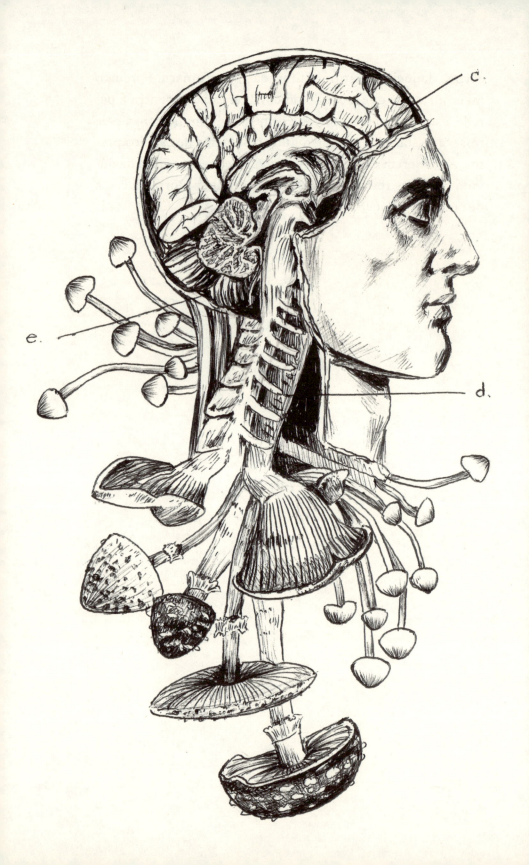

MESTRES do GÓTICO BOTÂNICO

A VOZ NA NOITE

1907

William Hope Hodgson

Uma embarcação à deriva é surpreendida por uma misteriosa voz vinda das águas. Ao som de remos invisíveis, encobertos pela escuridão, os marinheiros ouvem uma história trazida por um navegante misterioso.

STÁVAMOS À DERIVA NO PACÍFICO NORTE, em uma noite escura e sem estrelas. Não sei nossa posição exata, pois o sol estivera oculto ao longo de toda aquela exaustiva semana, escondido por trás de uma fina névoa que parecia flutuar à altura de nossos mastros, por vezes descendo para encobrir o mar ao redor.

Sem vento, havíamos firmado o leme, e eu era o único homem no convés. Constituída de apenas dois homens e um garoto, a tripulação dormia entocada no alojamento enquanto

Will — meu amigo e mestre de nosso pequeno ofício — estava na popa do navio, no beliche a bombordo da cabine.

De repente, de além da escuridão que nos rodeava, veio o chamado:

— Olá!

O grito foi tão inesperado que não respondi de imediato, tamanha minha surpresa. Vinda de algum lugar além da escuridão a bombordo do navio, a voz intrigantemente gutural e inumana tornou a chamar:

— Olá, embarcação!

— Olá! — gritei em resposta, tentando organizar meus pensamentos. — O que é você? O que quer?

— Não precisam ter medo — respondeu a estranha voz, provavelmente percebendo a confusão em minhas palavras. — Sou apenas um... um velho.

Aquela pausa soou incomum, mas apenas mais tarde eu perceberia o que significava.

— Por que não se aproxima, então? — perguntei em um tom meio agressivo. Não havia gostado nada da forma como a voz me acusara de estar com medo.

— Eu... não posso. Não seria seguro. Eu...

A voz se calou, e fez-se o silêncio.

— O que quer dizer? — perguntei, cada vez mais intrigado. — O que não seria seguro? Onde você está?

Tentei ouvir por um momento, mas a resposta não veio. Fui tomado por uma desconfiança súbita e indefinida, embora sem saber do quê. Dirigi-me depressa à bitácula e apanhei um lampião aceso, batendo com o calcanhar no convés para acordar Will. Logo estava de volta ao parapeito do navio, lançando um feixe de luz amarela na imensidão silenciosa além da amurada. Enquanto o fazia, ouvi um grito tênue e abafado, e em seguida o som da água espirrando, como se alguém tivesse largado os remos de repente. Ainda que não pudesse dizer com certeza que vira alguma coisa, pareceu-me que, no primeiro instante de luz, houvera algo na água, mas agora já não havia nada.

— Olá? — chamei. — Que tolice é essa?

Mas não ouvi nada além dos sons indistintos de um navio sendo levado pelas águas. Então veio a voz de Will, de trás:

— O que está acontecendo, George?

— Venha cá, Will!

— O que foi? — perguntou ele, atravessando o convés.

Contei a ele do estranho acontecimento. Ele fez várias perguntas e, após um momento de silêncio, ergueu as mãos em concha ao redor da boca e gritou:

— Olá, embarcação!

Ouvimos uma resposta fraca vinda de longe, e meu colega chamou outra vez. Naquele momento, após um breve silêncio, o som abafado dos remos retornou mais alto e próximo, fazendo com que Will repetisse o chamado.

Dessa vez, houve resposta:

— Afaste essa luz.

— De jeito nenhum — respondi, mas Will me disse para obedecer à voz. Coloquei o lampião sob o parapeito do navio, ocultando a luz.

— Aproxime-se.

O som dos remos continuou, até cessar a uns doze metros de distância.

— Chegue mais perto! — exclamou Will. — Não há nada a bordo de que precise ter medo.

— Promete que não vai erguer a luz?

— Por que diabos tem tanto medo da luz? — explodi.

— Porque...

A voz começou a responder, mas logo parou.

— Porque, o quê? — insisti.

Will colocou a mão no meu ombro.

— Cale a boca um minuto, velhote — disse em voz baixa. — Deixe que eu cuido dele.

Ele se apoiou mais sobre o parapeito do navio.

— Veja bem, senhor. Isso tudo é muito estranho: você se aproximando de nós desse jeito, bem no meio do abençoado

Pacífico. Quem sabe que tipo de artimanha está tramando? Você afirma estar sozinho, mas como podemos ter certeza sem dar uma olhada em você primeiro, hã? E qual é o seu problema com a luz, afinal?

Ouvi outra vez o som dos remos quando Will parou de falar. A voz soou mais uma vez, mas agora estava distante, ainda mais patética e desamparada.

— Sinto muito! Sinto muito! Não deveria tê-los perturbado, é que estou com muita fome e... ela também.

A voz desvaneceu, e o som dos remos, mergulhando de maneira irregular, chegou até nós.

— Espere! — gritou Will. — Não quero que vá embora. Volte! Manteremos a luz oculta, se quiser. — Ele se voltou para mim: — Não gosto nada disso, mas acho que não temos nada a temer?

Havia uma pergunta em seu tom de voz. Respondi:

— O pobre diabo deve ter naufragado aqui por perto e ficado louco.

O som dos remos se aproximou.

— Guarde o lampião de volta na bitácula — disse Will.

Ele se apoiou sobre o parapeito e parou para ouvir enquanto eu apagava a luz e voltava para o lado dele. O som dos remos parou a algumas dezenas de metros de distância.

— Não quer mesmo se aproximar? — perguntou Will com a voz calma. — Nós guardamos a luz.

— Eu... eu não posso — respondeu a voz. — Não ouso me aproximar. Não ousaria sequer pagá-los pelas... provisões.

— Tudo bem — disse Will, hesitando. — Nós lhe daremos tanta comida quanto conseguir carregar. — E de novo ele hesitou.

— Você é muito gentil! — exclamou a voz. — Que Deus, que tudo sabe, recompense-o...

A voz parou, rouca.

— A... a dama? — disse Will de repente. — Ela...

— Eu a deixei na ilha — respondeu a voz.

— Que ilha? — interrompi.

— Não sei o nome. Quisera Deus eu...

Mais uma vez, a voz pareceu se engasgar nas próprias palavras.

— Não poderíamos enviar um barco para ela? — perguntou Will nesse momento.

— Não! — exclamou a voz, com extraordinária veemência. — Por Deus, não! — Houve uma pausa momentânea, seguida do que soou como um tom de culpa: — Foi por nossa causa que me aventurei... porque o sofrimento dela me torturava.

— Sou um bruto esquecido! — disse Will. — Espere um pouco, seja quem for, e levarei algo até você em um instante.

Ele retornou depois de alguns minutos, carregando uma grande porção de alimentos, e parou na amurada.

— Consegue se aproximar para pegá-los?

— Não, não ouso — respondeu a voz. Pensei ter notado alguma ânsia sufocada em sua maneira de falar, como se o dono estivesse reprimindo algum tipo de desejo mortal. Percebi de imediato que a pobre criatura na escuridão sofria de uma necessidade real daquilo que Will tinha em mãos. Ainda assim, em razão de algum terror incompreensível, recusava-se a se aproximar para receber o alimento. Logo veio a mim a certeza de que o Invisível não estava louco, mas plenamente são diante de algum horror intolerável.

— Que droga, Will! — disse eu, repleto de sentimentos, e sobre os quais predominava uma forte compaixão. — Pegue uma caixa. Precisamos mandar os alimentos flutuando até ele.

Assim fizemos, empurrando a caixa para longe do navio, através da escuridão, utilizando uma longa haste com um gancho na ponta. Após um minuto, um leve grito do Invisível chegou até nós, confirmando que ele havia apanhado a caixa. Pouco depois, ele gritou para dizer adeus, sentindo-se abençoado, e nós, contentes pelo que havíamos feito.

Sem mais delongas, ouvimos o ruído dos remos através da escuridão.

— Já se foi — comentou Will, talvez um pouco ofendido.

— Espere, acho que ele vai voltar. Devia estar bastante necessitado daquele alimento.

— E a dama — disse Will, parando por um instante antes de prosseguir: — É a coisa mais estranha que já encontrei desde que me tornei pescador.

— Sim — disse apenas, e me pus a pensar.

As horas passaram, mas Will permaneceu ao meu lado. A estranha aventura lhe havia tirado o sono.

A terceira hora chegava ao fim quando ouvimos outra vez o som dos remos através do oceano silencioso.

— Escute! — disse Will, um leve tom de empolgação na voz.

— Ele está vindo, bem como pensei — murmurei.

O som foi chegando mais perto, e percebi que cada remada era mais longa e firme do que antes. A comida havia feito diferença.

A alguns metros do costado do navio, o ruído parou e a estranha voz retornou da escuridão:

— Olá, embarcação!

— É você? — perguntou Will.

— Sim. Tive que partir depressa, mas... mas havia grande urgência.

— A dama? — insistiu Will.

— A... dama lhes é grata agora na terra. Ela em breve será ainda mais grata no... no céu.

Will tentou responder, mas parou, confuso. Eu não disse nada. Estava intrigado com aquelas pausas curiosas, e, além disso, repleto de compaixão.

A voz prosseguiu:

— Nós... ela e eu, conversamos enquanto compartilhávamos da graça de Deus e de sua...

Will tentou intervir, mas nada do que disse fez o menor sentido.

— Imploro que não... desdenhem de seu ato de piedade Cristã esta noite — disse a voz. — Estejam certos de que Ele foi testemunha.

A voz se manteve em silêncio por um minuto. Depois, prosseguiu:

— Discutimos sobre aquilo que... nos aconteceu. Pensávamos em partir sem contar a ninguém do horror que surgira em nossas... vidas. Ela também acredita que os eventos de hoje à noite estavam destinados a acontecer, e que é a vontade de Deus que contemos a vocês tudo o que sofremos desde... desde...

— Sim? — disse Will, gentilmente.

— Desde o naufrágio do Albatroz.

— Ah! — exclamei sem querer. — O navio que partiu de New-castle para São Francisco há uns seis meses, e que ninguém mais viu desde então.

— Sim — respondeu a voz. — Um pouco ao norte do trajeto, a embarcação foi atingida por uma tempestade terrível e acabou desmastrada. Ao amanhecer, descobriu-se que o navio estava naufragando depressa, e, com o passar da tempestade, os marinheiros apanharam os botes e partiram, deixando para trás minha jovem noiva e a mim.

"Estávamos no porão do navio, juntando nossos pertences, quando eles partiram. Levados pelo medo, foram completamente insensíveis. Já não eram mais do que silhuetas no horizonte quando minha noiva e eu subimos ao convés. Ainda assim, não nos desesperamos, e nos pusemos a construir uma pequena jangada. Levamos conosco apenas o mínimo necessário, incluindo água e alguns biscoitos. Com o navio prestes a desaparecer nas profundezas, saltamos para a jangada e partimos.

"Mais tarde, cerca de três horas depois pelo meu relógio, quando os destroços do Albatroz se tornaram invisíveis para nós, apesar de os mastros quebrados terem permanecido à vista por um tempo a mais, percebi que estávamos sendo levados pela maré ou por alguma corrente marítima que nos tirou do ângulo do navio. Ao entardecer, o dia se tornou enevoado, permanecendo assim noite adentro e até a manhã seguinte. O tempo estava calmo, mas continuávamos envoltos pela névoa.

"Ficamos à deriva por quatro dias, perdidos em meio a essa estranha névoa, até que, ao final do quarto dia, ouvimos os sons de ondas quebrantando. Os sons foram se tornando cada vez mais claros, e, pouco depois da meia-noite, aproximavam-se de todos os lados. A jangada foi erguida pelas ondas diversas vezes antes que estivéssemos outra vez em águas calmas, deixando para trás os sons do mar agitado.

"Ao raiar do dia, descobrimos que estávamos em algum tipo de lago cercado pela névoa. Não demos a devida importância a esse fato naquela hora, pois, através da neblina que nos rodeava, aproximava-se um grande barco a vela. Caímos de joelhos e agradecemos a Deus em uníssono, certos de que logo estaríamos a salvo. Ainda tínhamos muito a aprender.

"Gritamos para que nos trouxessem a bordo quando a jangada se aproximou do navio, mas não houve resposta. Parando ao lado da embarcação, avistei uma corda pendurada e a usei para escalar. Foi difícil, pois a corda estava coberta por algum tipo de fungo cinzento e pegajoso, o qual também havia tomado conta da lateral do navio.

"Alcancei o parapeito e me debrucei sobre ele para chegar ao convés. Vi que estava coberto de grandes massas cinzentas e repletas de caroços, algumas medindo vários metros de altura, mas não pensei tanto nisso, ocupado com a possibilidade de encontrar pessoas a bordo. Gritei, ainda sem reposta. Abri a porta sob a popa e espiei para dentro, não encontrando nada além de um odor forte e desagradável. Fechei-a depressa, certo de que ninguém vivia ali dentro e me sentindo ainda mais solitário.

"Voltei para o lado pelo qual havia escalado. Minha... minha amada ainda estava sentada em silêncio na jangada. Ao me ver olhar para baixo, gritou para saber se havia alguém a bordo. Respondi que parecia abandonado, mas que, se aguardasse um momento, eu tentaria encontrar algo que ela pudesse usar para subir, assim poderíamos averiguar juntos a embarcação.

"Encontrei uma escada de corda no lado oposto, e, pouco depois, minha amada estava ao meu lado no convés. Exploramos as cabines e alojamentos na parte traseira do navio, sem encontrar qualquer sinal de vida. Aqui e ali, no interior das cabines, descobrimos mais daquele estranho fungo, o qual tentaríamos remover mais tarde.

"Por fim, tendo nos assegurado de que a porção traseira da embarcação estava vazia, estendemos nossa busca até a proa, abrindo caminho através dos horrendos nódulos daquele fungo cinzento, até confirmarmos nossa suspeita de que não havia ninguém a bordo além de nós mesmos. Sem mais nenhuma dúvida desse fato, voltamos para a popa do navio e procuramos nos acomodar com tanto conforto quanto possível.

"Após terminarmos de limpar e esvaziar duas das cabines, tornei a vasculhar a embarcação em busca de qualquer coisa comestível, agradecendo a Deus por Sua bondade quando de fato encontrei alimento. Descobri em seguida a localização da bomba de água potável, e, após consertá-la, percebi que seria possível beber daquela água, ainda que o sabor fosse um pouco desagradável.

"Permanecemos a bordo do navio por vários dias. Não fizemos nenhuma tentativa de alcançar a costa, ocupados que estávamos em tornar o lugar habitável. Logo perceberíamos, no entanto, que nossa situação era ainda pior do que havíamos imaginado. Por mais que raspássemos o estranho fungo que tomava conta do chão e das paredes das cabines, as formações cinzentas retornavam ao tamanho original no dia seguinte, deixando-nos inquietos e desencorajados.

"Ainda assim, não admitimos derrota. Recomeçamos o trabalho, raspando o fungo com maior afinco e lavando o chão e as paredes com ácido carbólico, que encontrei na despensa. Mas, apesar de nossos esforços, o fungo não apenas retornou com força total ao final da semana, como também se alastrou para outras partes do navio. Parecia-nos que, quanto mais tentássemos removê-los, mais os germes se espalhariam.

"Na manhã do sétimo dia, minha amada encontrou uma pequena porção do fungo crescendo em seu travesseiro, perto do rosto. Eu estava na cozinha, acendendo o fogo para o desjejum, quando ela se vestiu e veio até mim. 'Venha cá, John', disse ela, guiando-me para a parte posterior da embarcação. Estremeci ao ver a coisa em seu travesseiro, e ali mesmo decidimos deixar o navio e tentar buscar algum conforto em terra.

"Enquanto nos apressávamos nos preparativos da mudança, descobri que o fungo já havia afetado alguns de nossos poucos pertences. Encontrei um caroço cinzento crescendo em um dos xales de minha amada e atirei a peça de roupa para fora do navio sem dizer nada a ela. A jangada continuava ali, mas, como era muito desajeitada para navegar de maneira adequada, desci um pequeno barco a remo que encontramos atrelado à lateral do navio, o qual usamos para chegar à costa.

"Contudo, à medida que nos aproximávamos, tornava-se evidente que o mesmo fungo maligno que nos havia expulsado do navio crescia ali de maneira descontrolada. Horríveis montes da coisa cinzenta pareciam se remexer ao serem atingidos pelo vento, como se algum tipo de forma de vida silenciosa se agitasse dentro deles. Aqui e ali o fungo tomava a forma de longos dedos, ou apenas se espalhava sobre o solo, tornando-o escorregadio e traiçoeiro. Em alguns lugares, também surgia como árvores grotescas e retorcidas, as quais tremiam malignamente de tempos em tempos.

"A princípio, parecia não haver um único local ao nosso redor que não estivesse tomado por aquele fungo asqueroso, mas logo descobrimos não ser este o caso. Seguindo ao longo da costa, próximo dali, encontramos um caminho de areia branca, e ali atracamos nosso bote.

"Não era areia. Não sabíamos o que era, mas percebemos que, independentemente do que fosse, o fungo não crescia ali. A costa estava tomada pela desolação cinzenta do fungo, exceto por aquele único e estranho caminho de terra arenosa.

"É difícil explicar o quanto celebramos ao encontrar um lugar que estivesse livre do fungo. Após guardarmos nossos pertences, retornamos ao navio em busca do que mais pudéssemos precisar. Entre outras coisas, consegui trazer uma das velas da embarcação, com a qual construí duas pequenas tendas. Ainda que de aspecto demasiadamente rude, essas tendas nos serviram de moradia e depósito para nossos pertences por mais ou menos quatro semanas, ao longo das quais não enfrentamos muita infelicidade. Na verdade, diria até que fomos muito felizes, pois... pois estávamos juntos.

"Foi no polegar direito que o primeiro sinal do fungo surgiu em minha amada. Um ponto circular, como um sinal cinzento. Meu Deus! Como o medo invadiu meu coração quando ela me mostrou. Limpamos a marca, lavando-a com água e ácido carbólico, mas, na manhã seguinte, o sinal havia retornado como uma verruga acinzentada. Nós nos olhamos por um momento, e, ainda em silêncio, continuamos tentando remover o fungo em sua mão. Durante o processo, ela disse: 'O que é isso em seu rosto, querido?'. A voz dela soava cheia de ansiedade. 'Ali, próximo à sua orelha. Um pouco mais para a frente.'

"Meus dedos tocaram o local que ela apontava, e eu soube que o mesmo estava acontecendo comigo.

"'Vamos limpar a sua mão primeiro', disse eu, e ela assentiu, mas apenas porque tinha receio de me tocar enquanto sua mão não estivesse limpa. Terminei de lavar e desinfetar seu polegar, e ela fez o mesmo em meu rosto. Ao terminarmos, permanecemos juntos e conversamos sobre muitas coisas. Pensamentos terríveis haviam se tornado parte de nossas vidas de maneira repentina. Temíamos algo ainda pior que a morte. Falamos em carregar o navio com água e provisões, para então zarpar rumo ao oceano, mas sabíamos que não conseguiríamos, entre outros motivos, porque... o fungo já... havia nos atingido. Decidimos ficar e aguardar. Deus faria conosco o que quer que fosse a Sua vontade.

"Um mês, dois, e então três meses se passaram, e os sinais do fungo haviam crescido, surgindo também em outros lugares. Mesmo assim, lutamos como pudemos, com medo de que o avanço fosse lento, comparativamente falando, por vezes retornando ao navio para buscar o que precisássemos. O fungo havia se espalhado ainda mais pelo interior da embarcação, criando nódulos que chegavam até a altura de nossas cabeças.

"Àquela altura já havíamos abandonado qualquer esperança de deixar a ilha. Percebemos que seria inadmissível nos aproximarmos de pessoas saudáveis. Com isso em mente, concluímos que precisaríamos racionar nosso alimento, pois não sabíamos, naquela época, quantos longos anos ainda viveríamos.

"Lembro-me de ter-lhes dito que sou um velho. Isso não se deve em razão dos anos, mas... mas..."

Ele parou de súbito, prosseguindo de modo um tanto abrupto:

— Como eu ia dizendo, sabíamos que seria preciso cautela com a comida. O que não fazíamos ideia era do quão pouco alimento havia restado para racionar. Descobri na semana seguinte que todos os outros depósitos de pão, os quais pensara estarem cheios, estavam vazios, e que, além de um pouco de carne e vegetais enlatados, entre outras coisas, não tínhamos mais nada. Estávamos em nossa última reserva de pão.

"Ao saber disso, coloquei-me a fazer o que estava em meu alcance. Tentei pescar no lago, mas sem sucesso. Estava começando a sucumbir ao desespero quando me ocorreu de tentar fora dos limites do lago, em mar aberto. Peguei alguns peixes, mas nada que fosse de grande ajuda contra a ameaça da fome que se aproximava. Parecia que nossas mortes viriam em decorrência da inanição, e não pelo fungo que havia se apossado de nossos corpos.

"Esse era nosso estado de espírito quando o quarto mês chegou ao fim. Então, fiz uma descoberta terrível. Certa manhã, pouco antes do meio-dia, voltei do navio com uma pequena porção de biscoitos que haviam restado e vi minha amada sentada em frente à tenda... comendo algo.

"'O que é isso, querida?', gritei ao longe, saltando para terra firme. Ela pareceu surpresa ao ouvir minha voz, voltando-se de costas para jogar algo para além dos limites da clareira. Uma suspeita terrível começou a crescer dentro de mim. Caminhei até lá e apanhei aquilo que minha amada havia tentado esconder.

"Era um pedaço do fungo cinzento.

"Ao me aproximar dela com o pedaço em mãos, ela empalideceu, e então seu rosto se tornou vermelho vivo.

"'Minha querida! Minha querida!', disse, e logo não pude dizer mais nada, atordoado e assustado como estava.

"Ela caiu de joelhos e começou a chorar. Quando se acalmou, confessou que já havia se alimentado daquilo no dia anterior e que... havia gostado. Fiz com que jurasse nunca mais tocar naquilo, por maior que fosse a fome. Após prometer, ela me contou que a vontade de se alimentar do fungo havia surgido de repente, e que, até esse súbito momento de desejo, jamais sentira nada além do mais completo repúdio pela coisa.

"Mais tarde, sentindo-me inquieto e abalado em razão de minha descoberta, caminhei por uma das trilhas serpeantes, formadas pela terra arenosa, a qual me levou até os fungos cinzentos. Eu já havia me aventurado até lá, mas nunca além daquilo. Dessa vez, no entanto, envolvido em pensamentos confusos, fui muito mais longe do que jamais havia ido.

"Fui trazido de volta de meus pensamentos de repente por um som estranho à minha esquerda. Voltando-me depressa, percebi que havia algo se movendo em meio à extraordinária massa de fungos, perto do meu cotovelo. Movia-se de maneira errática, como se tivesse vida própria. Ocorreu-me de súbito que aquela coisa grotesca se assemelhava vagamente a uma figura humana distorcida.

"No mesmo instante que aquela estranha fantasia passou por minha mente, ouvi um som leve, porém doentio, de algo se rasgando. Algo que parecia um braço se soltou das massas cinzentas ao redor e se estendeu em minha direção. A cabeça da coisa, uma bola escura e disforme, inclinou-se sobre mim. Fiquei parado, estupefato, enquanto o horrendo braço tocava meu rosto, até conseguir gritar, amedrontado, e recuar alguns passos. Um sabor adocicado surgiu em meus lábios onde a coisa havia me tocado.

"Lambi meus lábios, e um desejo monstruoso se apoderou de mim. Arranquei um pedaço e cravei os dentes no fungo cinzento. Insaciável, consumi cada vez mais e mais, até que, em meio ao ato de devorar aquela massa horrível, a lembrança de minha descoberta naquela manhã surgiu no emaranhado da minha mente.

"Foi uma lembrança enviada por Deus. Joguei no chão os pedaços que tinha em mãos e corri de volta ao nosso acampamento, sentindo-me absolutamente culpado e miserável.

"Acho que ela soube de imediato o que havia acontecido, em razão de alguma intuição maravilhosa, compartilhada somente entre os que se amam. Sua simpatia silenciosa tornou um pouco mais fácil contar a ela sobre meu momento de fraqueza, mas ainda assim omiti o fato inacreditável do que havia acontecido logo antes. Quis poupá-la de qualquer horror desnecessário.

"Guardei para mim uma descoberta intolerável, da qual um terror incessante se originou em meus pensamentos. Não tive dúvida de que presenciara o destino fatal de algum dos homens que haviam chegado à ilha no navio que agora jazia abandonado, e que, no monstruoso fim daquele homem, vira também nosso próprio destino.

"Passamos a manter distância daquele alimento abominável, embora a ânsia de consumi-lo estivesse agora em nosso sangue. Nosso castigo também prosseguiu: dia após dia, com rapidez crescente, o fungo se apoderou de nossos corpos. Nada que pudéssemos fazer era capaz de pará-lo. Assim, nós... nós que um dia havíamos sido humanos nos tornamos... Bem, isso já não importa mais. Importa apenas... apenas que... um dia fomos pessoas!

"A luta diária contra a fome e o desejo pelo fungo cinzento se torna mais terrível a cada dia. Há uma semana, comemos o último biscoito, e desde então peguei apenas três peixes. Estava pescando aqui fora quando avistei seu navio surgindo através da neblina. Chamei-os, e o resto vocês sabem. Que Deus, em

Sua infinita bondade, abençoe-os pela compaixão para com duas... duas pobres almas condenadas."

Ouvimos o mergulhar dos remos. A voz retornou, agora pela última vez, soando triste e fantasmagórica através da tênue neblina que nos rodeava.

— Deus os abençoe! Adeus!

— Adeus! — gritamos, roucos, nossos corações repletos de muitas emoções distintas.

Olhei ao redor, percebendo que o amanhecer surgia sobre nós.

O sol lançou um único raio sobre o mar encoberto, perfurando fracamente a névoa e iluminando com o mesmo desânimo o pequeno barco que se afastava. Pensei ter visto alguma coisa balouçando entre os remos. Alguma coisa cinzenta, grande e esponjosa. Os remos também eram cinzentos, assim como o barco. Não era possível distinguir onde a mão humana terminava e a haste do remo começava.

Meu olhar se voltou para a... coisa que remava. Avistei-a uma última vez antes que os remos mergulhassem novamente, lançando o pequeno barco à frente, fora do retalho de luz, até desaparecer em meio à névoa.

MESTRES *do* GÓTICO BOTÂNICO

WOOD'STOWN

1873

Alphonse Daudet

> Era o lugar ideal para a construção de uma nova cidade: às margens do rio, num vale arborizado; contudo, ninguém perguntou à floresta se estava disposta a autorizar aquele empreendimento. E não estava.

A LOCALIZAÇÃO ERA SOBERBA PARA CONStruir uma cidade. Só era preciso limpar as margens do rio, abatendo uma parte da floresta, da imensa floresta virgem enraizada ali desde o nascimento do mundo. Então, abrigada a volta toda por colinas arborizadas, a cidade desceria até o cais de um porto magnífico estabelecido na embocadura do rio Vermelho[12], a somente seis quilômetros do mar.

Desde que o governo de Washington fez o acordo da conceção, carpinteiros e lenhadores começaram a trabalhar; mas

---

[12] Nome de diversos rios, localizados nos mais diversos países. No caso, fica evidente que se trata de um rio da América do Norte, mas, só nos Estados Unidos, há mais de dez rios de pequeno e médio porte assim nomeados, de modo que é difícil precisar de qual se trata, embora possamos especular, uma vez que a maioria deles não desagua no mar, como é o caso do rio retratado no conto. [N. do T.]

vocês nunca viram uma floresta como aquela. Pregada no solo com todos os seus cipós e raízes, quando era abatida por um lado, crescia de volta por outro; rejuvenescia-se com suas feridas. E cada golpe de machado fazia nascerem botões verdes. As ruas, as praças da cidade, traçadas com dificuldade, eram invadidas pela vegetação. As muralhas cresciam menos depressa que as árvores e, assim que erguidas, colapsavam com o esforço das raízes sempre vivas.

Para dar um fim àquela resistência onde se embotava o ferro dos facões e dos machados, foram obrigados a recorrer ao fogo. Dia e noite, uma fumaça sufocante preencheu a camada de moitas, enquanto as grandes árvores acima flamejavam como círios. A floresta ainda tentou lutar, retardando o incêndio com ondas de seiva e com o frescor abafado de suas folhas agitadas. Enfim, o inverno chegou. A neve se abateu como uma segunda morte sobre os grandes terrenos cheios de troncos enegrecidos e de raízes consumidas. Dali em diante, podia-se construir.

Logo uma cidade imensa, toda de madeira, como Chicago, estendia-se às margens do Rio Vermelho, com suas largas ruas alinhadas, numeradas, radiando ao redor das praças, sua Bolsa, seus salões, suas igrejas, suas escolas e toda uma parafernália marítima de hangares, de alfândegas, de docas, de entrepostos, de estaleiros de construção para navios. A cidade de madeira, Wood'stown — como chamou-se —, logo foi povoada pelos bodes expiatórios que estreiam as cidades novas. Uma atividade febril circulou em todos os bairros; mas nas colinas das redondezas, que dominavam as ruas cheias de multidão e o porto congestionado de embarcações, uma massa escura e ameaçadora se espalhava em semicírculo. Era a floresta que observava.

Ela observava aquela cidade insólita que lhe havia tomado seu lugar nas margens do rio e três mil árvores gigantescas. Toda Wood'stown fora feita com a *sua própria* vida. Para os altos mastros que se balançavam mais além no porto, para aqueles telhados incontáveis que desciam uns na direção dos outros, até para a última cabana do subúrbio mais distante, ela fornecera tudo, até mesmo para os instrumentos de trabalho, inclusive para os móveis, somente medindo seus serviços com o comprimento de seus galhos. Então que terrível rancor alimentava contra aquela cidade de saqueadores!

Enquanto o inverno durou, não perceberam nada. As pessoas de Wood'stown às vezes escutavam um estalo surdo em seus tetos, em seus móveis. De tempos em tempos, um muro se fendia, um balcão de loja partia em dois ruidosamente. Mas a madeira nova está sujeita a tais acidentes e ninguém dava importância a isso. No entanto, com a aproximação da primavera – uma primavera súbita, violenta, tão rica de seiva que se escutava sob a terra como um ruído de fontes –, o solo começou a se agitar, erguido por forças invisíveis e ativas. Em cada casa, os móveis, as superfícies das paredes, inchavam e via-se sobre as tábuas longos veios como se causados pela passagem de uma toupeira. Nem portas, nem janelas, nada funcionava mais. "É a umidade", diziam os habitantes. "Com o calor, isso passará".

De repente, no dia seguinte de uma grande tempestade vinda do mar, que trouxe o verão em seus raios chamuscantes e sua chuva morna, a cidade deu um grito de estupor ao despertar. Os telhados vermelhos dos monumentos públicos, os pináculos das igrejas, as lajes das casas e até a madeira das camas, tudo havia sido aspergido por uma tintura verde, fina como um bolor, leve como uma renda. De perto, era uma quantidade de botões microscópios, onde já se via a formação das folhas. Aquela bizarrice das chuvas divertiu sem preocupar, mas, antes da noite, buquês de vegetação floresciam por toda parte sobre os móveis, sobre os muros. Os galhos brotavam a olhos vistos; quando se segurava um ligeiramente na mão, sentia-se que crescia e se debatia como asas.

No dia que se seguiu, todos os apartamentos pareciam estufas. Cipós seguiam as rampas da escada. Nas ruas estreitas, galhos se juntavam de um telhado a outro, criando acima da cidade barulhenta a sombra das avenidas florestais. Aquilo estava ficando preocupante. Enquanto os eruditos reunidos deliberavam sobre aquele caso de vegetação extraordinária, a multidão se apressava do lado de fora para ver os diferentes aspectos do milagre. Os gritos de surpresa, o rumor espantado de todo aquele povo inativo, davam solenidade àquele estranho acontecimento. De repente, alguém gritou: "Ora vejam a floresta!". E perceberam com terror que nos últimos dois dias o semicírculo verdejante tinha se aproximado muito. A floresta parecia estar descendo em direção à cidade. Toda uma vanguarda de espinheiros e cipós estendia-se até as primeiras casas das periferias.

Então Wood'stown começou a compreender e a ter medo. Evidentemente, a floresta vinha reconquistar seu lugar na margem do rio; e suas árvores, abatidas, dispersadas, transformadas, libertavam-se de sua prisão para seguir à frente dela. Como resistir à invasão? Com o fogo, arriscava-se incendiar a cidade inteira. E o que podiam os machados contra aquela seiva que renascia sem cessar, contra aquelas raízes monstruosas que atacavam por debaixo do solo, contra aqueles milhares de sementes voadoras que germinavam quebrando-se e fazendo brotar uma árvore em cada canto onde caíam?

Mesmo assim, todo mundo se lançou bravamente ao trabalho com foices, rastelos, machadinhas e fizeram uma imensa chacina de folhagens. Mas em vão. De hora em hora, a confusão das florestas virgens, onde o entrelaçamento dos cipós liga entre si os brotos gigantescos, invadia as ruas de Wood'stown. Para começar, os insetos e os répteis fervilhavam. Havia ninhos em todos os cantos, e grandes golpes de asas e montes de pequenos bicos tagarelas. Em uma noite, os celeiros da cidade se esgotaram por todas as ninhadas eclodidas. Depois, como uma ironia no meio daquele desastre, borboletas de todos os tamanhos, de todas as cores, voavam sobre cachos floridos e as abelhas clarividentes que buscam abrigos seguros, nos vãos daquelas árvores tão rápido crescidas, instalaram seus favos de mel como uma prova de permanência.

Vagamente, na ondulação barulhenta de folhagens, escutava-se os golpes surdos dos facões e dos machados, mas no quarto dia qualquer ação foi reconhecida como impossível. O mato subia alto demais, espesso demais. Cipós constritores se agarravam aos braços dos lenhadores, contendo seus movimentos. Além disso, as casas tinham se tornado inabitáveis; os móveis, carregados de folhas, tinham perdido suas formas. Os tetos desmoronavam, perfurados pelas lanças das yuccas e pelos longos espinhos dos cedros; e no lugar dos forros se estendia o domo imenso das catalpas[13]. Acabara, era preciso fugir.

Através da rede de plantas e de ramos que se apertavam cada vez mais, as pessoas de Wood'stown, aterrorizadas, precipitaram-se rumo ao rio, levando o máximo de riquezas e de objetos preciosos que conseguiam. Mas que dificuldade para ganhar a margem da água! Não havia mais cais. Nada além de juncos gigantescos. Os estaleiros marítimos onde se abrigavam as madeiras de construção tinham dado lugar a florestas de abetos; e, no porto todo em flor, os navios novos pareciam ilhotas de vegetação. Felizmente, encontrava-se ali algumas fragatas blindadas sobre as quais a multidão se refugiou e de onde dava para ver a velha floresta se reunir vitoriosa com a floresta nova.

Pouco a pouco, as árvores confundiram seus cimos, e, sob o céu de sol a pino, a enorme massa de folhagens estendia-se das margens do rio até o longínquo horizonte. Não havia mais nenhum traço da cidade, nem dos telhados, nem dos muros. De tempos em tempos, um ruído surdo de desmoronamento, último eco da ruína, ou o golpe de machado de um lenhador enfurecido retiniam sob a profundeza da folhagem. Depois, nada além do silêncio vibrante e ruidoso, zumbindo com nuvens de borboletas brancas que davam voltas sobre o curso d'água deserto e, mais ao longe, na direção do alto-mar, via-se um navio fugindo, três grandes árvores verdes erguidas no meio de suas velhas, levando os últimos imigrantes daquilo que foi Wood'stown.

---

13 Yuccas, cedros, catalpas e abetos são árvores típicas da América do Norte. [N. do T.]

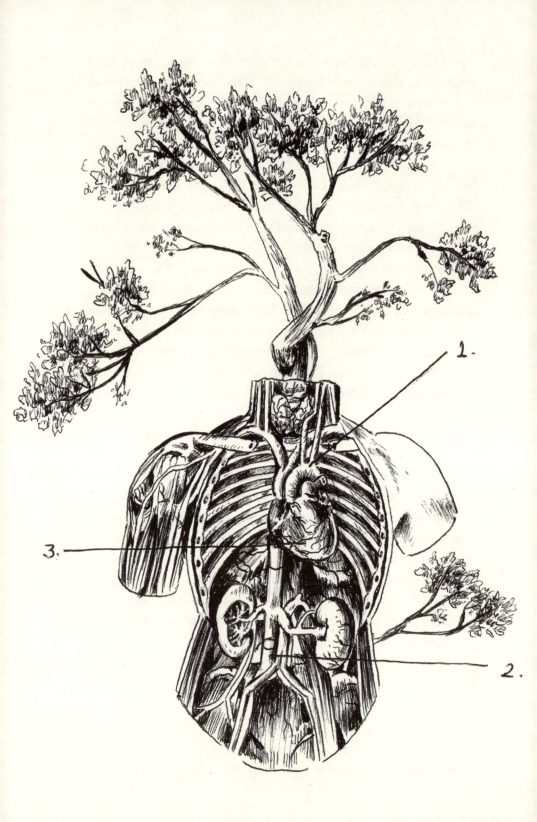

MESTRES *do* GÓTICO BOTÂNICO

A VINGANÇA DE UMA ÁRVORE

1904

Eleanor J. Lewis

> Quando um assassinato abala uma pequena cidade na região central da Califórnia, um homem inocente é acusado sem provas ou julgamento, uma injustiça que seguirá os verdadeiros culpados até o fim de seus dias.

 SOL POENTE FLUÍA EM LINHAS AMARELAS através das janelas da taberna de Jim Daly, na pequena cidade de C——, reluzindo nos copos espalhados sobre as mesas e nos rostos de diversos homens reunidos próximos ao bar. Eram em maioria fazendeiros, com um punhado de comerciantes e, proeminente entre os demais, o editor do vilarejo. Discutiam uma notícia surpreendente que havia se espalhado pela cidade e arredores: havia chegado até eles relatos de que Walter Stedman, um empregado no rancho de Albert Kelsey, agredira e assassinara a filha do patrão, espalhando um horror generalizado entre a população.

Um fazendeiro afirmou ter testemunhado o ocorrido enquanto caminhava por uma estrada vizinha. Famoso desde sempre pela covardia, em vez de correr em socorro da garota, reunira um grupo de mineradores que retornavam da refeição do meio-dia por um campo próximo. Contudo, chegando ao local onde – supunham – Stedman havia cometido o ato sinistro, encontraram apenas a garota caída na quietude da morte. O assassino havia aproveitado a oportunidade para escapar. O grupo vasculhou a mata da propriedade Kelsey, apertando o passo quando, ao se aproximarem da casa, Walter Stedman surgira caminhando de maneira estranha e instável naquela direção.

Ele logo estava sob custódia, embora declarasse inocência do crime. Dizia que ele próprio havia recém-encontrado o corpo a caminho da estação, e que se dirigia à casa em busca de ajuda quando o alcançaram. No entanto, haviam caçoado de seu relato e o atirado no minúsculo e abafado calabouço da cidade.

Quais eram as provas? Walter Stedman, um jovem de cerca de vinte e seis anos de idade, viera da cidade grande em busca de trabalho no pacato vilarejo, justamente na época mais difícil. Em maioria, os homens que lá viviam eram cidadãos honestos, que trabalhavam com dedicação quando havia oferta de trabalho. Na ocasião em que convidaram Stedman para beber com eles, o jovem recusara de forma bastante desdenhosa. "Aquele maldito sujeito da cidade", chamaram-no. O ódio e a inveja que sentiam por ele também ganharam força quando Albert Kelsey o contratou no lugar de algum deles. À medida que o tempo passou, a admiração de Stedman por Margaret Kelsey se tornou conhecida, com o adendo de que a filha do patrão o havia repudiado, afirmando que não se casaria com um reles empregado. Assim, quando a notícia chegou aos ouvidos do empregador, Stedman fora demitido, e aquela então fora sua vingança! Para eles, essas provas eram suficientes para declará-lo culpado.

Naquela tarde, no entanto, enquanto Stedman, agachado no chão do calabouço, começava a perder a esperança, certo de que ninguém acreditaria em sua história e de que o castigo imerecido seria rápido e garantido, um andarilho a bordo de um vagão a muitos quilômetros da cidade havia fugido do local onde cometera o crime, sabendo que a sombra do ato o perseguiria para sempre.

Da pequenina janela da prisão, Walter Stedman podia ver no céu o brilho avermelhado que precedia o pôr do sol. O sol vermelho de sua vida também estava prestes a se pôr, uma vida inocente de qualquer crime, cujo fim se daria em razão de algo que ele jamais havia feito. Acima de todas as visões que passaram por sua mente estava a de Margaret Kelsey, caída como a encontrara, recém-saída das garras do assassino. Havia outra, porém, de natureza mais carinhosa: o quanto Margaret e ele haviam tentado guardar segredo até que Walter fosse promovido a um cargo mais elevado e pudesse pedir a mão dela sem medo da oposição do pai! Em seguida, veio a lembrança de um encontro ao entardecer, na mata ao redor da propriedade Kelsey. Como, momentos depois de se despedirem, Walter ouvira passos perto deles e, olhando ao redor, vira um rosto vil, maligno e assassino espiando através dos arbustos. Correra na direção dele, mas o dono daquela face havia escapado com rapidez.

Os fofoqueiros da cidade haviam interpretado erroneamente o romance entre os dois. Quando Albert Kelsey ficou sabendo desse encontro clandestino por meio do homem que mais tarde surgiria como líder da turba e demitido Stedman, acreditou-se que o jovem havia feito um pedido de casamento formal e sido rejeitado. A justiça cometera um erro, como já fizera inúmeras vezes antes, e faria novamente. Um homem inocente seria enforcado sem nem ao menos receber o conforto de um julgamento, enquanto o culpado permaneceria livre para ir e vir para onde quisesse.

A escuridão chegou depressa naquela noite de outono, enquanto as estrelas faziam seu melhor para iluminar a cena. Um grupo de homens mascarados, liderados por alguém que alimentara um ódio secreto pelo jovem Stedman desde sua chegada à cidade, arrastaram-no para fora da prisão e o levaram pelas ruas, desafiando a todos, até mesmo o próprio Deus. Seguiram pela estrada e através do "atalho" do fazendeiro Brown, mantendo sob vigilância constante o prisioneiro que, com lanternas iluminando seu rosto encovado, caminhou entre eles com os passos arrastados da absoluta desesperança.

— Aquela é uma boa árvore — disse o líder, parando para apontar um volumoso carvalho. Quando a corda foi ajustada e Stedman subiu na caixa, o homem acrescentou: — Se tem algo a dizer, é melhor fazê-lo agora.

— Sou inocente, juro perante Deus — respondeu o condenado. — Nunca tirei a vida de Margaret Kelsey.

— Dê-nos provas! — rugiu o líder, rindo brevemente quando Stedman se manteve em um silêncio desesperado. — Prontos, homens! — ordenou.

A caixa foi chutada para o lado, e então... o corpo balançou em agonia de um lado ao outro na triste escuridão.

— Vou lhes contar um segredo, garotos — disse o líder, de súbito. Estava à frente dos homens, assistindo com uma alegria silenciosa ao corpo que se contorcia. — Eu também estava atrás da pobre garota assassinada. Não tinha muita chance, mas, por Deus, ele tinha tão pouca quanto! — Uma pausa, e em seguida: — Ele foi chutado desta terra. Desçam-no dali, rapazes!

— Não adianta, filho. Deixarei a maldita coisa para lá como um trabalho malfeito. Há alguma coisa estranha a respeito daquela árvore. Percebe como os galhos a mantém equilibrada? Cortamos o tronco quase pela metade, mas ela não cai. Há muitas outras por perto; levaremos alguma delas. Se tivesse uma corda comprida comigo, eu a derrubaria, mas, do jeito que a coisa se sustenta, estaria arriscando a vida se a escalasse. O diabo mora ali dentro, tenho certeza.

Assim, o velho fazendeiro Brown apoiou o machado no ombro e se dirigiu a outra árvore, seguido pelo filho. Haviam serrado e cortado, cortado e serrado, mas ainda assim o grande carvalho-branco, com galhos estendidos de maneira tão regular que quase pareciam feitos por uma máquina, mantinha-se firme e de pé.

O fazendeiro Brown, famoso pelo espírito fraco e covarde, e que, ao testemunhar o assassinato da filha de Albert Kelsey, enganara-se a respeito da identidade do assassino em razão do medo, havia deixado o carvalho de pé por pura superstição. A posição bem equilibrada o impedira de cair quando outras teriam tombado. Logo, aquela árvore, a mesma na qual um homem inocente havia sido enforcado, fora deixada para outros trabalhos.

Era uma noite fria e chuvosa – o tipo de noite que só poderia ser vista na região central da Califórnia. O vento uivava como mil demônios, empurrando as árvores com selvageria umas contra as outras. Aqui e ali, o estranho "uuh, uuh!" de uma coruja chegava suavemente de longe nos breves momentos de calmaria em meio à tempestade, enquanto os latidos dos coiotes ecoavam pelas colinas como risadas diabólicas.

Sob chuva e vento, um homem abria caminho através dos arbustos no "atalho" do fazendeiro Brown, o caminho mais curto até sua casa. Parou de repente, tremendo, como se algum impulso invisível o tivesse segurado. O carvalho-branco se erguia diante dele, balançando de um lado ao outro na tempestade.

– Santo Deus! É a árvore em que pendurei Stedman! – gritou ele, tomado por um estranho medo que percorreu seu corpo.

Os olhos estavam fixos na árvore, aprisionados por alguma fascinação indefinível. Sim, ali, em um dos galhos mais longos, um pequeno pedaço de corda permanecia amarrado. Então, na visão aflita do assassino, essa corda pareceu se alongar, formando um nó que se enrolou em um pescoço purpúreo, enquanto abaixo o corpo de um homem se contorcia e balançava!

– Maldito seja! – balbuciou ele, arremetendo em direção ao vulto pendurado, como se prestes a ajudar a corda a estrangulá-lo. – Vai me seguir para sempre? Ele mereceu, o vilão desalmado! Tomou a vida dela...

Ele nunca concluiu a frase. Assomando-se sobre ele, o carvalho-branco pareceu se agigantar como uma criatura viva e enfurecida. Houve um som súbito de algo se partindo e, em seguida, o impacto. Por fim, sob a árvore tombada, jazia o corpo esmagado e desfigurado do assassino de Walter Stedman. Uma figura pálida e cinzenta surgiu do espaço entre o tronco quebrado e o toco que restara, passando depressa pelos resquícios inertes do homem até desaparecer na selvagem escuridão da noite.

MESTRES do GÓTICO BOTÂNICO

CARNIVORINA

1889

Lucy H. Hooper

Em uma viagem pelo interior da Itália do século XIX, um homem parte em busca de um jovem cientista desaparecido, apenas para descobrir que o amor dele pela ciência e pela natureza havia ido longe demais.

UANDO EU, ELLIS GRAHAM, UM HOMEM DE meia-idade, de recursos e tempo livre, decidi começar por Roma, no outono passado, os estudos de localidades para meu projeto da história da família Cenci, jamais teria esperado que seria imposta a mim uma tarefa tão importante, a qual dizia respeito aos assuntos de outras pessoas em vez dos meus próprios. Contudo, não poderia ter recusado a missão.

Conhecia a família Lambert havia muitos anos. Sempre tivera grande apreço pela calorosa amizade do sr. e da sra. Lambert – amizade a qual, após o falecimento do homem, eu havia mantido com a viúva. Julius, o filho mais velho, sempre fora um de meus favoritos quando menino, ainda que não simpatizasse de todo com sua obsessão por descobertas científicas, em especial pela botânica. No entanto, é preciso admitir que suas pesquisas sobre formações e funções do reino vegetal levaram a algumas descobertas curiosas.

Essas descobertas, porém, serviriam apenas para despertar na mente dele, à medida que chegava à idade adulta, uma ambição descontrolada por novas conquistas na área. Nunca compreendi com exatidão o curso que suas investigações haviam tomado, mas sabia que estava profundamente interessado nas teorias darwinistas. A partir dessa conexão, lançara-se sobre algum problema inescrutável, o qual tentava resolver. Vivera em reclusão, confinado com suas plantas e teorias, até que o perdi de vista por alguns anos, embora minhas visitas à sra. Lambert tivessem continuado.

Entretanto, fiquei bastante surpreso quando, na véspera de minha partida para a Europa, recebi de minha velha amiga uma carta escrita às pressas, implorando que a encontrasse antes de partir e reservasse a tarde seguinte para a visita. Respondi ao apelo, encontrando a dama, geralmente tão serena e elegante, em um estado emocional que não lhe era habitual.

— Procurei-o, querido sr. Graham — disse ela —, para perguntar se cumprirá para mim uma missão muito importante. Sei que não é correto lhe pedir tal coisa, a qual, caso aceite, sem dúvida envolverá bastante incômodo e a perda de uma porção considerável de seu tempo, mas minha paz de espírito está em jogo, e não sei mais o que fazer se não estiver disposto a me ajudar.

— Farei de bom grado o que estiver ao meu alcance, querida sra. Lambert — respondi. De fato, senti-me bastante comovido pela apreensão dela e ao notar as marcas deixadas pela preocupação em seu rosto, ainda tão belo. Estava pronto para prometer qualquer coisa ou aceitar qualquer tarefa em seu nome.

— Quero que encontre Julius para mim.

— Julius? Ele não está em casa? Nem ao menos sabia que havia partido.

– Sim. Ele viajou de navio para a Europa há três anos. Como sabe, o tio dele lhe deixou uma fortuna considerável pouco antes disso, de maneira que ele viajou para dar continuidade a, como colocou, experimentos científicos. Sei que ele acreditava estar a um passo de uma grande descoberta, mas jamais revelou a natureza desta, nem mesmo a mim. Como talvez se recorde, nunca simpatizei com tais estudos. Suponho, então, que ele não me considerou digna dessa confidência.

"Talvez estivesse errada. Caso houvesse demonstrado maior interesse em suas descobertas, ele talvez não me abandonasse dessa forma. Antes de partir, ele me disse que seus experimentos deveriam ser aperfeiçoados em reclusão absoluta e que não desistiria deles até que obtivesse algum grande resultado. Mais tarde, tivemos notícias dele em Paris, e logo mais em Milão. Porém, há meses não escreve aos irmãos ou a mim."

– Não tem nenhuma ideia do paradeiro dele no momento?

– Tenho razões para acreditar que tenha estabelecido morada nos arredores de Roma. Foi visto, dois invernos atrás, pelo artista Alan Spencer, com o qual teve uma longa conversa, mas que não foi capaz de revelar nada a respeito de sua residência ou descobertas.

– Ele parecia bem?

– Parecia cansado e abatido, de acordo com o sr. Spencer, mas bem, a despeito disso. O motivo de minha preocupação é... é... bem, talvez seja melhor confessar de uma vez. Receio que haja uma complicação no caso: uma paixão por alguma mulher que possa ludibriar Julius para conduzi-lo ao matrimônio.

– Tem alguma base para esse temor?

– Apenas isso: ele deixou escapar algo para o sr. Spencer sobre um tipo chamada Carnivorina.

– Que nome extraordinário! Ele deu alguma informação a respeito dela ao amigo?

– Não. Foi bastante reticente quanto ao assunto, parecendo muito incomodado por sequer mencionar o nome dela em um momento de descuido. Pediu ao sr. Spencer que jamais a mencionasse, mas Alan sempre fora muito próximo de Richard e Maude. Vendo o quão preocupados nos havia deixado o longo silêncio de Julius, e não tendo feito nenhuma promessa de sigilo, não hesitou em nos contar o pouco que sabia. Então, ao chegar em Roma, caso tente encontrar nosso Julius, ficarei mais agradecida do que sou capaz de explicar.

Prometi fazer meu melhor. Visivelmente aliviada, a sra. Lambert acrescentou alguns detalhes sobre o banqueiro do filho em Roma, além das outras poucas pessoas que Julius conhecia na cidade e que poderiam ter ouvido algo a respeito dele ao longo dos últimos meses. Deu-me também o nome e endereço do ervanário em frente ao qual – e, de fato, saindo de lá – Alan Spencer havia encontrado Julius de maneira tão inesperada.

– Escreva assim que tiver notícias – disse-me ela, melancólica, ao nos despedirmos. – Acima de tudo, conte-me tudo que descobrir a respeito de Carnivorina. Não hesite em relatar o pior, até mesmo se Julius houver se casado com essa criatura de nome tão peculiar.

Confesso que, ao chegar em Roma, tantos interesses pessoais se apossaram de mim que não comecei de imediato minha busca por Julius Lambert, ao contrário do que havia planejado. Havia tantos velhos amigos e lugares para revisitar, tantas estátuas novas e interessantes para ver nos estúdios dos escultores romanos, fossem nativos ou estrangeiros, além de meus negócios com os artistas que ilustrariam meu historial da família Cenci, os quais exigiram tanto tempo que, sem que eu percebesse, semanas haviam se passado antes que tivesse feito qualquer coisa a respeito do problema. Tive tempo de receber mais de uma carta da sra. Lambert antes de começar minhas investigações.

Devo reconhecer que havia chegado à conclusão de que o mistério, ou a investigação, acabaria por não ser mistério algum, e que Julius seria encontrado em algum dos hotéis menores de Roma – muito ocupado, ou talvez muito apaixonado para escrever. No entanto, quando por fim parti em busca dele, encontrei-me estupefato logo de início frente a uma impenetrável muralha de segredos. Ninguém o vira nem sabia nada a respeito dele. Havia retirado todo o dinheiro do banco tão logo chegara à cidade. Estivera em Roma uns dois anos antes, quando adquirira uma coleção de curiosas plantas comedoras de insetos, oriundas da América do Sul, no velho ervanário em frente ao qual Alan Spencer o encontrara. Isso era tudo. Se o chão tivesse se aberto sob seus pés e o engolido, não teria desaparecido tão completamente da face da Terra.

Procurei-o em todas as direções: contratei um detetive particular, ofereci uma recompensa por qualquer notícia dele, tudo em vão. Tive êxito em confirmar que não havia deixado Roma, mas isso foi tudo o que descobri.

Alguns meses se passaram. Desesperado, já havia praticamente abandonado a busca quando um capricho me levou a um passeio a cavalo pela região da Campânia. Por muito tempo, desejara explorar os distritos menos frequentados e pouco conhecidos daquela vasta região assombrada pela malária, habitada apenas por uns poucos pastores afligidos pela febre e localizada fora do caminho trilhado por turistas e viajantes, além das muralhas das cidades.

Como se pode imaginar, minha jornada foi um tanto deprimente. Segui adiante, encontrando, por vezes, um rebanho de ovelhas vigiado por um guardião que mais se assemelhava um salteador e um cão de aspecto feroz e hostil, o qual parecia pronto, mediante uma palavra ou gesto do dono, a estraçalhar meu cavalo e estrangular o cavaleiro. Em seguida, encontrei enormes arcos de aquedutos em ruínas, os quais, nos tempos da Roma clássica, soavam como música ao som da água correndo.

Por vezes, deparei-me com os resquícios arruinados de casebres abandonados ou bois de chifres longos e pelos cinzentos, belas criaturas de olhar tranquilo, que observavam, curiosas, com olhos grandes e gentis à medida que eu passava, como se dissessem: "o que faz esse estranho neste lar de solidão e ruína?". De qualquer maneira, estava interessado pela novidade da melancólica região, seguindo em frente até que o sol começou a se pôr no horizonte oeste.

Sempre me considerara à prova de febres, mas, ainda assim, uma cavalgada após o anoitecer pela Campânia não seria o experimento mais sadio do mundo. Dei a volta com o cavalo para retornar à cidade, avistando uma casa próxima enquanto o fazia. É bastante provável que tivesse passado sem percebê-la, encoberta como estava por vinhas, arbustos e árvores, tanto que mal era possível discernir suas formas e arquitetura.

Ao me aproximar, vi que se tratava de uma vivenda moderna, de dimensões imponentes, a qual havia decaído até a quase completa ruína. Não havia evidência que revelasse se o capricho de um especulador ou uma ideia desvairada de algum proprietário da Campânia provocara a construção de uma casa de campo tão luxuosa neste lugar solitário e hostil.

A área ao redor, antes espaçosa e bem definida, estava tomada pelo crescimento desenfreado da vegetação. Aqui e ali, estátuas de mármore branco, marcadas pela umidade e esverdeadas pelo mofo, surgiam à sombra das árvores. Uma delas, a figura graciosa de uma ninfa, a qual fora derrubada do pedestal, jazia deitada em meio à grama alta. A própria fachada da casa era adornada com esculturas cobertas de musgo, e um dos pilares que sustentava a entrada havia se partido, sendo então substituído por um tronco de cipreste.

Metade da casa parecia deserta e arruinada, com janelas quebradas e telhado apodrecido, mas havia sinais de presença humana em outras partes. O telhado da ala direita havia sido reparado, as janelas estavam em boas condições, e a luz de um fogo aceso nos cômodos inferiores concedia um aspecto alegre àquela parte da construção. Estranhamente, também, e a despeito da decadência e deterioração gerais, via-se traços não apenas de conforto, mas de luxo em uma parte das dependências, algo que percebi à medida que me aproximava. Tratava-se de uma ampla estufa adjunta à parte inabitada da residência. Estava em perfeita ordem: não havia uma única vidraça faltando nas paredes, através das quais pude discernir o brilho avermelhado dos fornos acesos lá dentro, bem como o verde opaco da folhagem das plantas.

Meu cavalo e eu estávamos ambos cansados, de maneira que decidi parar por uma hora ou duas naquela habitação tão peculiar. Daria aveia ao animal e uma garrafa de Chianti e casca de pão a mim mesmo. Puxei as rédeas em frente às ruinas da entrada, prestes a anunciar minha presença com uma batida do cabo do chicote de equitação, quando a porta se abriu de repente e um homem surgiu, apressado. Assustou-se ao me ver, fazendo menção de recuar para dentro; mas, sob a luz pálida e vermelha do pôr do sol, fui capaz de distinguir seus traços, reconhecendo-o de imediato. Tratava-se do homem pelo qual eu havia procurado por tanto tempo, em vão. Era Julius Lambert.

– Julius! – exclamei, enquanto ele tentava desaparecer pela porta. – Julius Lambert! É dessa forma que trata um velho amigo que veio de tão longe para visitá-lo?

Ele se voltou ao ouvir minha voz.

– É você mesmo, sr. Graham – disse, hesitante. – Como é possível que tenha encontrado a mim ou à mansão Anzieri? Ninguém se aproxima deste lugar ou de mim há mais de dois anos. Mas, entre; meu criado tomará conta de seu cavalo, e você poderá me contar sobre os assuntos de casa.

Confiei de bom grado meu exausto corcel ao jovem de olhos pretos, pele bronzeada e semblante pitoresco que surgiu em resposta ao chamado do patrão. Seguindo Julius casa adentro, mal podia acreditar no que estava vendo ou que finalmente havia encontrado meu amigo desaparecido. Tudo acontecera de maneira tão simples, porém tão estranha.

Enquanto isso, Julius, após superar o choque inicial de minha intrusão, pareceu bastante feliz em me ver. Colocou lenha nova no fogo, dando ordens para que o jantar fosse servido assim que possível, para então me cobrir de perguntas a respeito da mãe, do irmão e das irmãs. Quanto a ele, encontrei-o longe de parecer bem. Nunca fora muito robusto, mas havia se tornado magro e macilento. A palidez amarelada no rosto evidenciava os efeitos que a malária da Campânia tivera em seu metabolismo.

Por fim, o jantar foi servido: um ensopado bastante agradável, temperado com pimenta vermelha e tomates. De sobremesa, ótimas laranjas e uvas, acompanhadas de uma garrafa ou duas de vinho Chianti e outra da delicada Civita Lavinia. Durante a refeição, sofri ao perceber que Julius falava de uma forma incoerente e febril, insistindo para que eu comesse e bebesse enquanto disparava perguntas e comentários sobre assuntos caseiros, metade das vezes sem esperar por uma resposta.

Ao final, empurrando o prato para o lado, declarei:

— Pois bem, Julius. Contei-lhe tudo que desejava saber. Agora é minha vez de receber algumas informações. O que tem feito ao longo de todo esse tempo nesta solidão?

Ele se remexeu na cadeira, desconfortável, e seu olhar perdido evitou o meu.

— Nada — murmurou ele. — Não tenho feito... estou fazendo... nada.

— Bobagem! Não pode me persuadir sobre a verdade de tal asserção, vinda de um experimentalista tão fervoroso e tão interessado no bem da ciência. Confesse: não fez ou não está a um passo de aperfeiçoar alguma grande descoberta?

Havia chegado ao ponto que queria. Seus olhos brilharam, todo o semblante se acendendo de animação.

— Sim! — gritou. — Enfim fui bem-sucedido em minhas pesquisas. Por anos tentei aperfeiçoar uma demonstração do elo entre o reino vegetal e o animal. Se veio para desdenhar de minhas descobertas, vá! Vá embora neste instante! Do contrário, siga-me, e esteja preparado para a plena convicção da verdade do que digo. — Levantou-se enquanto falava, tomando-me pela mão para me guiar através de uma porta à extremidade da grande sala na qual havíamos jantado. Destrancou-a com uma chave tirada do bolso, concluindo os preparativos ao acender uma grande tocha de ramos de pinheiro, pois já havia anoitecido. – Aguarde sob a soleira da porta se tem amor à vida – disse de maneira impressionante. Em seguida, escancarou a porta ao abri-la.

Era a entrada da estufa. A primeira coisa que chamou minha atenção foi algum tipo de ruído baixo, como o de uma roupa sendo arrastada pelo chão ou as asas de um pássaro em voo. Então, à luz da tocha que Julius segurava acima da cabeça, discerni, ao centro do local, um vasto tanque repleto de massas de musgo esponjoso, do qual surgia uma estranha planta – um monstro horrível e amorfo; algum tipo de hidra vegetal, ou talvez um polvo gigantesco – de cor e aspecto repulsivos. Suas proporções eram tão imensas que preenchia por si só todo o espaço no interior da estufa. Consistia em um caule ou núcleo central em formato de bexiga, do qual se estendiam inúmeros ramos – ou melhor, braços – espessos, sem folhas, de um verde doentio e repletos de manchas de um vermelho pálido. Cada braço culminava em uma protuberância oval, similar a um olho humano.

Julius apanhou um grande pedaço de carne crua de um cesto que ficava próximo à porta. Cravou-o na ponta de um graveto, estendendo-o à frente com imenso cuidado para se manter fora do alcance dos ramos esticados. Vi então quando os grandes braços tentaculares envolveram a presa, levando-a ao núcleo central antes de se fecharem sobre ela, quando então não vi mais nada. Era esse movimento vagaroso dos ramos que havia causado o ruído que me surpreendera ao entrar.

O aspecto daquela enorme criatura metade planta, metade animal era tão repulsivo que fiquei aliviado ao bater em retirada para a sala de jantar. Julius veio atrás, corado e eufórico diante da aparência saudável de sua monstruosa criação.

– A planta que acaba de ver – explicou – é uma drósera que, por meio de uma cuidadosa seleção e atenção contínua, desenvolvi a este tamanho sem precedentes. Estudei as descobertas de Darwin a respeito dessas estranhas plantas, a drósera e a dioneia, as quais, ainda que sejam vegetais, se alimentam dos insetos que matam. Há anos desejo aperfeiçoar o elo perdido e desenvolver o lado animal dessas curiosas espécimes.

"Sempre teorizei que a hidra, o dragão e outras formas monstruosas de vida animal existiram de fato. Na evolução através das eras, bem como em decorrência de mudanças geológicas na superfície da Terra, essas criaturas, privadas das formas costumeiras de nutrição, teriam se degenerado e se tornado árvores e plantas, criando raízes no solo. Alguns ainda preservam as formas primitivas, como testemunhado no dragoeiro de Java.

"Meu objetivo e minha luta é ressuscitar o animal na planta. O acaso colocou no meu caminho uma drósera de tamanho avantajado, a qual alimentei com comida animal por anos. Ela se desenvolveu em algo que ainda não é um dragão ou hidra, mas que sem dúvida é mais do que uma planta. Tivesse se aventurado dentro do alcance dos galhos, o abraço de uma jiboia não teria sido mais rápido ou letal que o dela."

— E o que mais pretende fazer com essa planta asquerosa?

— Meu objetivo agora é lhe conceder locomoção: vê-la desprender-se do solo e partir em busca de presas.

— Como pode considerar a possibilidade de liberar tamanho monstro no mundo?

— Não existem monstros para a ciência. Além do mais, não há crocodilos, anacondas e tigres sobre a terra, para não mencionar o tubarão e o polvo? Comparada a eles, minha criação... minha Carnivorina... é uma criatura inofensiva.

Saltei ao ouvir o nome. Aquilo, então, era o objeto da afeição de meu pobre amigo: essa forma horripilante, nem completamente animal, tampouco vegetal, com a aparência de uma planta e o apetite de um predador?

Somente então, Pietro, o criado, entrou para anunciar que meu cavalo estava à porta. Era uma linda noite enluarada, prometendo um retorno agradável à cidade. Despedi-me de Julius, portanto, com uma sensação tal qual o alívio de um homem que acorda após ter sido oprimido por um terrível pesadelo.

Todavia, não segui meu caminho sem antes deixar meu endereço, implorando a Julius que me informasse se a estranha descoberta tomasse novos rumos no futuro próximo.

Semanas se passaram. Já havia quase me esquecido de Julius e Carnivorina quando, um dia, recebi uma carta dele, escrita em um surto de grande exultação. "Venha até mim, querido amigo", escreveu ele; "venha depressa! A hora de aperfeiçoar meu experimento está próxima. Em meio às massas que rodeiam Carnivorina, já posso discernir os movimentos e esforços das raízes adquirindo a capacidade de locomoção independente. Em alguns dias, o problema estará resolvido. Quero que esteja presente como testemunha do fenômeno. Minha ambição enfim estará satisfeita: meu nome será colocado na lista dos grandes descobridores do mundo da ciência. Venha e esteja ao meu lado no momento de meu triunfo."

Não foi fácil refazer o caminho até a mansão Anzieri. Entardecia quando puxei as rédeas em frente à entrada arruinada, da qual me lembrava tão bem. Bati à porta com força, mas não houve resposta ao meu chamado. Olhando ao redor, percebi que todo o local exibia um inexplicável ar de abandono. Não havia nenhuma luz das chamas da lareira visível nas janelas, tampouco o brilho avermelhado dos fornos reluzindo por trás dos sombrios painéis da estufa. Por fim, vagamente alarmado, percebendo que minhas batidas e gritos não recebiam resposta, amarrei meu cavalo em um dos batentes da porta e, escolhendo uma janela da ampla sala na qual havia jantado na ocasião da visita anterior, lancei-me até ela com a ajuda de um caule espesso de uma trepadeira e espiei o interior da casa.

O que presenciei lá dentro congelou minha alma com horror.

Ao final da sala, próximo à entrada da estufa, erguia-se a horrenda forma de Carnivorina, não mais plantada em um tanque, mas se apoiando no que a mim parecia um par de pés achatados ou patas, como as de algum animal antediluviano deformado. Os poderosos ramos – ou melhor, tentáculos – estavam levantados, enrolados ao redor de algum objeto central.

Por fim, acima desses tentáculos serpentinos, esverdeados e fortemente apertados, havia um objeto pavoroso: uma lívida cabeça humana, a cabeça de um cadáver cujas pálidas feições eram as de Julius Lambert!

Abri a janela com um estouro, empurrando-a com o braço. Irrompi sala adentro, apressando-me em direção ao asqueroso objeto. Os longos braços tremiam à medida que se desprendiam. Porém, antes que a criatura pudesse se colocar em movimento, um tiro do revólver que sempre carregava comigo durante minhas jornadas pela Campânia perfurou seu núcleo central. Os tentáculos desabaram enquanto a horrível planta afundava no chão, levando consigo, durante a queda, a forma esmagada e sem vida de Julius Lambert. Uma torrente de seiva avermelhada, que lembrava sangue, jorrou do caule despedaçado, misturando-se nos ramos manchados de um vermelho mais vivo — o sangue de meu pobre amigo.

Jamais descobri como ou quando a catástrofe aconteceu. Pela condição do corpo, a morte deveria ter ocorrido ao menos vinte e quatro horas antes de minha chegada. Os criados, ao se verem cara a cara com uma calamidade tão chocante — e, para eles, inexplicável —, fugiram da casa, levando consigo qualquer dinheiro e objetos de valor que estivessem ao alcance da mão. Tentei rastreá-los, mas foi em vão.

Quanto ao restante da história, tudo são meras conjecturas de minha parte. A terra e os musgos remexidos no tanque em que Carnivorina havia originalmente encontrado um lar pareciam provar que um súbito desenvolvimento dos tão cobiçados poderes de locomoção da criatura ocorrera de modo inesperado, o que também sugeria que Julius havia sido capturado no ato de inspecioná-los ou na hora de alimentá-la. De qualquer maneira, o vegetal-animal, ou animal-vegetal, havia feito um teste solitário dos poderes recém-adquiridos, já havendo encontrado uma presa quando uma bala de meu revólver colocou fim à sua existência.

Entre os papéis que Julius deixou para trás havia uma série de documentos a respeito dos experimentos realizados, além dos processos usados para elevar à perfeição a horrenda criatura. Destruí-os sem hesitar. Não encontraria paz se permitisse que a raça de polvos vegetais fosse estendida e propagada por cientistas curiosos no futuro. Por fim, para que nada crescesse novamente do caule ou dos ramos da árvore maldita, cortei-a em pedaços com minhas próprias mãos e queimei os fragmentos até que se tornassem cinzas. A aniquilação da descoberta de meu amigo pode ser uma perda para a ciência, mas a humanidade terá apenas motivos para celebrar a destruição completa de Carnivorina.

MESTRES *do* GÓTICO BOTÂNICO

A FILHA DE RAPPACCINI

1844

Nathaniel Hawthorne

Uma viagem soturna à Itália renascentista, tendo como cenário um jardim repleto de plantas venenosas!

UITO TEMPO ATRÁS, UM JOVEM CHAMADO Giovanni Guasconti saiu da região mais meridional da Itália para estudar na Universidade de Pádua[14]. Giovanni, que tinha um suprimento escasso de ducados de ouro na algibeira, hospedou-se em um aposento alto e soturno de uma antiga construção que parecia digna de ter sido o palácio de um nobre de Pádua e que, de

---

[14] O conto foi publicado em 1844, período anterior à unificação da Itália. Nessa época, Pádua pertencia ao Reino Lombardo-Vêneto, enquanto Nápoles, cidade de origem do protagonista Giovanni, pertencia ao Reino das Duas Sicílias — daí sua menção como a região mais meridional da Itália. [N. do R.]

fato, exibia sobre a entrada o brasão de uma família extinta havia muito tempo. O jovem forasteiro, que conhecia o grande poema de seu país, lembrou-se de que um dos antepassados dessa família, e talvez ocupante desta mesma mansão, tinha sido retratado por Dante como personagem das agonias imortais de seu Inferno. Essas lembranças e associações, aliadas a uma tendência à melancolia, natural a um jovem que saía pela primeira vez de sua esfera nativa, levaram Giovanni a soltar suspiros profundos ao passar os olhos no aposento desolado e mal mobiliado.

— Virgem Santa, *signor!* — exclamou a velha dona Lisabetta, que, encantada com a extraordinária beleza do jovem, estava se esforçando gentilmente para dar ao aposento um aspecto habitável. — Que suspiro é esse que sai do coração de um jovem? Esta velha mansão lhe parece soturna? Pelo amor de Deus, então vá até a janela e verá um sol tão luminoso quanto o que deixou em Nápoles.

Guasconti seguiu mecanicamente o conselho da velha, mas não concordou que a luz do sol de Pádua fosse tão exuberante quanto a da Itália meridional. No entanto, ela iluminava um jardim sob a janela e estendia suas influências benéficas por uma enorme variedade de plantas que pareciam ter sido cultivadas com todo o cuidado.

— Esse jardim faz parte da casa? — perguntou Giovanni.

— Deus me livre, *signor*, a menos que fosse fértil para ervas melhores do que as que crescem lá agora — respondeu a velha Lisabetta. — Não, esse jardim é cultivado pelas mãos do *signor* Giacomo Rappaccini, o famoso médico, que, posso garantir, é conhecido até mesmo em Nápoles. Dizem que ele destila dessas plantas medicamentos tão potentes quanto um feitiço. Muitas vezes você verá o *signor* doutor trabalhando e talvez também a *signora*, filha dele, colhendo as flores estranhas que crescem no jardim.

A velha já tinha feito o que podia pelo aspecto do aposento; e, pedindo a proteção dos santos para o jovem, retirou-se.

Giovanni não tinha uma ocupação melhor do que olhar para o jardim sob a janela. Pela aparência, julgou ser um daqueles jardins botânicos mais antigos em Pádua do que em qualquer outro lugar da Itália ou do mundo. Tampouco era improvável que tivesse sido o lugar de recreação de uma família rica, já que havia escombros de uma fonte de mármore no centro, esculpida com uma arte rara, mas tão desoladoramente despedaçada que era impossível identificar a estrutura original em meio ao caos dos fragmentos restantes. A água, no entanto, continuava a jorrar e cintilar sob os raios de sol com a mesma alegria de sempre. Um burburinho suave subiu até a janela do jovem e deu-lhe a impressão de que a fonte era um espírito imortal que entoava sua canção sem parar e sem levar em conta as vicissitudes ao redor, enquanto um século o incorporara em mármore e outro o despedaçara e espalhara a decoração perecível pelo chão. Ao redor do tanque para onde a água escorria, cresciam diversas plantas que pareciam exigir um suprimento farto de umidade para nutrir folhas gigantescas e, em alguns casos, flores admiravelmente magníficas.

Havia um arbusto específico, plantado em um vaso de mármore perto do tanque, que ostentava uma profusão de flores roxas, cada uma com o lustre e a riqueza de uma pedra preciosa; e o conjunto exibia um espetáculo tão resplandecente que parecia suficiente para iluminar o jardim, embora não houvesse nenhuma luz do sol. Cada pedacinho do solo era povoado de plantas e ervas que, embora fossem menos bonitas, ainda apresentavam sinais de um cuidado assíduo, como se todas tivessem virtudes individuais, conhecidas pela mente científica que cuidava delas. Algumas foram colocadas em urnas, ricas com entalhes antigos, e outras em vasos comuns de jardim; algumas rastejavam como serpentes pelo solo ou escalavam até as alturas, usando qualquer meio de ascensão que lhes era oferecido. Uma planta tinha se enroscado ao redor de uma estátua de Vertumno, que acabou ficando totalmente escondida e envolta em uma cortina de folhagens penduradas, arrumadas com tanta propriedade que poderia servir de estudo para um escultor.

Enquanto Giovanni estava na janela, ouviu um farfalhar atrás de uma cortina de folhas e percebeu que havia uma pessoa trabalhando no jardim. O vulto logo apareceu e revelou que não era um trabalhador comum, mas um homem alto, macilento, pálido e com aparência de doente, vestido com uma túnica preta de acadêmico. Tinha passado da meia-idade, com os cabelos e a barba rala grisalhos, o rosto marcado pela inteligência e pela cultura, mas que jamais, mesmo em seus dias de juventude, poderia expressar muita cordialidade.

Nada superava a dedicação com que esse jardineiro cientista examinava cada arbusto que crescia em seu caminho. Parecia que ele estava perscrutando sua natureza mais íntima, fazendo observações sobre sua essência criativa e descobrindo por que uma folha crescia com essa forma e outra com aquela e por que motivo essas e aquelas flores se distinguiam entre si nos quesitos de cor e perfume. No entanto, apesar dessa profunda inteligência da parte dele, não havia nenhuma abordagem íntima entre ele e aquelas vidas vegetais. Pelo contrário, ele evitava tocar nelas e aspirar diretamente seus odores com uma cautela que impressionou Giovanni da maneira mais desagradável. A atitude daquele homem era, na verdade, a de alguém andando em meio a influências maléficas, como feras selvagens ou serpentes mortíferas ou espíritos malignos, que, se ele lhes permitisse um instante de liberdade, derramariam sobre ele uma fatalidade terrível. Era estranhamente aterrador para a imaginação do jovem ver esse ar de insegurança em uma pessoa que cultivava um jardim, a mais simples e inocente das labutas humanas e que tinha sido a alegria e o trabalho dos pais da raça humana antes da sua queda. Seria, então, aquele jardim o Éden do mundo atual? E esse homem, com tamanha percepção da maldade daquilo que suas próprias mãos fizeram crescer: seria ele Adão?

O jardineiro receoso, enquanto arrancava as folhas mortas ou podava o crescimento exuberante dos arbustos, protegia as próprias mãos com um par de luvas grossas. Mas essa não era sua única armadura. Quando, na caminhada pelo jardim, ele se deparou com a magnífica planta que deixava pender as pedras preciosas roxas ao lado da fonte de mármore, colocou uma espécie de máscara sobre a boca e as narinas, como se aquela beleza fosse capaz de disfarçar a malícia mais mortífera. Mas, considerando essa tarefa ainda perigosa demais, ele recuou, tirou a máscara e chamou bem alto, mas com a voz debilitada de uma pessoa afetada por uma doença interior:

— Beatrice! Beatrice!

— Estou aqui, meu pai. O que deseja? — gritou uma voz agradável e jovial na janela da casa ao lado: uma voz tão agradável quanto um pôr do sol tropical e que fez Giovanni, embora não soubesse por quê, pensar em tonalidades profundas de roxo ou escarlate e em perfumes muito aprazíveis. — O senhor está no jardim?

— Estou, Beatrice — respondeu o jardineiro —, e preciso da sua ajuda.

Logo apareceu ali, vinda de baixo de um pórtico esculpido, a silhueta de uma jovem, dotada de tanto bom gosto quanto a mais esplêndida das flores, linda como o dia e com um desabrochar tão profundo e intenso que uma cor a mais seria excessiva. Parecia transbordar vida, saúde e energia. Todos esses atributos estavam atados e comprimidos, por assim dizer, e cingidos tensamente, em sua abundância, pela faixa na cintura. Mas a fantasia de Giovanni deve ter ficado mórbida enquanto ele olhava para o jardim, pois a impressão que a bela desconhecida lhe passou foi a de que ela era mais uma flor, a irmã humana daquelas vegetais, tão linda quanto elas, mais linda que a mais esplêndida delas, mas que só podia ser tocada com uma luva e da qual ninguém podia se aproximar sem uma máscara. Enquanto Beatrice caminhava pela aleia do jardim, era possível observar que ela manuseava e inalava o aroma de várias plantas que o pai tinha meticulosamente evitado.

— Aqui, Beatrice — disse ele —, veja quantos cuidados indispensáveis precisam ser ministrados ao nosso maior tesouro. Mas, debilitado como estou, eu poderia pagar com a vida se me aproximasse tanto dele quanto as circunstâncias exigem. Receio que, daqui por diante, essa planta tenha que ser confiada unicamente aos seus cuidados.

— E eu realizarei a tarefa com alegria — exclamou mais uma vez a jovem com sua entonação vibrante, enquanto se inclinava em direção à planta magnífica e abria os braços como se fosse abraçá-la. — Sim, minha irmã, meu esplendor, será de Beatrice a tarefa de cuidá-la e servir-lhe, e você a recompensará com seus beijos e seu hálito perfumado, que, para ela, é como o sopro da vida.

Então, com toda a ternura nos modos que era tão evidentemente expressa por suas palavras, ela se ocupou com os cuidados que a planta parecia exigir; e Giovanni, na janela do seu aposento alto, esfregou os olhos e quase duvidou se era uma moça cuidando de sua flor preferida ou uma irmã desempenhando seus deveres de afeto em relação à outra. A cena logo terminou. Quer o dr. Rappaccini tivesse terminado suas funções no jardim ou seu olhar cauteloso tivesse capturado o rosto do desconhecido, ele pegou a filha pelo braço e retirou-se. A noite estava se aproximando. Exalações opressivas pareciam escapar das plantas e subir passando pela janela aberta. Giovanni, fechando a treliça, foi até seu sofá e sonhou com uma flor exuberante e uma moça formosa. A flor e a moça eram diferentes, mas eram idênticas, e repletas de um estranho perigo nas duas formas.

Mas há uma influência na luz da manhã que tende a retificar quaisquer erros da imaginação ou até mesmo do julgamento no qual podemos ter incorrido ao longo do pôr do sol ou em meio às sombras da noite ou na claridade menos salutar do luar. O primeiro movimento de Giovanni ao acordar foi abrir a janela de súbito e olhar para o jardim que seus sonhos tornaram tão fecundo de mistérios. Ele ficou surpreso e um pouco envergonhado ao descobrir como o jardim provou ser algo real e prosaico sob os primeiros raios do sol que douravam as gotas de orvalho penduradas nas folhas e flores e, embora concedesse uma beleza mais luminosa a cada flor rara, levava tudo aos limites da experiência cotidiana. O jovem exultou porque, no coração da cidade estéril, ele tinha o privilégio de contemplar aquele recanto de vegetação adorável e abundante. Serviria, disse para si mesmo, como uma linguagem simbólica para mantê-lo em comunhão com a natureza. Nem o dr. Giacomo Rappaccini, doente e cansado de pensar, é verdade, nem sua filha brilhante estavam visíveis naquele momento. Desse modo, Giovanni não conseguia determinar o quanto da singularidade que ele atribuía a ambos era relacionada às qualidades dos dois e o quanto era sua fantasia criativa, mas ele estava inclinado a formar uma opinião mais racional em relação à questão toda.

No mesmo dia, ele se apresentou ao *signor* Pietro Baglioni, professor de medicina na universidade, médico de reputação elevada, a quem Giovanni tinha levado uma carta de apresentação. O professor era um personagem idoso, aparentemente de natureza cordial e com hábitos que quase podiam ser chamados de joviais. Ele convidou o jovem para jantar e se mostrou muito cordato com a liberdade e a vivacidade da conversa, especialmente depois de aquecida por uma garrafa ou duas de vinho toscano. Giovanni, pensando que homens da ciência, moradores da mesma cidade, deveriam ter um relacionamento próximo e informal, aproveitou a oportunidade para mencionar o nome do dr. Rappaccini. Mas o professor não reagiu com a cordialidade que ele havia previsto.

— Não seria apropriado um professor da divina arte da medicina — disse o professor Pietro Baglioni, em resposta a uma pergunta de Giovanni — se negar a fazer um elogio adequado e bem fundamentado a um médico tão habilidoso quanto Rappaccini; mas, por outro lado, eu não estaria obedecendo à minha consciência se permitisse que um jovem digno como você, *signor* Giovanni, filho de um velho amigo, alimentasse ideias errôneas a respeito de um homem que poderia, no futuro, ter sua vida e sua morte nas mãos dele. A verdade é que nosso honrado dr. Rappaccini tem tanta sabedoria quanto qualquer membro da academia, talvez com uma única exceção em Pádua ou em toda a Itália; mas há algumas objeções graves à sua reputação profissional.

— E quais são? — perguntou o jovem.

— Meu amigo Giovanni tem alguma doença no corpo ou no coração, para ser tão curioso em relação a médicos? — indagou o professor com um sorriso. — Mas, quanto a Rappaccini, dizem que ele se importa infinitamente mais com a ciência do que com a humanidade; e eu, que conheço bem o homem, posso afirmar que é verdade. Os pacientes só interessam a ele como cobaias de um novo experimento. Ele sacrificaria a vida humana, até mesmo a própria ou a de alguém que lhe fosse muito caro, para acrescentar um grão de mostarda ao acervo de seu conhecimento acumulado.

— Acredito que ele seja de fato um homem repugnante — observou Guasconti, lembrando-se do aspecto frio e puramente intelectual de Rappaccini. — Mas, apesar disso, respeitável professor, ele não é um espírito nobre? Existem tantos homens assim capazes de um amor tão espiritual pela ciência?

— Deus nos livre — respondeu o professor, um tanto irritado. — A menos que eles tenham visões mais sensatas da arte da cura do que as adotadas por Rappaccini. É dele a teoria de que todas as virtudes medicinais estão contidas nas substâncias que chamamos de venenos vegetais. Ele os cultiva com as próprias mãos, e dizem que até produziu novas variedades de veneno, mais terrivelmente destrutivas do que aquelas com as quais a natureza, sem o auxílio dessa pessoa erudita, jamais teria infestado o mundo. É inegável o fato de que esse *signor* doutor provoca menos danos com essas substâncias perigosas do que se esperaria. Vez por outra, precisamos reconhecer, ele realizou ou pareceu realizar uma cura milagrosa. Mas, para lhe dar minha opinião sincera, *signor* Giovanni, ele deveria receber pouco crédito por esses exemplos de sucesso, pois provavelmente são produto do acaso, e deveria ser exemplarmente responsabilizado pelos seus fracassos, que merecem ser reconhecidos como o trabalho dele.

O jovem teria aceitado as opiniões de Baglioni com alguma prudência se soubesse que havia uma batalha profissional de longa duração entre ele e o dr. Rappaccini, na qual este geralmente parecia ter levado vantagem. Se o leitor estiver inclinado a julgar por si mesmo, podemos indicar certos panfletos impressos com letras góticas em ambos os lados, preservados pelo departamento médico da Universidade de Pádua.

– Não sei, egrégio professor – retrucou Giovanni, depois de refletir sobre o que fora dito sobre o zelo singular de Rappaccini pela ciência –, não sei o quanto esse médico pode amar sua arte; mas certamente há um objeto que lhe é mais caro. Ele tem uma filha.

– Ah! – exclamou o professor com uma risada. – Quer dizer que o segredo do nosso amigo Giovanni foi revelado. Você ouviu falar da filha dele, pela qual todos os jovens de Pádua enlouquecem, embora nem meia dúzia deles tenham tido a sorte de ver seu rosto. Sei pouco sobre a *signora* Beatrice, exceto que dizem que Rappaccini a instruiu profundamente na sua ciência e que, apesar de jovem e linda como relata a fama, ela já é qualificada para assumir uma cátedra de professora. Talvez o pai a destine para a minha! Existem outros boatos absurdos, que não valem a pena mencionar nem dar ouvidos. Portanto, *signor* Giovanni, beba sua taça de Lacryma Christi.

Guasconti retornou aos seus aposentos um tanto inflamado pelo vinho que tinha saboreado e que fez seu cérebro mergulhar em estranhas fantasias relacionadas ao dr. Rappaccini e à bela Beatrice. No caminho, passando por acaso por um florista, comprou um ramalhete de flores frescas.

Subindo para os aposentos, sentou-se perto da janela, mas escondido na sombra lançada pela parede, de modo a conseguir olhar para o jardim lá embaixo com menos risco de ser descoberto. Tudo sob seu olhar estava ermo. As plantas estranhas estavam se deleitando sob o sol, e de vez em quando davam um aceno delicado umas para as outras, como testemunho de afinidade e parentesco. No meio, perto da fonte dilapidada, crescia o magnífico arbusto, com suas pedras preciosas roxas cobrindo-o de cachos. Elas reluziam ao relento e sua imagem cintilava refletida das profundezas do tanque, que parecia transbordar a resplandescência colorida graças ao suntuoso reflexo do qual estava impregnado. No início, como dissemos, o jardim estava ermo. Em pouco tempo, no entanto, como Giovanni meio que esperava e meio que temia que acontecesse, uma silhueta apareceu sob o antigo pórtico esculpido e caminhou por entre as fileiras de plantas, inalando os diversos perfumes como se fosse um daqueles seres de antigas fábulas clássicas que viviam de doces aromas. Ao ver Beatrice mais uma vez, o jovem ficou até surpreso ao perceber como sua beleza excedia a lembrança que tinha dela; tão brilhante, tão vívida era sua silhueta que ela refulgia sob a luz do sol e, como Giovanni sussurrou para si mesmo, iluminava positivamente os espaços mais sombreados da aleia do jardim. Com o rosto dela se revelando mais agora do que na ocasião anterior, ele ficou abalado com a expressão de simplicidade e doçura, qualidades que não tinham sido consideradas na ideia que ele fazia da sua personalidade e que o fez refletir mais uma vez sobre que tipo de ser mortal ela seria. Ele não deixou de observar de novo – ou imaginar – uma analogia entre a bela moça e o arbusto suntuoso com suas flores parecidas com pedras preciosas penduradas sobre a fonte: uma semelhança que Beatrice parecia ter se dedicado a realçar tanto pelo arranjo de suas vestes quanto pela escolha de suas cores.

Aproximando-se do arbusto, ela abriu os braços com um ardor apaixonado e deu um abraço íntimo nos ramos – tão íntimo que seu rosto ficou escondido no âmago folhoso e seus cachos reluzentes se misturaram às flores.

— Dê-me seu sopro, minha irmã — exclamou Beatrice —, pois estou fraca com o ar comum. E dê-me essa sua flor, que separo da haste com os dedos mais delicados e pouso junto ao meu coração.

Com essas palavras, a bela filha de Rappaccini colheu uma das flores mais bonitas do arbusto e estava prestes a prendê-la junto ao peito. Mas, a menos que os goles de vinho de Giovanni tivessem desnorteado seus sentidos, um incidente singular aconteceu. Um pequeno réptil cor de laranja, da espécie dos lagartos ou dos camaleões, estava passando pela aleia, bem aos pés de Beatrice. Pareceu a Giovanni — mas, da distância de onde estava, mal dava para ver alguma coisa tão insignificante —, pareceu a ele, no entanto, que uma gota, talvez duas, do líquido que escorria da haste quebrada da flor tinha pingado na cabeça do lagarto. Por um instante, o réptil se contorceu violentamente e, em seguida, ficou estirado, imóvel, sob a luz do sol. Beatrice observou aquele fenômeno fora do comum e fez o sinal da cruz, triste, mas não surpresa; também não hesitou em ajeitar a flor fatal no decote. Ali ela desabrochou e reluziu quase com o efeito ofuscante de uma pedra preciosa, acrescentando às vestes e ao aspecto da donzela um encanto oportuno que mais nada no mundo poderia ter proporcionado. Mas Giovanni, saindo das sombras da janela, inclinou-se para a frente e recuou, murmurando e tremendo.

— Estou acordado? Estou em meu juízo perfeito? — indagou a si mesmo. — O que é esse ser? Devo chamá-la de bela ou de indescritivelmente terrível?

Beatrice agora passeava descuidada pelo jardim, se aproximando mais da janela de Giovanni, de modo que ele foi obrigado a sair do esconderijo para satisfazer a curiosidade intensa e dolorosa que ela provocava. Naquele momento, surgiu um lindo inseto sobre o muro do jardim; tinha, talvez, vagado pela cidade sem encontrar flores e folhagens por entre aquelas habitações antigas dos homens até que os intensos perfumes dos arbustos do dr. Rappaccini o tinham atraído de longe. Sem pousar nas flores, aquele esplendor alado pareceu atraído por Beatrice e parou no ar e esvoaçou sobre a cabeça dela. Bem, os olhos de Giovanni Guasconti não podiam mais estar enganando a si mesmos. De qualquer maneira, parecia que, enquanto Beatrice olhava para o inseto com enlevo pueril, o bicho perdeu as forças e caiu aos pés dela; suas asas brilhantes estremeceram. Estava morto, sem nenhuma causa que pudesse ser identificada, a menos que fosse a atmosfera do hálito dela. Mais uma vez, Beatrice fez o sinal da cruz e suspirou pesadamente enquanto se inclinava sobre o inseto morto.

Um movimento impulsivo de Giovanni atraiu os olhos dela para a janela. Ali ela viu a bela cabeça do jovem — uma cabeça mais grega do que italiana, com feições bem-feitas e formosas e um reflexo de ouro nos cachos — olhando para ela lá embaixo como um ser que pairava no ar. Mal sabendo o que estava fazendo, Giovanni jogou o ramalhete que estava segurando até aquele momento.

— *Signora* — disse ele —, estas flores são puras e saudáveis. Use-as em consideração a Giovanni Guasconti.

— Obrigada, *signor* — respondeu Beatrice com sua voz vibrante, emitida como um jorro musical, e com uma expressão feliz, metade criança e metade mulher. — Aceito seu presente e retribuo de bom grado com esta preciosa flor roxa; mas, se eu jogá-la para o alto, ela não vai alcançá-lo. Portanto, o *signor* Guasconti deve se contentar apenas com a minha gratidão.

Ela pegou o ramalhete do chão e, como se estivesse intimamente envergonhada por ter deixado de lado sua timidez virginal para responder ao cumprimento de um desconhecido, atravessou rapidamente o jardim em direção à sua casa. Mas, mesmo em poucos segundos, como pareceu a Giovanni, quando ela estava quase desaparecendo sob o pórtico esculpido, o belo ramalhete já estava começando a murchar na mão dela. Era um pensamento sem propósito; não havia a menor possibilidade de distinguir uma flor murcha de uma fresca de tão longe.

Durante muitos dias depois desse incidente, o jovem evitou a janela que dava para o jardim do dr. Rappaccini, como se alguma coisa horrível e monstruosa pudesse amaldiçoar sua visão se ele cedesse à tentação de olhar. Ele estava consciente de ter se colocado, até certo ponto, sob a influência de um poder incompreensível por causa da comunicação que tinha iniciado com Beatrice. O caminho mais sensato teria sido, se seu coração estivesse em perigo de verdade, sair imediatamente da hospedaria e de Pádua; o segundo caminho mais sábio teria sido acostumar-se, até onde fosse possível, à visão familiar e diurna de Beatrice – levando-a rígida e sistematicamente aos limites de uma experiência comum. O que Giovanni não deveria ter feito, enquanto evitava vê-la, era ter ficado tão perto desse ser extraordinário, já que a proximidade e até mesmo a possibilidade de interação poderiam dar substância e realidade às loucas divagações que sua imaginação se rebelava continuamente ao gerar. Guasconti não tinha um coração profundo – ou, em todo caso, suas profundezas não eram sólidas naquele momento –, mas tinha uma imaginação rápida e um ardente temperamento meridional, que a cada instante ficava um grau mais febril. Se Beatrice tinha ou não aqueles atributos terríveis, aquele hálito fatal, a afinidade com aquelas flores tão lindas e tão mortíferas, como apontava o que Giovanni tinha testemunhado, no mínimo ela havia instilado um veneno brutal e sutil no organismo dele. Não era amor, embora a beleza estonteante dela fosse uma loucura para ele; nem pavor, mesmo quando ele imaginava que o espírito dela era imbuído da mesma essência funesta que parecia permear sua constituição física. Era um rebento selvagem de amor e pavor ao mesmo tempo, que continha o pai e a mãe e ardia como um e tremia como o outro. Giovanni não sabia o que temer e menos ainda o que esperar, mas a esperança e o medo travavam uma batalha constante no seu peito, derrotando um ao outro alternadamente e reerguendo-se para reviver o conflito. Abençoadas sejam todas as emoções simples, sejam elas sombrias ou luminosas! É a mistura fúnebre das duas que gera a chama reluzente das regiões do inferno.

Às vezes, ele tentava aliviar a febre do seu espírito com uma caminhada rápida pelas ruas de Pádua ou além de seus portões: seus passos eram sincronizados com o ritmo da pulsação do cérebro, de modo que a caminhada acabava acelerando e virando uma corrida. Certo dia, alguém o fez parar: seu braço foi agarrado por um personagem corpulento que tinha se virado ao reconhecer o jovem e gastado muito fôlego para conseguir alcançá-lo.

– *Signor* Giovanni! Pare, meu jovem amigo! – gritou ele. – Esqueceu-se de mim? Isso poderia acontecer se eu estivesse tão diferente quanto você.

Era Baglioni, que Giovanni vinha evitando desde o primeiro encontro, achando que a sagacidade do professor poderia enxergar profundamente os segredos dele. Tentando se recuperar, ele disparou um olhar desvairado do seu mundo interior para o exterior e falou como um homem perdido em sonhos.

– Sim, sou Giovanni Guasconti. Você é o professor Pietro Baglioni. Agora me deixe passar!

– Ainda não, ainda não, *signor* Giovanni Guasconti – disse o professor, sorrindo, mas ao mesmo tempo analisando o jovem com um olhar penetrante. – O quê? Eu cresci lado a lado com o seu pai! E o filho dele vai me considerar um desconhecido nestas antigas ruas de Pádua? Fique parado, *signor* Giovanni, pois precisamos trocar umas palavras antes de nos afastarmos.

– Seja rápido, então, nobre professor, seja rápido – disse Giovanni com uma impaciência ardente. – O nobre professor não vê que estou com pressa?

Enquanto ele estava falando, um homem vestido de preto se aproximou, encurvado e se movendo devagar, como uma pessoa com a saúde debilitada. Seu rosto estava todo coberto com uma tonalidade doentia e amarelada, mas tão impregnado com uma expressão de intelecto pungente e ativo que um observador poderia facilmente ter ignorado os atributos meramente físicos e ter visto apenas essa energia maravilhosa. Ao passar por eles, essa pessoa trocou um cumprimento frio e distante com Baglioni, mas fixou o olhar em Giovanni com uma determinação que parecia trazer à tona tudo que valia a pena notar nele. No entanto, havia uma tranquilidade peculiar naquele olhar, como se assumisse um interesse meramente especulativo, e não humano, no jovem.

— É o dr. Rappaccini! — sussurrou o professor depois que o desconhecido passou. — Ele já tinha visto o seu rosto?

— Não que eu saiba — respondeu Giovanni, se assustando ao ouvir o nome.

— Ele o viu, *sim*! Ele deve tê-lo visto! — disse Baglioni apressadamente. — Por algum motivo qualquer, esse homem da ciência está fazendo um estudo sobre você. Eu conheço aquele olhar! É o mesmo que ilumina friamente o rosto dele quando se inclina sobre um pássaro, um rato ou uma borboleta, que, para executar um experimento, ele matou com o perfume de uma flor; um olhar tão profundo quanto a própria natureza, mas sem a ternura do amor da natureza. *Signor* Giovanni, posso apostar a minha vida que você é a cobaia de um dos experimentos de Rappaccini!

— Está pensando que sou tolo? — exclamou Giovanni de um jeito acalorado. — *Isso*, sim, *signor* professor, seria um experimento perverso.

— Paciência! Paciência! — retrucou o professor, inabalável. — Eu lhe digo que Rappaccini tem um interesse científico em você, meu pobre Giovanni. Você caiu em mãos temerosas! E a *signora* Beatrice, que papel desempenha nesse mistério?

Mas Guasconti, achando intolerável a tenacidade de Baglioni, afastou-se nesse momento e sumiu antes que o professor conseguisse segurar seu braço mais uma vez. Ele olhou para o jovem com determinação e balançou a cabeça.

— Isso não pode acontecer — disse Baglioni para si mesmo. — O jovem é filho do meu velho amigo e não pode sofrer nenhum mal do qual os arcanos da ciência médica possam preservá-lo. Além do mais, é uma impertinência insuportável demais da parte de Rappaccini arrancar o rapaz das minhas mãos, digamos assim, e fazer uso dele em seus experimentos infernais. Aquela filha dele! Isso precisa ser investigado. É possível, egrégio Rappaccini, que eu o derrote onde você menos espera!

Enquanto isso, Giovanni tinha percorrido uma rota sinuosa e finalmente tinha chegado à porta de sua hospedaria. Ao atravessar o solado da porta, foi recebido pela velha Lisabetta, cheia de mesuras e sorrisos, que evidentemente desejava atrair sua atenção, mas foi em vão, já que a ebulição dos sentimentos dele tinha cedido momentaneamente a um vazio frio e tedioso. Ele encarou o rosto encarquilhado que estava se contraindo em um sorriso, mas pareceu não o perceber. A velha senhora, então, agarrou o casaco dele.

— *Signor! Signor!* — sussurrou ela, ainda com um sorriso atravessado no rosto todo, de modo que não parecia muito diferente de uma escultura grotesca em madeira, escurecida pelos séculos. — Escute, *signor!* Há uma entrada secreta para o jardim!

— O que está dizendo? — exclamou Giovanni, virando-se rapidamente, como se uma coisa inanimada tivesse criado uma vida intensa. — Uma entrada secreta para o jardim do dr. Rappaccini?

— Shh! Shh! Não fale tão alto! — sussurrou Lisabetta, colocando a mão sobre a boca do jovem. — Sim, para o jardim do honorável doutor, onde o senhor poderá ver todas as plantas. Muitos jovens em Pádua dariam ouro para serem admitidos no meio daquelas flores.

Giovanni colocou uma moeda de ouro na mão dela.

— Mostre-me o caminho — disse ele.

Uma suspeita, provavelmente estimulada pela conversa com Baglioni, atravessou sua mente, de que essa mediação da velha Lisabetta talvez pudesse estar ligada à intriga, qualquer que fosse sua natureza, na qual o professor parecia supor que o dr. Rappaccini o estava envolvendo. Mas essa suspeita, embora perturbasse Giovanni, não foi suficiente para detê-lo. No instante em que ele percebeu a possibilidade de se aproximar de Beatrice, pareceu que essa era uma necessidade imperiosa para a existência dele. Não importava se ela era um anjo ou um demônio; ele estava irrevogavelmente envolvido na esfera dela e precisava obedecer à lei que o fez remoinhar em frente, em círculos cada vez mais estreitos, em direção a um resultado que nem tentou prever. E, ainda assim, por mais estranho que pareça, ocorreu-lhe uma dúvida súbita se esse interesse intenso não era ilusório; se era realmente uma natureza tão profunda e positiva que justificasse ele agora se jogar numa situação incalculável; se não era apenas a fantasia do cérebro de um jovem, apenas levemente conectado ou totalmente desconectado do seu coração.

Ele parou, hesitou, deu meia-volta, mas depois prosseguiu. Sua guia encarquilhada o conduziu por várias passagens obscuras e finalmente destrancou uma porta, através da qual, depois de aberta, vieram a visão e o som de folhagens farfalhando com a luz do sol recortada por entre elas. Giovanni deu um passo à frente e, forçando a passagem através do emaranhado de um arbusto que trançava suas gavinhas sobre a entrada secreta, ficou sob sua própria janela na área descoberta do jardim do dr. Rappaccini.

Com que frequência acontece de, quando as impossibilidades são superadas e os sonhos condensam sua substância nebulosa em realidades tangíveis, nos vermos calmos, e até mesmo friamente controlados, em meio a circunstâncias cuja previsão seria um delírio de felicidade ou de angústia? O destino se deleita em nos frustrar dessa maneira. A paixão escolhe seu próprio tempo para se lançar no palco e se atrasa morosamente quando uma combinação adequada de eventos parece invocar sua aparição. Era o que estava acontecendo agora com Giovanni. Dia após dia suas veias tinham pulsado com o sangue febril à ideia improvável de uma conversa com Beatrice e de estar com ela, cara a cara, naquele mesmo jardim, aquecendo-se no sol oriental da beleza dela e roubando do seu olhar o mistério que ele considerava ser o enigma da sua própria existência. Mas agora existia uma tranquilidade esquisita e inoportuna no seu peito. Ele deu uma olhada ao redor do jardim para descobrir se Beatrice ou seu pai estava presente e, ao perceber que estava sozinho, começou a fazer uma observação crítica das plantas.

O aspecto de cada uma e de todas lhe desagradava: seu esplendor parecia poderoso, ardente e até mesmo anormal. Era difícil encontrar um arbusto que um transeunte, vagando sozinho por uma floresta, não estranharia de encontrar no mundo selvagem, como se um vulto sobrenatural o tivesse encarado do matagal. Vários também teriam chocado um instinto delicado pela aparência de artificialidade, indicando que tinha havido tantos cruzamentos e, digamos assim, adultérios entre diversas espécies vegetais, que o resultado não era mais um feito de Deus, mas os rebentos monstruosos da ilusão depravada do homem, reluzindo apenas como uma diabólica imitação da beleza. Provavelmente eram o resultado de experimentos que, em um ou dois casos, tiveram sucesso no cruzamento de plantas individualmente belas, transformando-as em uma combinação de caráter duvidoso e nefasto que distinguia toda a vegetação do jardim. Por fim, Giovanni reconheceu apenas duas ou três plantas no meio da vegetação, e de um tipo que ele sabia muito bem que eram venenosas. Enquanto estava ocupado com essas contemplações, ele ouviu o farfalhar de um tecido sedoso e, ao se virar, viu Beatrice saindo pelo pórtico esculpido.

Giovanni não tinha pensado em como seria sua conduta: se deveria pedir desculpas pela invasão ao jardim ou considerar que estava ali com o conhecimento, no mínimo, ou talvez pela vontade do dr. Rappaccini ou de sua filha. Mas os modos de Beatrice o puseram à vontade, embora ainda deixassem nele uma dúvida quanto à autoridade pela qual sua entrada ali tinha sido permitida. Ela seguiu com leveza pela aleia e o encontrou perto da fonte em ruínas. Havia surpresa no rosto dela, mas iluminada por uma expressão simples e gentil de prazer.

– O *signor* é um bom conhecedor das flores – disse Beatrice com um sorriso, fazendo referência ao ramalhete que ele havia jogado para ela pela janela. – Não é de surpreender, portanto, que a rara coleção do meu pai o tenha instigado a vê-la mais de perto. Se ele estivesse aqui, poderia lhe contar vários fatos estranhos e interessantes quanto à natureza e aos hábitos desses arbustos, pois ele passou a vida inteira estudando isso, e este jardim é o mundo dele.

– E a *signora* – observou Giovanni –, se a fama for verdadeira, também é profundamente conhecedora das virtudes indicadas por essas suntuosas flores e essas intensas fragrâncias. Se quisesse se dignar a ser minha instrutora, eu provaria ser um aluno mais dedicado do que se recebesse os ensinamentos do próprio dr. Rappaccini.

– Existem esses rumores tão sem propósito? – indagou Beatrice com a música de uma risada agradável. – As pessoas dizem que sou instruída na ciência das plantas do meu pai? Que pilhéria! Não. Embora eu tenha crescido entre essas flores, não conheço nada além de suas tonalidades e seus perfumes; e às vezes acho que me livraria de bom grado até mesmo desse parco conhecimento. Há muitas flores aqui, e não as menos esplêndidas, que me chocam e me ofendem quando meu olhar as encontra. Mas peço, *signor*, que não acredite nessas histórias sobre a minha ciência. Não acredite em nada sobre mim que não seja o que vê com seus próprios olhos.

– E devo acreditar em tudo que tenho visto com meus próprios olhos? – indagou Giovanni de um jeito enfático, enquanto as lembranças de cenas anteriores o faziam se encolher. – Não, a *signora* exige muito pouco de mim. Ordene que eu não acredite em nada além do que sai de seus próprios lábios.

Parecia que Beatrice o entendia. Um rubor intenso subiu ao seu rosto, mas ela cravou os olhos nos de Giovanni e reagiu à expressão de suspeita irrequieta com a altivez de uma rainha.

– É o que ordeno, *signor* – respondeu ela. – Esqueça tudo que pode ter imaginado a meu respeito. Embora seja verdade para os sentidos externos, ainda pode ser falso em essência, mas as palavras dos lábios de Beatrice Rappaccini são verdadeiras e brotam das profundezas do coração. Nessas o *signor* pode acreditar.

Um fervor reluziu por toda a expressão dela e irradiou na consciência de Giovanni como a luz da própria verdade. Mas, enquanto ela falava, havia na atmosfera ao redor uma fragrância profunda e encantadora, embora evanescente, que o jovem, com uma relutância indefinível, mal tinha coragem de aspirar para os pulmões. Poderia ser o aroma das flores. Poderia ser o hálito de Beatrice que embalsamava suas palavras com uma intensidade estranha, como se as impregnasse no coração? Um mal-estar passou como uma sombra sobre Giovanni e logo escapou. Ele parecia olhar para a alma transparente da bela moça através de seus olhos e não sentiu mais dúvida nem medo.

O rubor de arrebatamento que havia colorido as feições de Beatrice evaporou; ela se tornou alegre e pareceu extrair o puro deleite da companhia do jovem, não diferente do que uma virgem de uma ilha deserta poderia sentir ao conversar com um viajante vindo do mundo civilizado. Era evidente que a experiência de vida dela tinha sido confinada aos limites daquele jardim. Ora ela falava de assuntos simples como a luz do dia ou as nuvens de verão e ora fazia perguntas referentes à cidade ou ao lar distante de Giovanni, seus amigos, sua mãe e suas irmãs – perguntas que indicavam tamanha reclusão e tamanha falta de familiaridade com costumes e comportamentos que Giovanni respondia como se estivesse falando com uma criança. O espírito da donzela jorrava diante dele como um riacho doce que captava seu primeiro vislumbre da luz do sol e se maravilhava com os reflexos da terra e do céu lançados ao seu seio. Também surgiram pensamentos, vindos de uma fonte profunda, e fantasias revestidas de um brilho parecido com o de pedras preciosas, como se diamantes e rubis reluzissem por entre as borbulhas da fonte. De vez em quando, brilhava na mente do jovem uma sensação de espanto por estar andando lado a lado com o ser que ele havia moldado tanto na sua imaginação, a quem havia idealizado com tantos tons de pavor, em quem ele certamente havia testemunhado manifestações de atributos pavorosos – por estar conversando com Beatrice como um irmão e descobrindo como ela era tão humana e tão pura. Mas essas reflexões eram apenas momentâneas; o efeito da personalidade dela era real demais para não se tornar imediatamente familiar.

Enquanto conversavam livremente, os dois passeavam pelo jardim e, agora, depois de muitas voltas pelas suas alamedas, tinham chegado à fonte em ruínas, ao lado da qual crescia o arbusto magnífico, com seu tesouro de flores reluzentes. Uma fragrância exalava dali, e Giovanni a reconheceu como idêntica àquela que havia atribuído ao hálito de Beatrice, mas incomparavelmente mais poderosa. Quando os olhos dela pousaram na planta, Giovanni a observou pressionando a mão no peito, como se seu coração estivesse pulsando súbita e dolorosamente.

– Pela primeira vez na vida – murmurou ela, se dirigindo ao arbusto –, eu me esqueci de você.

– Eu me lembro, *signora* – disse Giovanni –, que você prometeu me recompensar com uma dessa pedras preciosas vivas em troca do ramalhete que tive a feliz ousadia de jogar aos seus pés. Permita-me colhê-la agora, como uma lembrança desta conversa.

Ele deu um passo em direção ao arbusto com a mão estendida, mas Beatrice lançou-se para a frente, soltando um grito agudo que atravessou o coração dele como um punhal. Ela pegou a mão dele e a afastou com toda a força contida em seu corpo frágil. Giovanni sentiu nas próprias fibras a vibração do toque dela.

– Não toque nela! – exclamou Beatrice com uma voz agoniada. – Pela sua vida! Ela é fatal!

Depois, escondendo o rosto, ela fugiu dele e desapareceu sob o pórtico esculpido. Quando Giovanni a seguiu com os olhos, viu o vulto macilento e a inteligência pálida do dr. Rappaccini, que observava a cena protegido pela sombra da entrada, mas ele não sabia havia quanto tempo.

Assim que Guasconti se viu sozinho nos seus aposentos, a imagem de Beatrice voltou aos seus devaneios apaixonados, investidos de toda a magia que tinha se formado ao redor dela desde que a vira pela primeira vez, e agora também impregnados com a ternura da jovem moça. Ela era humana; sua índole era provida de todas as qualidades gentis e femininas; ela era digna de ser adorada; era capaz, claro, por parte dela, de um amor sublime e heroico. Esses símbolos que ele até então havia considerado como provas de uma peculiaridade aterradora na constituição física e moral dela agora ou estavam esquecidos ou, pela sutil argúcia da paixão, tinham sido transformados em uma coroa dourada de encantamento, tornando Beatrice ainda mais admirável, já que a tornavam ainda mais única. O que antes parecia hediondo agora era belo. Ou, se fosse incapaz de tal mudança, tinha fugido e se escondido por entre aqueles meios pensamentos disformes que povoam a região turva fora do alcance da luz da nossa consciência perfeita. E assim ele passou a noite, sem dormir até a aurora começar a despertar as flores letárgicas no jardim do dr. Rappaccini, para onde os sonhos de Giovanni sem dúvida o conduziam. O sol nasceu na hora certa e, lançando seus raios sobre as pálpebras do jovem, o despertou com uma sensação de dor. Quando estava totalmente acordado, percebeu uma dor de queimadura e coceira na mão – na mão direita –, aquela que Beatrice tinha segurado quando ele estava prestes a colher uma das flores que pareciam pedras preciosas. No dorso dessa mão agora havia uma marca roxa como a de quatro dedos pequenos e a imagem de um polegar delgado no pulso.

Ah, como o amor – ou até mesmo aquela enganadora aparência de amor que floresce na imaginação, mas não cria raízes no coração –, como o amor agarra teimosamente seu destino até o instante em que se torna condenado a desaparecer na névoa impalpável! Giovanni envolveu a mão com um lenço e se perguntou qual ser maligno o picara, e logo se esqueceu da dor em seus devaneios com Beatrice.

Depois da primeira conversa, a segunda era o curso inevitável do que chamamos de destino. A terceira, a quarta, e um encontro com Beatrice no jardim não era mais um incidente na vida cotidiana de Giovanni, mas o próprio espaço onde se podia dizer que ele vivia, pois a expectativa e a lembrança daquela hora arrebatadora completavam as outras. O mesmo acontecia com a filha de Rappaccini. Ela aguardava a chegada do jovem e disparava para o lado dele com uma confiança tão incondicional como se eles tivessem brincado juntos desde a mais tenra infância — como se ainda fossem crianças brincando. Se, por algum problema incomum, ele não chegasse na hora marcada, ela se posicionava sob a janela dele e fazia a intensa doçura da sua voz subir e flutuar ao redor dele nos aposentos e ecoar e reverberar no seu coração:

— Giovanni! Giovanni! Por que essa demora? Desça logo! — E ele descia, apressado, para aquele Éden de flores venenosas.

Mas, apesar de toda essa familiaridade íntima, ainda havia uma reserva no comportamento de Beatrice tão rígida e invariavelmente sustentada que a ideia de infringi-la quase não ocorria à imaginação dele. Por todos os sinais reconhecíveis, eles se amavam: tinham observado o amor com olhos que transmitiam o mistério sagrado das profundezas de uma alma para as profundezas da outra, como se fosse sagrado demais para ser sussurrado incidentalmente; tinham falado de amor naqueles jorros de paixão, quando seus espíritos disparavam em suspiros articulados como línguas de chamas havia muito escondidas; e, ainda assim, não houvera nenhum contato labial, nenhuma mão dada, nem o mínimo carinho que o amor exige e consagra. Ele nunca havia tocado nenhum dos cachos reluzentes dos cabelos dela. Sua roupa — tão nítida era a barreira física entre os dois — nunca havia roçado nele ao sopro de uma brisa. Nas poucas ocasiões em que Giovanni parecia tentado a ultrapassar o limite, Beatrice ficava tão triste, tão séria e, ao mesmo tempo, com uma expressão de separação desolada, estremecendo com essa perspectiva, que nem uma palavra precisava ser dita para afastá-lo. Nesses momentos, ele ficava assustado com as terríveis suspeitas que surgiam das cavernas de seu coração, como um monstro, e o encaravam. Seu amor diminuía e enfraquecia como a névoa matinal, e apenas suas dúvidas tinham substância. Mas, quando o rosto de Beatrice se iluminava de novo depois da sombra momentânea, ela se transformava e não era mais um ser misterioso e questionável que ele observava com tanto fascínio e pavor; era, mais uma vez, a bela e simplória moça que ele sentia que seu espírito conhecia com uma certeza mais forte que todos os outros conhecimentos.

Um tempo considerável tinha se passado desde o último encontro de Giovanni com Baglioni. No entanto, certa manhã, foi desagradavelmente surpreendido por uma visita do professor, em quem mal tinha pensado durante semanas e gostaria de ter esquecido por mais tempo. Considerando que havia muito tempo que estava rendido a uma empolgação avassaladora, ele não conseguia tolerar nenhuma companhia, exceto com a condição de que elas tivessem uma sincronia perfeita para com seu atual estado de espírito. Não se podia esperar essa sincronia do professor Baglioni.

O visitante tagarelou de maneira indiscreta durante alguns minutos sobre as fofocas da cidade e da universidade, depois se voltou para outro assunto.

— Estou lendo um antigo autor clássico nos últimos dias — disse ele — e encontrei uma história que estranhamente me interessou. Talvez você se lembre dela. Fala de um príncipe indiano que enviou uma bela mulher de presente para Alexandre, o Grande. Era bela como a aurora e esplendorosa como o poente, mas o que a distinguia especialmente era um perfume intenso no hálito: mais intenso que o de um jardim de rosas persas. Alexandre, como era natural a um jovem conquistador, apaixonou-se à primeira vista por aquela desconhecida magnífica.

Mas um médico muito sábio, que por acaso estava presente, descobriu um segredo terrível relacionado a ela.

– E qual era? – indagou Giovanni, baixando os olhos para evitar os do professor.

– Essa adorável mulher – continuou Baglioni, com ênfase – tinha sido alimentada com venenos desde seu nascimento, até que todo o seu organismo estava tão imbuído deles que ela acabou se tornando o veneno mais mortal que existia. O veneno era seu elemento vital. Com esse perfume intenso no hálito, ela destruía o próprio ar. O amor dela teria sido um veneno; seu abraço, a morte. Não é uma história maravilhosa?

– Uma fábula infantil – respondeu Giovanni, se levantando da cadeira com um pulo nervoso. – Fico admirado de como o nobre professor encontra tempo para ler essas bobagens em meio aos seus estudos mais sérios.

– A propósito – disse o professor, olhando, preocupado, ao redor –, que fragrância esquisita é esta no apartamento? É o perfume das suas luvas? É fraco, mas delicioso. Apesar disso, não é nem um pouco agradável. Se eu tivesse que o respirar por muito tempo, acho que me deixaria doente. É como o hálito de uma flor, mas não vejo flores no aposento.

– Não há nenhuma – respondeu Giovanni, que tinha ficado pálido enquanto o professor falava –, e também acho que não há nenhuma fragrância exceto na imaginação do nobre professor. Os odores, sendo um tipo de elemento que combina o sensorial e o espiritual, conseguem nos iludir dessa maneira. A lembrança de um aroma, a simples ideia dele, pode ser facilmente confundida com uma realidade presente.

– Sim, mas minha imaginação sóbria não costuma me pregar essas peças com frequência – disse Baglioni. – E, se eu imaginasse qualquer tipo de cheiro, seria o de um medicamento farmacêutico nauseante, com o qual meus dedos poderiam facilmente estar impregnados. Nosso honrado amigo Rappaccini, pelo que sei, infunde seus medicamentos com odores mais fortes do que os arábicos. Sem dúvida, da mesma forma, a bela e instruída *signora* Beatrice administraria aos seus pacientes poções tão doces quanto o hálito de uma donzela; mas ai de quem as tomar!

O rosto de Giovanni revelava muitas emoções contraditórias. O tom no qual o professor tinha feito alusão à pura e adorável filha de Rappaccini era uma tortura para sua alma. Apesar disso, a advertência velada a um aspecto da personalidade de Beatrice contrária à dele deu uma clareza instantânea a mil suspeitas turvas, que agora faziam caretas para ele como muitos demônios. Mas ele se esforçou para reprimi-las e responder a Baglioni com a fé perfeita de um verdadeiro apaixonado.

— *Signor* professor — disse ele —, o senhor foi amigo do meu pai. Talvez seja seu objetivo desempenhar um papel amistoso em relação ao filho dele. De bom grado eu não desejaria sentir nada pelo senhor que não fosse respeito e deferência, mas rogo que o *signor* observe que há um assunto sobre o qual não devemos conversar. O nobre professor não conhece a *signora* Beatrice. Portanto, não pode avaliar o mal, ou a blasfêmia, eu poderia até dizer, que faz à reputação dela com uma palavra leviana ou ofensiva.

— Giovanni! Meu pobre Giovanni! — respondeu o professor com uma expressão calma de piedade. — Conheço essa moça miserável muito melhor do que você. E você precisa ouvir a verdade em relação ao envenenador Rappaccini e sua filha venenosa. Sim, tão venenosa quanto linda. Escute, pois: mesmo que você cometa uma violência contra os meus cabelos grisalhos, isso não vai me silenciar. A antiga fábula da mulher indiana tornou-se verdadeira pela ciência profunda e fatal de Rappaccini e na pessoa da formosa Beatrice.

Giovanni grunhiu e escondeu o rosto.

— O pai dela — continuou Baglioni — não foi refreado, pelo afeto natural, de oferecer a filha dessa maneira terrível como vítima de seu zelo insano pela ciência. Sejamos justos: ele é um homem da ciência tão fiel que seria capaz de destilar o próprio coração num alambique. Qual será, então, o seu destino? Sem sombra de dúvida você foi escolhido como material de algum experimento novo. Talvez o resultado seja a morte; talvez um destino ainda mais terrível. Tendo diante dos olhos o que chama de interesse da ciência, Rappaccini não vai hesitar por nada.

– É um sonho – murmurou Giovanni para si mesmo –, tenho certeza de que é um sonho.

– Mas – continuou o professor – anime-se, filho do meu amigo. Ainda não é tarde demais para salvá-lo. Talvez possamos até conseguir trazer de volta aquela moça miserável para dentro dos limites da natureza ordinária, da qual a loucura do próprio pai a alienou. Veja este pequeno frasco de prata! Foi forjado pelas mãos do renomado Benvenuto Cellini e é digno de ser um presente de amor para a dama mais linda da Itália. Mas seu conteúdo é inestimável. Um pequeno gole deste antídoto teria tornado inócuos os mais virulentos venenos dos Bórgias. Não duvide que será igualmente eficaz contra os de Rappaccini. Entregue o frasco e o precioso líquido contido nele a sua Beatrice e aguarde o resultado com esperança.

Baglioni pousou um frasco de prata pequeno e lindamente forjado sobre a mesa e saiu porta afora, deixando que suas palavras produzissem algum efeito na mente do jovem.

Ainda vamos derrotar Rappaccini, pensou ele, rindo consigo mesmo enquanto descia a escada. *Mas confessemos a verdade: ele é um homem extraordinário, verdadeiramente extraordinário. No entanto, é um empírico vil na profissão e, portanto, não pode ser tolerado por aqueles que respeitam as boas e velhas regras da medicina profissional.*

Ao longo de toda a relação de Giovanni com Beatrice, ele ocasionalmente tinha sido, como já dissemos, perseguido por suspeitas sombrias relacionadas à personalidade dela. Mas ela havia se mostrado uma criatura tão minuciosamente simples, natural, muito afetuosa e ingênua que a imagem agora apresentada pelo professor Baglioni parecia estranha e inacreditável, como se não estivesse de acordo com a própria concepção original dele. A verdade é que havia lembranças horríveis conectadas aos seus primeiros vislumbres da bela moça. Ele não conseguia se esquecer do ramalhete que havia murchado quando ela o pegou nem do inseto que perecera sob o ar ensolarado sem nenhuma causa visível que não fosse a fragrância do hálito dela. No entanto, esses incidentes, dissolvendo-se à pura luz da personalidade dela, não tinham mais a eficácia dos fatos, mas eram reconhecidos como fantasias enganosas pelo testemunho dos sentidos aos quais poderiam parecer consubstanciados.

Existe alguma coisa mais verdadeira e mais real do que aquilo que podemos ver com os olhos e tocar com os dedos. Giovanni tinha fundado sua confiança em Beatrice em evidências melhores, mais pela força necessária dos belos atributos dela do que por uma fé profunda e generosa por parte dele. Mas agora seu espírito era incapaz de se sustentar na altura à qual o entusiasmo precoce da paixão o tinha exaltado. Ele desabou, prostrando-se entre dúvidas terrenas, e profanou a imaculada candura da imagem de Beatrice. Não que tivesse desistido dela; ele apenas desconfiava. Decidiu instituir um teste decisivo que identificaria, de uma vez por todas, se realmente existiam na natureza física dela aquelas peculiaridades apavorantes que não poderiam existir sem uma monstruosidade correspondente na alma. Seus olhos, contemplando de longe, podem tê-lo enganado quanto ao lagarto, ao inseto e às flores. Mas, se ele pudesse testemunhar, à distância de alguns passos, a deterioração súbita de uma flor fresca e viçosa na mão de Beatrice, não haveria mais espaço para questionamentos. Com essa ideia, ele se apressou até o florista e comprou um ramalhete ainda salpicado com as gotas do orvalho matinal.

Estava na hora de sua costumeira conversa diária com Beatrice. Antes de descer para o jardim, Giovanni não conseguiu deixar de se olhar no espelho — uma vaidade esperada em um belo jovem, mas que, mostrando-se naquele momento perturbado e febril, era o símbolo de certa superficialidade de sentimentos e desonestidade de caráter. No entanto, ele olhou e disse para si mesmo que suas feições nunca tinham tido uma graciosidade tão profunda, nem seus olhos tanta vivacidade, nem suas bochechas uma tonalidade tão intensa de vida superabundante.

Pelo menos, pensou, *o veneno dela ainda não se infiltrou no meu organismo. Não sou uma flor perecendo ao seu toque.*

Com esse pensamento, voltou o olhar para o ramalhete, que não tinha soltado em nenhum momento. Um tremor de pânico indefinível disparou pelo seu corpo ao perceber que as flores orvalhadas já estavam começando a murchar. Tinham o aspecto de coisas que estavam frescas e adoráveis na véspera. Giovanni embranqueceu como mármore e ficou imóvel diante do espelho, encarando seu próprio reflexo ali como se encarasse a probabilidade de alguma coisa assustadora. Lembrou-se do comentário de Baglioni sobre a fragrância que parecia impregnar o aposento. Devia ser o veneno de seu próprio hálito!

Em seguida, ele estremeceu... estremeceu vendo a si mesmo. Recuperando-se desse torpor, começou a observar com curiosidade uma aranha que estava ocupada pendurando sua teia na cornija antiga do apartamento, cruzando e recruzando o habilidoso sistema dos fios entrelaçados – uma aranha tão vigorosa e ativa quanto qualquer uma pendurada num teto antigo. Giovanni se inclinou em direção ao inseto e deu um sopro profundo e demorado. A aranha parou seu trabalho imediatamente. A teia vibrou com um tremor que se originava no corpo da pequena artesã. Dessa vez, Giovanni deu um sopro mais profundo, mais demorado e imbuído com um sentimento venenoso que saía de seu coração: ele não sabia se era maligno ou apenas desesperado. A aranha fez um movimento convulsivo com as patas e ficou pendurada morta na janela.

– Maldito! Maldito! – murmurou Giovanni, dirigindo-se a si mesmo. – Como você ficou tão venenoso que esse inseto mortal pereceu sob seu hálito?

Nesse instante, uma voz melodiosa e doce subiu flutuando do jardim.

— Giovanni! Giovanni! Já passou da hora! Por que essa demora? Desça logo!

— Sim — murmurou Giovanni mais uma vez. — Ela é o único ser que meu hálito não pode matar! Quisera pudesse!

Ele desceu apressado e, em um instante, estava diante dos olhos brilhantes e amorosos de Beatrice. Um minuto antes, sua ira e seu desespero eram tão violentos que ele nunca havia desejado tanto algo quanto agora desejava fazê-la murchar com um olhar. Mas, com a presença dela, surgiam influências tão reais que ele não conseguia afastar de imediato: lembranças do poder delicado e benigno da sua natureza feminina, que tantas vezes o envolvera em uma serenidade religiosa; lembranças de um jorro sagrado e apaixonado do coração dela, quando a fonte pura tinha sido liberada de suas profundezas e se tornado visível em sua transparência para o olhar mental dele; lembranças que, se Giovanni soubesse estimá-las, teriam lhe assegurado que todo aquele mistério horroroso era apenas uma ilusão terrena e que, apesar da névoa de maldade que parecia ter se acumulado sobre ela, a verdadeira Beatrice era um anjo celestial. Por mais que ele fosse incapaz dessa fé elevada, a presença dela ainda não havia perdido totalmente sua magia.

A ira de Giovanni foi aplacada, assumindo um aspecto de insensibilidade sombria. Beatrice, com uma rápida percepção espiritual, sentiu imediatamente que havia um abismo de escuridão entre eles que nenhum dos dois poderia transpor. Eles caminharam juntos, tristes e silenciosos, e chegaram à fonte de mármore e ao tanque de água no chão, perto da qual crescia o arbusto de flores parecidas com pedras preciosas. Giovanni ficou assustado com o prazer ávido — o apetite, na verdade — com que se viu inalando a fragrância das flores.

— Beatrice — perguntou ele abruptamente —, de onde veio este arbusto?

— Meu pai o criou — respondeu ela com simplicidade.

— Criou! Criou! — repetiu Giovanni. — O que você quer dizer, Beatrice?

— Ele é um homem profundamente conhecedor dos segredos da natureza — respondeu Beatrice. — E, no instante em que respirei pela primeira vez, essa planta nasceu no solo, fruto da sua ciência, do seu intelecto, enquanto eu era apenas sua filha de sangue. Não se aproxime dela! — continuou, observando com pavor que Giovanni estava chegando perto do arbusto. — Ela tem qualidades com as quais você nem sonha. Mas eu, querido Giovanni, eu cresci e me desenvolvi com essa planta e fui alimentada pelo seu hálito. Ela era minha irmã, e eu a amava com um afeto humano, pois, ai de mim!, você ainda não suspeitou?, havia uma maldição terrível.

Giovanni franziu a testa de um jeito tão sombrio que Beatrice fez uma pausa e estremeceu. Mas a fé que ela depositava na ternura dele a tranquilizou e a fez corar por ter duvidado sequer por um instante.

— Havia uma maldição terrível — continuou —, consequência do amor fatal do meu pai pela ciência, que me afastou de toda a companhia da minha espécie. Até o Céu ter mandado você, querido Giovanni, ah, sua pobre Beatrice era muito solitária!

— Era uma maldição difícil? — perguntou Giovanni, cravando os olhos nela.

— Só nos últimos tempos eu descobri o quanto era difícil — respondeu ela com ternura. — Ah, mas meu coração estava entorpecido e, portanto, tranquilo.

A ira de Giovanni disparou da sua melancolia lúgubre como um raio saindo com faíscas de uma nuvem escura.

— Maldita! — gritou ele com desprezo e raiva venenosos. — E, achando sua solidão monótona, você também me privou de todo o calor da vida e me arrastou para sua região de pavor inexprimível!

— Giovanni! — exclamou Beatrice, voltando os grandes olhos brilhantes para o rosto dele. A força das palavras dele não tinham encontrado o caminho até a mente da jovem moça. Ela só estava estupefata.

— Sim, coisa peçonhenta! — repetiu Giovanni, fora de si de tanta emoção. — Você fez isso! Você me destruiu! Encheu-me as veias de veneno! Tornou-me uma criatura tão odiosa, tão horrível, tão abominável e tão fatal quanto você mesma: um assombro de hedionda monstruosidade para o mundo! Agora, se nosso sopro for tão fatal para nós quanto para todos os outros, vamos unir nossos lábios em um beijo de ódio inexprimível e assim morrer!

— O que foi que me sucedeu? — murmurou Beatrice com um gemido baixo escapando do coração. — Virgem Santa, tende piedade de mim, uma pobre criança de coração partido!

— Você... está rezando? — gritou Giovanni, com o mesmo desprezo infernal. — Suas preces, saindo de seus lábios, espalham a morte na atmosfera. Sim, sim, vamos rezar! Vamos até a igreja para mergulhar os dedos na água benta da entrada! Aqueles que vierem depois de nós vão perecer como se tivessem contraído a peste! Vamos fazer o sinal da cruz no ar! Ele vai espalhar maldições em forma de símbolos sagrados!

— Giovanni — disse Beatrice, calmamente, pois seu sofrimento ia além da tristeza —, por que se juntou a mim com essas palavras tão terríveis? É verdade, eu sou esse ser horrível que você diz. Mas você... o que tem a fazer, além de sair deste jardim com um arrepio de pavor diante da minha desgraça repugnante e se misturar à sua raça e se esquecer de que um dia rastejou na Terra um monstro como a pobre Beatrice?

— Você está fingindo ignorância? — perguntou Giovanni, fazendo uma careta ameaçadora. — Veja! Este poder eu recebi da filha pura de Rappaccini.

Havia um enxame de insetos de verão adejando pelo ar em busca do alimento prometido pelo perfume das flores do jardim fatal. Eles circulavam ao redor da cabeça de Giovanni e foram evidentemente atraídos em direção a ele pela mesma influência que os atraíra por um instante para diversos arbustos. Ele expeliu um sopro sobre eles e deu um sorriso amargo para Beatrice quando pelo menos uns vinte insetos caíram mortos no chão.

— Estou vendo! Estou vendo! — Beatrice soltou um grito agudo. — É a ciência fatal do meu pai! Não, não, Giovanni, não fui eu! Nunca! Nunca! Eu apenas sonhei em amá-lo e em estar com você por pouco tempo, até sua partida, deixando apenas sua imagem no meu coração. Porque, acredite, Giovanni, embora meu corpo tenha sido alimentado com veneno, meu espírito é criação de Deus e anseia por amor como seu alimento diário. Mas meu pai, ele nos uniu nesse sentimento medonho. Sim, me despreze, me pisoteie, me mate! Ah, o que é a morte, depois dessas suas palavras? Mas não fui eu. Nem por um mundo de felicidade eu teria feito isso.

A ira de Giovanni tinha se exaurido ao jorrar de seus lábios. E agora surgia nele uma sensação desoladora e repleta de ternura ligada ao relacionamento íntimo e peculiar entre ele e Beatrice. Os dois ficaram ali, na mais completa solidão, que não se tornaria menos solitária pela aglomeração mais densa de vida humana. Não deveria, então, o deserto de humanidade ao redor deles aproximar o casal isolado? Se ambos fossem cruéis um com o outro, quem seria gentil com eles?

Além disso, pensou Giovanni, *não poderia haver uma esperança de ele voltar aos limites da natureza comum e conduzir Beatrice, a redimida Beatrice, pela mão?*

Ó, espírito fraco, egoísta e indigno, que poderia sonhar com uma união terrena e uma felicidade terrena como se fossem possíveis depois de um amor tão profundo ter sido tão amargamente injustiçado como foi o amor de Beatrice pelas palavras infames de Giovanni! Não, não, não poderia existir essa esperança. Ela precisava transpor com dificuldade, com aquele coração despedaçado, as fronteiras do tempo — precisava banhar suas feridas em uma fonte do paraíso e se esquecer do sofrimento à luz da imortalidade e *ali* ficar feliz.

Mas Giovanni não sabia disso.

— Querida Beatrice — disse, aproximando-se, enquanto ela se encolhia como sempre quando ele se aproximava, mas agora movida por um impulso diferente. — Minha querida Beatrice, nosso destino ainda não é tão desesperado. Veja! Existe um medicamento poderoso, como me garantiu um médico sábio, e quase divino em termos de eficácia. É composto de ingredientes bem opostos àqueles por meio dos quais seu pai repugnante provocou essa calamidade em você e em mim. É destilado a partir de ervas abençoadas. Não devemos tomá-lo juntos e, assim, sermos purificados do mal?

— Dê-me! — disse Beatrice, estendendo a mão para receber o pequeno frasco de prata que Giovanni tirou do peito. E acrescentou, com uma ênfase peculiar: — Vou beber, mas espere o resultado.

Ela levou o antídoto de Baglioni aos lábios; e, ao mesmo tempo, o vulto de Rappaccini apareceu no pórtico e seguiu lentamente em direção à fonte de mármore. Conforme se aproximava, o pálido homem da ciência pareceu contemplar com uma expressão triunfante o belo jovem e a donzela, como poderia fazer um artista que passasse a vida toda criando um quadro ou um grupo de estátuas e finalmente se sentisse satisfeito com seu sucesso. Ele parou. Sua forma encurvada ficou ereta com um poder consciente. Ele estendeu as mãos para eles na atitude de um pai rogando uma bênção sobre os filhos, mas aquelas eram as mesmas mãos que tinham lançado o veneno no fluxo de vida de ambos. Giovanni estremeceu. Beatrice tremeu, nervosa, e levou a mão ao coração.

— Minha filha — disse Rappaccini —, você não está mais sozinha no mundo. Colha uma dessas pedras preciosas da planta que é sua irmã e ordene que seu noivo a use no peito. Ela não vai causar nenhum mal a ele agora. Minha ciência e o relacionamento entre você e ele estão tão entranhados no organismo dele que seu noivo agora está tão distante dos homens comuns quanto você, filha do meu orgulho e do meu triunfo, está das mulheres comuns. Sigam, então, pelo mundo, ambos adorados um pelo outro e temidos por todos os demais!

— Meu pai — disse Beatrice, fraca e mantendo a mão no coração —, por que você infligiu essa maldição miserável sobre sua filha?

— Miserável? — exclamou Rappaccini. — O que quer dizer, moça tola? Você acha uma miséria ser favorecida com dons maravilhosos contra os quais nenhum poder ou força pode beneficiar um inimigo? É miséria ser capaz de vencer os mais fortes com um sopro? É miséria ser tão terrível quanto é linda? Você preferia a condição de uma mulher fraca, exposta a todos os males e capaz de nenhum?

— Eu gostaria de ser amada, não temida — murmurou Beatrice, desfalecendo no chão. — Mas agora não importa. Estou indo, meu pai, para onde o mal que você se esforçou para misturar ao meu ser vai se extinguir como um sonho, como a fragrância dessas flores venenosas, que não mais perfumarão meu hálito entre as flores do Éden. Adeus, Giovanni! Suas palavras de ódio são como chumbo no meu coração, mas também vão se extinguir enquanto eu me elevo. Ah, será que não havia, desde o início, mais veneno na sua natureza do que na minha?

Para Beatrice — cuja parte terrena tinha sido tão radicalmente moldada pelas habilidades de Rappaccini —, assim como o veneno era a vida, o poderoso antídoto era a morte. E, assim, a pobre vítima da engenhosidade humana, da natureza frustrada e da fatalidade que corresponde a todos os esforços da sabedoria pervertida, pereceu ali, aos pés do pai e de Giovanni. Bem naquele instante, o professor Pietro Baglioni olhou pela janela e gritou bem alto, em tom de triunfo misturado com pavor, para o aturdido homem da ciência:

— Rappaccini! Rappaccini! *Esse* é o resultado do seu experimento!

Aos leitores

AGRADECIMENTOS

Um jardim nasce de centenas, milhares de sementes que, juntas, se transformam em uma complexidade visual de cores, formas e aromas. Nosso jardim (ou livro) nasceu com a ajuda de 1383 apaixonados por literatura. Vocês acreditaram em nosso trabalho e, por isso, agradecemos imensamente. ♥

Abraham A. Tavitian, Adélia Ornelas, Adienny, Adilson de Almeida Júnior, Adri Couto, Adriana Aparecida dos Santos, Adriana Cecchi, Adriana de Godoy, Adriana Gonzalez, Adriana Satie Ueda, Adriana Teodoro da Cruz Silva, Adriane Ribeiro Lima, Adriano Rodrigues Souza, Adriele Vieira, Ágabo Araújo, Agatha Meusburger, Alan Guedes, Alan Marcondes, Alana Stascheck, Alba Regina Andrade Mendes, Alberto Lima, Aldevany Hugo Pereira Filho, Alê Maia, Alec Silva, Alecson Soares Veloso, Alessandra Arruda, Alessandra Gonçales Prevital de Siqueira, Alessandra Herr, Alessandra Leire Silva, Alessandra Lourenço, Alessandra Simoes, Alessandro R. Z. de Souza., Alex André (Xandy Xandy), Alex de Oliveira Silva, Alex Maciel, Alexandre Adame, Alexandre Magno Simoni, Alexandre Miola Gonçalves, Alexandre Nóbrega, Alexandre Roberto Alves, Alexia Araujo, Alexia Bittencourt Ávila, Alfeu Rojas, Alice Antunes Fonseca Meier, Alice de Oliveira, Alice Maria Marinho Rodrigues Lima, Alice Soares Coelho Marques, Aline Cristina Moreira de Oliveira, Aline Duarte Linoca, Aline Fiorio Viaboni, Aline Martins Rosin, Aline Messias Miranda, Aline Robles de Moura Arguelho, Aline Salerno Gomes de Lima, Aline Terssetti, Aline Viviane Silva, Allan Davy Santos Sena, Alline Rodrigues de Souza, Ally Ribeiro, Alvim e Pedro, Alyne Maricy Rosa, Amanda Barbosa Correia,

Amanda Claudia Barbosa Viana, Amanda Laís Jácome, Amanda Martinez, Amanda Mello, Amanda Paracampo de Castro, Amanda Salimon, Amanda Vicencia Bezerra da Silva, Amanda Vieira Rodrigues, Amaury Mausbach Filho, Américo Sanches Neto, Ana Beatriz Braga Pereira, Ana Beatriz Fernandes Fangueiro, Ana Beatriz Ferreira de Arruda, Ana Beatriz Xavier Cachichi, Ana Breyner, Ana Caiena, Ana Carolina de Albuquerque Conte, Ana Carolina F Moraes, Ana Carolina Rodrigues Vasconcellos, Ana Carolina Silva Chuery, Ana Carolina Vieira Xavier, Ana Caroline Oliveira da Silva, Ana Claudia Sato, Ana Cristina Fernandes Araújo, Ana Cristina Schilling, Ana Elisa Spereta, Ana Flávia V. de França, Ana Fossati, Ana Gabriela Barbosa, Ana Javitti, Ana Karolina Soares Frank, Ana Laura Oliveira de Paula, Ana Lethicia Barbosa, Ana Luisa Constantino, Ana Luiza Poche, Ana Paula Babireski de Souza, Ana Paula Costa Silva, Ana Paula Garcia Ribeiro, Ana Paula Mariz Medeiros, Ana Paula Menezes Lima, Ana Paula Shiguemoto, Ana Paula Winck Pires, Ana Solt, Ana Videl Ferreira, Ana Virgínia da Costa Araújo, Anderson do Nascimento Alencar, Anderson Konzen, André Nascimento Noggerini, André Rosa, André Sefrin Nascimento Pinto, Andrea Basilio Dias, Andréa Bernard, Andrea Carreiro, Andrea Mattos, Andréia Carvalho Gavita, Andressa Popim, Andressa Rodrigues de Carvalho, Andressa Tonello, Andressa Tuany Rosa Reis, Andrey Azevedo, Andreza Lanza Braga, Angela Castro, Angela Moreira, Angelica Vanci da Silva, Anielly Sampaio Clarindo, Anna Lúcia Barbosa Dias de Carvalho, Anna Luiza Resende Brito, Anna Raphaella Bueno Rot Ferreira, Anna Ravaglio, Annita Saldanha M C de Pinho, Antônio Carlos da Silva, Antonio Carlos Pimenta, Antonio César Landi Júnior, Antonio Reino, Antonio Ricardo Silva Pimentel, Antonio Vieira de Araújo, Araí Nrl, Ari Jesus, Ariadne Erica Mendes Moreira, Ariadne Fantesia de Jesus, Ariana Rodrigues Cursino, Ariel Ayres, Ariele Ciepanski, Arodi Prado Favaris, Arthur Breccio Marchetto, Arthur Mariano, Arthur Pinto de Andrade, Arthur Sbroglio Ochi, Aryadne Schultz, Atailton, Atália Ester Fernandes de Medeiros, Atlântico Sul Consultoria e Corretora de Seguros, Audrey Albuquerque Galoa, Augusto Bello Zorzi, Augusto Bernardes, Augusto Pinto, Aurelina da Silva Miranda, Bah Simões, Bárbara Bertoncini Avanzi, Bárbara de Lima, Bárbara de Melo Aguiar, Bárbara Molinari R. Teixeira, Bárbara Moreci, Bárbara Parente, Beatriz Belisário Laranja Klausner, Beatriz Calado Gonçalves, Beatriz Cerqueira Biscarde, Beatriz Corrêa, Beatriz de Toledo Piza Lima, Beatriz Feitosa, Beatriz Galindo Rodrigues, Beatriz Leonor de Mello, Beatriz Maia, Beatriz Pignataro Emerenciano, Beatriz Scachetti Xavier, Beatriz Wenderlich, Bella Gomes, Berenice Thais Mello Ribeiro dos Santos, Bia Messias, Bianca Bertê Borges, Bianca Castro, Bianca da Silva, Bianca Gregorio, Bianca Mikie Itokazu Leleque, Bianca Pereira da Ponte, Bianca Sartin, Blume, Brenda Link Gualberto, Brenda Reis Caratti, Brenda Schwab Cachiete, Breno de Oliveira Ferreira da Silva, Breno Leme, Bruna A B Romão, Bruna A. R. Souza, Bruna Damasco, Bruna de Lima Dias, Bruna Fischer Duarte, Bruna Forshaid, Bruna Grazieli Proencio, Bruna Lopes Leandro, Bruna Lorenne C. Ribeiro, Bruna Possatto, Bruna Santos Silveira, Brunno Marcos de Conci Ramírez, Bruno Frika, Bruno Matinata, Bruno Mendonça da Silva, Bruno Moulin, Bruno P Souza, Bruno Rodrigo Arruda Medeiro, Bruno Sakai Costa, Bruno Scaramussa, Bryan Khelven, Caio Favero, Caio Gabriel Moreira D'souza, Caio Maida, Caio Pimentel, Caíque Fernandes de Jesus, Cambieri, Camila da Silva Nogaro, Camila Gigliotti, Camila Linhares Schulz, Camila Mayra Bissi, Camila Polisel Guillen, Camila Villalba, Camilla Seifert, Camille Cardoso de Faria Brito, Camille Pezzino, Cãnaan Marques Moreira, Carla Barcela Santos, Carla Malavazzi, Carla Marques, Carla Paula Moreira Soares, Carla Spina, Carlos A Zanini Jr, Carlos Eduardo de Almeida Costa, Carlos Thomaz Pl Albornoz, Carol Nery, Carolina Althoff, Carolina Bicciato, Carolina Cavalheiro Marocchio, Carolina da Cunha Rocha, Carolina Dias, Carolina do Nascimento, Carolina Gonçalves, Carolina Helfstein, Carolina Lopes Lima, Carolina Maluf, Carolina Moreira Rosenkrantz, Carolina Motter Pizoni, Carolina Paiva, Caroline Bigaiski, Caroline da Cruz Alias, Caroline da Silva, Caroline Garcia, Caroline Murta, Caroline Pinto Duarte, Catarina Rinaldi, Catarina S. Wilhelms, Catharina Mattavelli Rivellino, Cecilia Morgado Corelli, Cecília Pedace, Cecília Rauscher, Celine Fonseca Casanova Soeiro, Celso Luís Dornellas, Cesar K., Cesar Lopes Aguiar, Christian Kazuo Fuzyama, Cibelle Figueiredo Migliorança, Cinthia Guil Calabroz, Cintia A. de Aquino Daflon, Cíntia Cristina Rodrigues Ferreira, Clarice Perillo, Clarice Siqueira, Claudia Cruz Fialho Santos, Claudia de Araújo Lima, Cláudio Antonio Mendes, Claudio Filho, Cláudio José da Rocha, Claudio R. Alves, Clayton Varela Feital, Clébia Miranda, Clever D'freitas, Condessa Paola, Conrado de Biasi, Cristian S. Paiva, Cristian Warley de Freitas Pereira, Cristiane Amabile Wartha, Cristiane Damasia Marques, Cristiane Lopes de Oliveira Alves, Cristina Maria Busarello, Cristina Rocha Félix de Matteis, Cristine Martin, Cynara Suele Fonseca Santos, Daiane Militão, Daiany Martins Viana, Daisy Kristhyne Damasia de Oliveira, Dalton Lucas Cunha de Almeida, Dango Yoshio, Daniel Henrique de Novaes, Daniel Kiss, Daniel Taboada, Daniel Teste, Daniela Barros, Daniela Bernardes de Aguiar, Daniela de Oliveira da Silva, Daniela Miwa Miyano, Daniela Prado, Daniela Ribeiro Laoz, Daniela Rocha Furtado de Oliveira, Daniele Franco dos Santos Teixeira, Danielle Bieberbach de Presbiteris, Danielle Dayse Marques de Lima, Danielle Gadelha Spinelli, Danielle Gama, Danielle Mendes Sales, Danielle Moreira, Danielle Oliveira Borges, Danielly Caroline Mileo Gonçalves, Danilo Alves Flor Silva, Danilo Domingues Quirino, Danyel Gomes, Darlene Maciel de Souza, Davi de Lima Soares, David Fellipe Silva da Luz, David Orlando Acevedo Rojas,

Dayane de Souza Rodrigues, Debora Coradini Benetti, Débora de Arruda Oliveira, Débora dos Santos Cotis, Debora Faleiro Martins, Débora Mille, Débora R., Débora Savino, Déborah Araújo, Déborah Brand Tinoco, Deborah Maria de Paula Estevam, Deise Maciel, Deivisson dos Santos Costa, Denise Ramos Soares, Dennis Cayres Cossi, Diego de Oliveira Martinez, Diego Felix Dias, Diego Guerra, Diego José Ribeiro, Diego Villas, Diego Void, Dinei Júnior Rocha, Dino Galeazzi, Diogo Ferreira da Rocha, Diogo Gomes, Diogo Simoes de Oliveira Santos, Diogo Vasconcelos Barros Cronemberger, Doki Rosi, Dominique Guimarães Thielemann, Domlobo, Doug S. Rocha, Douglas Veloso, Dri Cabanelas, Duane Santos, Dyuli Oliveira, Eder Roberto Ulrich, Ediane Cristine Sampaio Costa, Edilene Dee Almeida, Edilvan Moraes Luna, Editora Clepsidra, Eduarda Bonatti, Eduarda de Castro Resende, Eduarda Dorne Hepp, Eduarda Ebling, Eduarda Martinelli de Mello, Eduarda Preto, Eduardo "Dudu" Cardoso, Eduardo Augusto Botelho, Eduardo Cesar Dias, Eduardo de Oliveira Prestes, Eduardo Dias Garcia, Eduardo Fabro, Eduardo Lima de Assis Filho, Eduardo Maciel Ribeiro, Eduardo Zambianco, Elaine Aparecida Albieri Augusto, Elaine Carvalho Fernandes, Elaine Kaori Samejima, Elaine Regina de Oliveira Rezende, Elaine Ribeiro, Eliana de Medeiros Oliveira, Eliane Barbosa Delcolle, Eliane Bernardes Pinto, Eliane Mendes de Souza, Eliel Carvalho, Elieltom Oliveira, Elis Mainardi, Elisa Latessa, Elisa Maia, Elita Gomes, Elizabeth Lima Freitas, Elora Mota, Eloy Ferreira Batista, Elton da Silva Bicalho, Eluar Fernanda Tavares Sousa de Oliveira, Emanoela Guimarães de Castro, Emanuele Zagonel, Emerson Anun, Emerson Meira Junior, Emilena Bezerra Chaves, Emili Lima, Emília Miñarro, Emilly Lucas, Emillyn Vivian, Emily Jhoyce Coimbra da Silva, Emmanuel Carlos Lopes Filho, Emmanuel Ricardo Sousa (Emano), Emmanuelle Pitanga, Emme Benedicta Caldas Pereira, Erica do Espirito Santo Hermel, Érica Mendes Dantas Belmont, Erick Dias, Erik Alexandre Pucci, Erik Gabriel Cosmo, Erika Yumiko, Estephanie Gonçalves Brum, Estéphanie Pessanha Castello Branco, Ester da Silva Bastos, Ester Garcia Ferreira da Silva, Esther Caroline, Eva Furnari, Evana Harket, Evandro Filho, Evans Cavill Hutcherson, Évany Cristina Campos, Evelyn Teixeira Pires, Fabiana de Souza Carvalho, Fabiana Ferraz Nogueira, Fabiana Martins Souza, Fábio da Fonseca Said, Fabio Eduardo Di Pietro, Fabio Silveira Lázzari, Fabiola Ratton Kummer, Fabrício Monteiro, Faw Carvalho, Felipe Andrei, Felipe Augusto Kopp, Felipe Fonseca de Oliveira Lima, Felipe Katsumi Ishimaru, Felipe L. Cavalcante, Felipe Moura, Felipe Pessoa Ferro, Fernanda Barão Leite, Fernanda Correia, Fernanda Cristina Buraslan Neves Pereira, Fernanda da Conceição Felizardo, Fernanda da Silva Lira, Fernanda de Souza Angelo, Fernanda Deajute, Fernanda dos Santos Silva, Fernanda e S Silva, Fernanda Galletti da Cunha, Fernanda Garcia, Fernanda Gomes de Souza, Fernanda Goncalves, Fernanda Martínez Tarran, Fernanda

Miranda Marinho, Fernanda Rosa de Souza Lessa, Fernando Albuquerque Luz, Fernando Bueno da Fonseca Neto, Fernando da Silveira Couto, Fernando Moreira Bufalari, Fernando Queiroz, Fernando Rosa, Fernando Silva e Silva, Filipe Pinheiro Mendes, Flávia Cruz Kishi, Flávia Fernandes de Oliveira, Flávia Silvestrin Jurado, Flávio do Vale Ferreira, Frances Kopplin Crespo, Franciane Breda, Francielle Alves, Francine Mourão, Francisco Alberto Skorupa, Frank Gonzalez Del Rio, Franklim Victor Farias Simões Dias, Frederico Monteiro Couto, Frederico Prado, Gabriel Antônio Pellegrini Dias, Gabriel Barata, Gabriel Barbosa Souza, Gabriel Carballo Martinez, Gabriel Farias Lima, Gabriel Ferreira da Cunha, Gabriel Gomes de Melo, Gabriel Guedes, Gabriel Guedes Souto, Gabriel Henrique Carneiro de Melo, Gabriel Jurado de Oliveira, Gabriel Montenegro, Gabriel Morgado Macedo, Gabriel Nascimento, Gabriel Oliveira Ferreira, Gabriel Porto Coelho, Gabriel Tavares Florentino, Gabriela B Potrich, Gabriela Carreiro Kubitschek Lopes, Gabriela Colicigno, Gabriela Costa Gonçalves, Gabriela Guedes, Gabriela Kitty Andrade, Gabriela Ladeira, Gabriela Larocca, Gabriela Mafra Lima, Gabriela Teixeira Carlotto, Gabriela Yuki Kato, Gabriele Perissato Mangialardo, Gabriella Hizume, Gabrielle Paula Malinski Nery, Gabrielle Tozetto Pereira, George Amaral, Geovana Alves da Luz, Gerson Lodi-Ribeiro, Géssica Ferreira, Getúlio Nascentes da Cunha, Giordano Lima, Giovana G. Gonzaga, Giovana Lopes de Paula, Giovana Mazzoni, Giovanna Alves Martins de Souza, Giovanna Batalha Oliveira, Giovanna Bordonal Gobesso, Giovanna Carla Papa, Giovanna Fornaziero, Giovanna Prates, Giovanna Romiti, Gisele de Moraes Veiga, Gisele Eiras, Giselle de Oliveira Araújo, Giselle Soares Menezes Silva, Gislaine Patricia de Andrade, Giulia Souza Tadei, Giuliana de Fiori Atelier, Giulianna Beatriz Lombardi Silva, Giulieth Schmitz, Glaucia R. Gonzaga, Glauco Henrique Santos Fernandes, Gleicy Pimentel Gonçalves, Gloria Souza, Gofredo Bonadies, Graciela Santos, Greice Genuino Premoli, Greice Grabski Amin, Greice Kelly de Souza, Grenivel, Guiggs, Guilherme Adriani da Silva, Guilherme Augusto Michel Mendes Maia Gomes, Guilherme Augusto Poltronieri, Guilherme Cardamoni, Guilherme de Ornellas Paschoalini, Guilherme de Paula, Guilherme Delfino Brito, Guilherme Enrique Luisi López, Guilherme Henrique Nakamoto, Guilherme Inácio Oliveira, Guilherme Reghin Gaspar, Guilherme Viana, Guillian Figuerêdo Alves, Gustavo Baldissera Cemin, Gustavo de Freitas Sivi, Gustavo Garcia Leite Pavanetti, Gustavo Gualda Pereira Contage, Gustavo Henrique Gonçalves, Gustavo Mozer Velasco, Gustavo Tenório, Gustavo Willian da Silva Mendes, Hada Maller, Haída Coelho, Hajama., Hani V., Heclair Pimentel Filho, Heitor Samuel Carvalho Souza, Helen Goes, Helen Karolyne da Cruz Paschoeto, Helena Dias, Helga Ding Cheung, Helil Neves, Helio Castelo Branco Ramos, Hellen Cintra, Helloise Gabrielle da Mota, Heloisa Angeli, Heloisa Kleine, Heloisa Vivan, Heloize Moura,

Helton Fernandes Ferreira, Hemeter Heberton Damasceno de Morais, Heniane Passos Aleixo, Henrique Botin Moraes, Henrique Carvalho Fontes do Amaral, Henrique de Oliveira Cavalcante, Hevellyn Coutinho do Amaral, Higor Peleja de Sousa Felizardo, Hitomy Andressa Koga, Hudson Cheque Leite da Silva, Hugo P. G.J., Humberto Fois Braga, Iana A., Iara Nunes, Igor Daii Cristian, Igor Geraldelli Ribeiro, Igor Rezzende, Ileana Dafne Pereira da Silva, Indira Antônia Silva de Paula Machado, Ingrid Jonária da Silva Santos, Ingrid Michelle, Ingrid Régis Pacheco, Ingrid Rocha, Ingrid Valéria Coelho, Irene Diniz, Isaac Ferreira Andrade, Isabel Vichnevski Telles, Isabela Brescia Soares de Souza, Isabela Dirk, Isabela Graziano, Isabela Moraes de Oliveira, Isabela Quilodrán, Isabella Alvares Fernandes, Isabella Czamanski, Isabella Gimenez, Isabella Porto de Oliveira, Isabella Salviano Barretto, Isabelle Dal Maso, Isabelle Maria Soares, Isabelle Miranda da Silva, Isabelly Alencar Macena, Isabely Ramalho dos Santos, Isadora D'avilla Cerqueira Mendes, Isadora Emi Iwahashi, Isadora Granemann, Isadora Sena, Ismael Garcia Chaves, Ivan G. Pinheiro, Ivete Santiago, Ivni Sena Oliveira, Ivone de F. F. Barbosa, Izabel Bareicha, Izadora Sousa Graciano, J. Eduardo Lima Fernandes, J.c.gray, Jackson Miro, Jacqueline Plensack Viana, Jade Cristina Presente Fida, Jade F. Myotin, Jade Rafaela dos Santos, Jader Viana Massena, Jady de Oliveira Vilela, Jady Jordana de Souza, Jan Santos, Janaina Araujo, Janine Kuriu Anacleto, Japasujo, Jaqueline Matsuoka, Jean Luccas Sobra da Silva, Jeane Silva Santos, Jennifer Mayara de Paiva Goberski, Jéssica Araujo Herzer, Jessica Brustolim, Jessica Caetano, Jéssica Carolina, Jessica Cassiano, Jessica Ferreira, Jéssica Gubert, Jéssica Monteiro da Costa, Jéssica Reinaldo, Jéssica Teixeira Rigol, Jéssica Widmann, Jheimes Sousa Fonseca, Jhonatan Cardoso de Medeiros, Jiullia M. Silva, João Batista Oliveira Rêgo Júnior, João 'Dk' Victor, João Lucas Boeira, João Neto Queiroz Sampaio, João Paulo (Uriel), João Paulo Andrade Franco, João Pedro Moretti, João Pedro Tavares Gemelli, João Vítor de Lanna, Joice Mariana Mendes da Silva, Joiran Souza Barreto de Almeida, Jonas Juscelino Medeiros dos Santos, Jordan da Silva Soeiro, Jorge Lisbôa Antunes, Jorge Miguel Spitti, Jorge Raphael Tavares de Siqueira, Jorgelina Liz Angelini Ocaranza, Jorlan Fernandes, José Augusto Marques, José Carlos da Silva, José Guilherme Pimentel Balestrero, José Moreira Neto, José Tertuliano Oliveira, Joseane Turato, Josiane Salazar, Josimari Zaghetti Fabri, Jota Rossetti, Joyce Roberta, Júlia Agnês de Souza Amorim, Júlia Ardións, Julia Bassetto, Julia Carla Pinheiro Case, Julia de Campos Palma Inoue, Julia de Sousa Dias, Julia Ferrari, Julia G. Dani, Julia Gallo Rezende, Julia Lhano, Júlia Medeiros Silva, Júlia Mont'alverne, Julia Moragas de Almeida Fernandes, Júlia Nascimento Lourenço Souza, Júlia Nunes, Juliana A. Harue Pereira Uka, Juliana B França, Juliana Borges Siqueira Domingues, Juliana Lemos Santos, Juliana M. M. Soares, Juliana Mendes Santiago, Juliana Mourão

Ravasi, Juliana Renata Infanti, Juliana Salmont Fossa, Juliana Silveira Leonardo de Souza, Juliana Thaís Zanollo, Juliane Millani, Julie Reinhart Balles, Júlio César Lucci, Julio Cezar Silva Carvalho de Toledo, Julio França, Julyane Silva Mendes Polycarpo, June Alves de Arruda, June Weishaupt, Jussara Lopes, Kalane Moura, Kalina Vanderlei Silva, Kaline Bogard, Kamila Paixão, Karen Käercher, Karina Beline, Karina Cabral, Karina Lemos, Karina Natalino, Karine Santana Silva, Karly Cazonato Fernandes, Kássio Alexandre Paiva Rosa, Kathia Brienza Badini Marulli, Kathleen Machado Pereira, Katia Machado, Katia Miziara de Brito, Katy Miranda, Kecia Rayane Chaves Santos, Keize Nagamati Junior, Kelly Bianca Tardelli Marques, Kelly C. Correa da Silva, Kely Cristina Magalhaes Cordeiro, Keni Tonezer de Oliveira, Kênia Rodrigues, Kennya Ferreira, Kevynyn Onesko, Keyla Ferreira, Keyllamar Silva Pires de Oliveira, Laeticia Maris, Laina Caetano, Lais Braga, Laís Carvalho Feitosa, Laís Faccin Camargo, Laís Fonseca, Lais Pitta Guardia, Laís Sperandei de Oliveira, Laís Vieira, Laisa Couto, Lara Cristina Freitas de Oliveira, Lara Daniely Prado, Larissa Fagundes Lacerda, Larissa Hoffmann Sebold, Larissa Kriscinski, Larissa Medeiros Comin, Larissa Pereira Ramos, Larissa Pontes Ribeiro, Larissa Rodrigues, Larissa Silva Pinheiro, Laryssa Ktlyn, Laryssa M. Surita, Laura Gadelha, Laura Konageski Felden, Lays Bender de Oliveira, Leandra Ascencão Modesto, Lediani Waterkemper, Leear Martiniano, Leila Carvalho Lopes, Leila Silva Lopes, Leiliane Santos, Leonardo Bagne, Leonardo Baldo Dias, Leonardo Fogaça, Leonardo Macleod, Leonardo Pereira Vieira, Leonardo Rego Gomes, Leonardo Rocha Leite da Silva, Leonardo Tavares, Leoni Costa Pereira, Leonor Benfica Wink, Letícia Alves, Letícia Bueno Cardoso, Letícia Cândida de Moura, Letícia da Silva Lopes de Souza, Letícia Gabriela Lopes do Nascimento, Leticia Matos Rodrigues, Letícia Pacheco Figueiredo, Letícia Pinatti, Letícia Prata Juliano Dimatteu Telles, Leticia Taborda, Letícia Takahashi Hokari, Lia Cavaliera, Liamar Erika Morioka, Lici Albuquerque, Lidiane do Nascimento, Lidiane Silva Delam, Lidyanne Aona, Ligia Gomes, Lila Azevedo, Liliane Cristina Coelho, Lina Machado Cmn, Lis Vilas Boas, Livia C V V Vitonis, Lívia G. C. de Mendonça, Livia Marinho da Silva, Loara D'ambrosi Farion, Lorena Provin, Lorena Ricardo Justino de Moura, Louise Vieira, Loyse Ferreira Inácio Leite, Luan Morais, Luana Alt, Luana Alves, Luana Aparecida dos Santos Nascimento (Luanebulosa), Luana Braga, Luana Feitosa de Oliveira, Luana Helena, Luana Mota Weis, Luana Muzy, Luana Toniol Gama, Lucas Alves da Rocha, Lucas Azevedo Dantas, Lucas dos Santos Martins, Lucas Gabriel Tempest Pastorello, Lucas Gappo, Lucas Oliveira dos Santos, Lucas Samuel, Lucas Silva de Deus, Lucas Silva Ribeiro, Lucca Teixeira da F Q C Martins, Lúcia Guimarães, Luciana, Luciana Barreto de Almeida, Luciana M. Y. Harada, Luciana Maira de Sales Pereira, Luciana Sá, Luciana Schuck e Renato Santiago,

Luciana Vieira da Silva, Luciane Magalhães, Luciano Júnio Araújo de Souza, Luciano S Bianchi, Lucicleide dos Santos Favoreto, Luciene Santos, Lucienne Rose, Lucilene Canilha Ribeiro, Ludmila Beatriz de Freitas Santos, Luis Gerino, Luisa Bruno, Luísa Freire, Luisa Mesquita, Luísa Victória Lima Abreu, Luiz Abreu, Luiz Carlos Gomes Santiago, Luiz Felipe P. Stelling, Luiz Fernando C. Canuto, Luiz Fernando Cardoso, Luiz Fernando Plastino Andrade, Luiz Henrique Garcia de Farias, Luiz Melki, Luiza de Souza Martins da Rocha, Luiza Pimentel de Freitas, Luíza Santos, Lunox Store, Lys Limongelli Costa, Lyvia de Oliveira Silvestre, Madalena Derzi, Maedina Gomes da Costa, Maiara Bolsson, Maic Douglas Souza Martins dos Santos, Maikhon Reinhr, Maison Antonio dos Anjos Batista, Manoel Alves, Manoela Castejon, Marcela Paula S. Alves, Marcela Pedroso Maués, Marcela Sachini, Marcela Santana Demarchi, Marcella Gualberto da Silva, Marcelo Costa Medeiros, Marcelo Crasso, Marcelo Fernandes, Marcelo Gabriel da Silva, Marcelo Leão, Marcelo Miranda, Marcelo Scrideli, Marcelo Trigueiros, Marcia Avila, Marcia Franco, Márcia Moutinho, Marciane Maria Hartmann Somensi, Márcio Correa de Oliveira, Márcio Serdeira, Marco Antonio da Costa, Marco Bonamichi, Marcos de Moraes Sarmento, Marcos Nogas, Marcos Ogre, Marcos Roberto C. Alves, Marcos Roberto Piaceski da Cruz, Marcos Souza Ferreira, Marcus Antonius S Silva, Marcus Augustus Teixeira da Silva, Marcus Leopoldino, Maria Alice Tavares, Maria Angélica da Silva e Silva, Maria Batista, Maria Carolina Almeida, Maria Carolina Sartorio, Maria Cecilia Penteado, Maria Clara de Araújo Rodrigues Pereira, Maria Clara Neves Ferreira, Maria Clara Silvério de Freitas, Maria Claudiane da Silva Duarte, Maria Eduarda Blasius, Maria Eduarda Estevam de Matos, Maria Eduarda Mendes Neves Ferreira Guimarães, Maria Eduarda Ronzani Pereira Gütschow, Maria Elisa Faia, Maria Elizabeth Scari, Maria Fernanda Jerônimo, Maria Fernanda Peyerl, Maria Gabriela Lima Vasques, Maria Helena Lima de Oliveira, Maria Júllia, Maria Luiza Barbosa Correa, Maria Sena, Maria Vitoria Nunes Lemes, Maria Vitória Ribeiro de Oliveira, Mariana Carmo Cavaco, Mariana Cavalcanti da Conceição, Mariana Dall Pizzolo de Souza, Mariana de Camargo, Mariana Donner, Mariana dos Santos, Mariana Guimarães Faria, Mariana K., Mariana Pereira Victorio, Mariana Rocha Cabrera, Mariana Sampaio Rodrigues de Lima, Mariana Sousa, Mariane Belegrino Vieira, Mariane Fecci Jastale, Marianna Moragas Farage, Mariany Peixoto Costa, Marília Morais, Marina Barguil Macêdo, Marina Cristeli, Marina de Castro Firmo, Marina Jordá, Marina Mastrangelo Franconeti, Marina Mendes Dantas, Marina Pereira, Mário Ac Canto, Mário Ferreira da Silva, Mário Jorge Lailla Vargas, Marisol Bento Merino, Marisol Prol, Marli Molina de Melo, Marsil, Martha Assumpção, Mateus Angelim, Mateus Kenji Hara Machado de Campos, Matheus Ceotto, Matheus dos Reis Goulart, Matheus Magre, Mauricio

Simões, Mauro Vinicius Santos, May Miriuk, Mayara Kelly Assunção, Maylan Esteves, Meg Ferreira, Melani Lopes Tome, Melissa Barth, Micaelly Carolina Feliciano, Michel Barreto Soares, Michele Faria Santos, Michelle Bertolazi Gimenes, Michelle Henriques, Michelle Leite Romanhol, Michelle Müller Rossi, Michelly Lacerda, Midiã Lia, Miguel Mendes, Miguel Vitor da Silva Viana, Mih Lestrange, Milena Ferreira Lopes, Milena Iacillo, Milena Maia de Souza, Milena Nunes de Lima, Milena Placido Silva, Milene Antunes, Minnie Santos Melo, Mirela Sofiatti, Miriam Potzernheim, Mirna Porto dos Santos, Mônica Júnia Guimarães, Monique Calandrin, Monique D'orazio, Morgana Feijão, Muriele Calvo, Murilo da Rocha, Mylena Nuernberg, Nádia Dévaki e André Trevisol, Nadine Assunção Magalhães Abdalla, Naiara Frota Teixeira, Najara Nascimento dos Santos, Narcilo Cardoso, Natália Carolina Albissu, Natália F. Alves, Natália Luiza Barrnabé, Natalia Schwalm Trescastro, Natalia Souza, Natália Wissinievski Gomes, Natasha Ribeiro Hennemann, Nathalia Borghi, Nathália Carvalho de Araújo, Nathalia de Lima Santa Rosa, Nathália Liberato Varussa, Nathalia Matsumoto, Nathalia Olifer, Nathalia Tonial Meurer, Nathalia Verçosa Perez Gorte, Nayara Oliveira de Almeida, Náyra Louise Alonso Marque, Nelson do Nascimento Santos Neto, Nessa Guedes, Newton José Brito, Neyara Furtado Lopes, Nicholas Carreia, Nicolas Bohnenberger, Nicole Eler, Nicole Pereira Barreto Hanashiro, Nicoly Malachize Alano da Silva, Nikelen Witter, Nini e Vivi, Nivaldo Morelli, Noein Kinester, Norma Pereira Gomes, Núbia Barbosa da Cruz, O Romance de Parasite Eve, Octavio Campanol Neto, Ofélia Nymph, Ohana Fiori, O'hará Silva Nascimento, Olga Neiva, Oliveira e Ishikawa, Óliver de Lawrence Meira de Souza, Olivia Mayumi Korehisa, Omar Geraldo Lopes Diniz, Osvaldo Neto, Otávio A. R. Lima, Otavio Augusto Barboza Magalhaes, Otavio Cals, Otávio Soares Mortosa, P. Garay Costa, Paloma Kochhann Ruwer, Pamela Felix Soriano Lima, Pamela Nhoatto, Paola Borba Mariz de Oliveira, Paola de Freitas Oliveira, Paola Rebelo Casagrande, Patricia Aparecida Costa, Patrícia Ferreira Magalhães Alves, Patricia G Pelizari, Patrícia Kely dos Santos, Patrícia Matosinhos, Patrícia Pizarro, Patrícia Rudi, Patrícia Zulianello Zanotto, Patrick Lamin, Patrick Wecchi, Paula Andrade Souza, Paula Ladeira, Paula Lemos, Paulo André Vieira, Paulo Carrara de Castro, Paulo Cesar Davila Fernandes, Paulo Nojento, Paulo Vinicius Figueiredo dos Santos, Pedro Bicaco, Pedro Henrique Bastos Mouzinho, Pedro Henrique Morais, Pedro Jatahy, Pétala Rosalina da Silva e Castro, Pietra Vaz, Pietro Kauê Bueno Albach, Plinio Sheijin Arashiro, Poliana Silva Rebuli, Poliane Ferreira de Souza, Polyana de Andrade, Priscila Cardoso, Priscila Daniel do Nascimento, Priscila do Amaral, Priscila Figueira Boni, Priscila R. Fontenele, Priscila S Oliveira, Priscila Vieira Braga, Priscila Xander, Priscilla Moreira, Rafael Alves de Melo, Rafael Cacilhas, Rafael Darwich Soares, Rafael de Carvalho Moura, Rafael Lechenacoski,

Rafael Leite Mora, Rafael Miritz Soares, Rafael Oliveira do Nascimento, Rafae Wüthrich, Rafaela Anacker Hermes, Rafaela Barcelos, Rafaela Mendes Medici, Rafael O Martins, Rafaella Kelly Gomes Costa, Rafaella Silva dos Santos, Rafaelle de Andrade Cezar Barbosa, Rafaelle Schütz Kronbauer Vieira, Ranulpho, Raoni Lorizolla Cordeiro Raphael Fernandes, Raquel, Raquel Ambrósio, Raquel Beatriz Bretzke, Raquel Fernandes Rodrigues, Raquel Grassi Amemiya, Raquel Hatori, Raquel Pedroso Gomes Raquel Rezende Quilião, Raquelle Barroso de Albuquerque, Raul Morais de Oliveira Rayssa Ferreira Filgueira de Oliveira, Rebeca Azevedo de Souza, Rebeca Dupont Kalinoski, Rebeca Hennemann Vergara de Souza, Rebeca Iervolino Fernandes Ferreroni, Rebeca Waltenberg, Rebecca Falcão Viana Alves, Rebecca S. Moura, Regina Andrade de Souza, Renan Barcellos, Renan Pinto Fernandes, Renata Asche Rodrigues Renata Bertagnoni Miura, Renata Cybelle Soares, Renata de Araújo Valter Capello Renata de Lima Neves, Renata Maragna, Renata Monteiro de Almeida, Renata P.S. Renata Saturno, Renato Alves, Renato de Medeiros Jota, Renato Drummond Tapioca Neto, Rhauy Fornazin, Ricardo de Souza Talhas, Ricardo Gondim, Ricardo Sturk Rick Bzr, Rita de Cássia Dias Moreira de Almeida, Roberta Hermida, Roberto R.V. Robson Muniz de Souza - Escritor, Robson Santos Silva, Rodney Georgio Gonçalves Rodolfo Andrade Breves, Rodrigo Alves, Rodrigo Barroso de Oliveira, Rodrigo Bobrowski - Gotyk, Rodrigo Borges, Rodrigo Braga, Rodrigo Galvão Fernandes Rodrigo Mattos, Rodrigo S. M. Takahashi, Roger Israel Feller, Rogério Duarte Nogueira Filho, Ronald Robert da Silva Macêdo, Ronaldo B. Monteiro, Roni Tomazelli, Ronnie Craisler Macedo, Rosana Maria de Campos Andrade, Rosea Bellator, Rs Carone, Ruan Oliveira, Ruan S. Matos, Rubens Antonio Brito Júnior, Rubens Pereira Junior, Rune Hamalainen Tavares, Ruth Danielle Freire Barbosa Bezerra, Rutinha, Sabrina Abrahão Roman, Sabrina Brum Simões, Sabrina Martins Cardoso, Sabrina Oliveira, Sabrina Vidigal, Sajunior L Maranhão, Sálua Rodrigues Melo, Samanta Ascenço Ferreira Samanta Geraldini, Samara Farias, Samia Schiller, Sandra Marques Fernandes, Sandra Regina dos Santos, Sani Silva, Saori Yamauchi, Sara Marques Orofino, Sarah Foscolo Sarah Guedes, Sayene Nunes, Shay Esterian, Sheron Alencar, Silmara Helena Damasceno, Silvana Cruz, Silvia Antonia Figueiredo Pereira, Silvia Helena de Oliveira Silvia Maria dos Santos, Simone Gonçalves de Andrade, Simone Rodrigues da Silva Simoni Jung Zorzo, Sintia Brum, Sobral, Socorro Barbosa, Sofia Kerr Azevedo, Solange Burgardt, Sophia Caminha Bedin, Sophia Gaspar Leite, Soren Francis, Stella Cruz Ruiz, Stella Noschese Teixeira, Stephania de Azevedo, Stephanie Alves da Silva Cardoso, Stephanie Rosa Silva Pereira, Stephanie Skuratowski, Stephany Ganga Suelen Paiva Barbosa, Susan Appilt, Susanna D'amico Borin, Susy Stefano Giudice Tabata Robles, Taciana Souza, Tácio R. C. Correia, Tadeu Marcicano Santos Petindá

Tailine Costenaro, Tainah Castro Fortes, Tainara Gouvêa Casarin, Taís Castellini, Taís Coppini, Taisa Oyamada Nishikiori, Taissiane Bervig, Talita Chahine, Talita Fernandes Martins de Sousa, Talita M Sansoni, Talita Malaquias Wydysz, Talles dos Santos Neves, Talyne Roseno, Tamirys Sartin, Tania Maria Florencio, Targino, Tathi Souza, Tatiana Catecati, Tatiana Gonçalves Morales, Tatiana Lagun Costa, Tatiana Mamede, Tatiana Oshiro Kobayashi, Tatiana Rocha de Souza, Tatiane Rofino Cabral, Tatianne Karla Dantas Vila Nova, Telma Libna Rodrigues Borburema, Tereza N, Terezinha Lobato, Thainá Carriel Pedroso, Thainá Souza Neri, Thaís Costa, Thaís Dias do Carmo, Thais Ferreira Teixeira Ramos, Thais Fraccari, Thais Guero, Thais Pires Barbosa, Thais Rocha, Thais Terzi de Moura, Thais Valente Lourenço da Costa, Thaissa Rhândara Campos Cardoso, Thales Leonardo Machado Mendes, Thales Pastre, Thalia Meneghini, Thalita Oliveira, Thalya Pereira, Thamires Pereira Santos Ferreira, Thayana Lays Feger, Thayana Sampaio, Thayná Stvanini, Thaynara Albuquerque Leão, Thays Bonato, Thenessi Freitas Matta, Thenille Witti, Theodora Xavier, Thiago Abade, Thiago Ambrósio Lage, Thiago de Souza Oliveira, Thiago Dedé, Thiago Massimino Suarez, Thiago Oliveira, Thiago Sirius, Thuanny Lopes, Thuty Santi, Tiago Batista Bach, Tiago Lacerda Queiroz Carvalho, Tiago Pontes Freitas, Tiago Troian Trevisan, Tulio Botti Candiotto, Tulio Grizende, Ulisses da Silveira Job, Ulisses Junior Gomes, Úrsula Antunes, Úrsula Lopes Vaz, Val Lima, Valdir Alvares, Valentina Brocker Junqueira, Valéria Coutinho Pereira, Valeska Ramalho Arruda Machado, Valter Costa Filho, Vanádio José Rezende da Silva Vidal, Vandressa Alves, Vanessa Matiola, Vanessa Reis, Vanessa Siqueira, Varna Bini Banhara, Ventania Editorial, Vera Carvalho, Veridiana Alves de Souza, Veronica Vizotto dos Santos, Victor Otávio Tenani, Victor Valentim, Victória Albuquerque Silva, Vincenzo Alberice, Vinicius de Oliveira Sousa, Vinícius Dias Villar, Vinícius Lunardi Campos, Vinicius Silveira de Oliveira, Virginia Leonello, Vitor Bouças, Vitória Araújo de Aguiar, Vivi Kimie Isawa, Vivian Landim Barbosa, Vivian Ramos Bocaletto, Vivian Van Dick Rizzo Bortolozzo, Viviane Ventura e Silva Juwer, Viviane Wermuth Figueras, Wady Ster Gallo Moreira, Waleska Cecília Pinto, Walkíria Valle, Wand, Wande Santos, Washington Rodrigues Costa, Wellyda Cavalcante, Weverton Oliveira, Wilson José Ramponi, Witielo Arthur Seckler, Wong Ching Yee, Xislene de Oliveira de Vasconcelos, Xyko Peres, Yasmin Dias, Yasmin Gomes de Oliveira, Yaya de Marco, Yonanda Mallman Casagranda, Yuri Costa.

PATROCÍNIO

Empresas e Apoios Institucionais

Uffo

Presentes exclusivos e criativos para *geeks*, leitores, góticos e terráqueos com personalidade

www.uffo.com.br

CasaTipográfica

Estúdio de diagramação de livros e obras-primas para editoras e autores nacionais

www.casatipografica.com.br

Taís Castellini

Maquiadora profissional, *beauty expert* há 8 anos, foco em beleza natural e criativa | São Paulo

www.taiscastellini.com.br

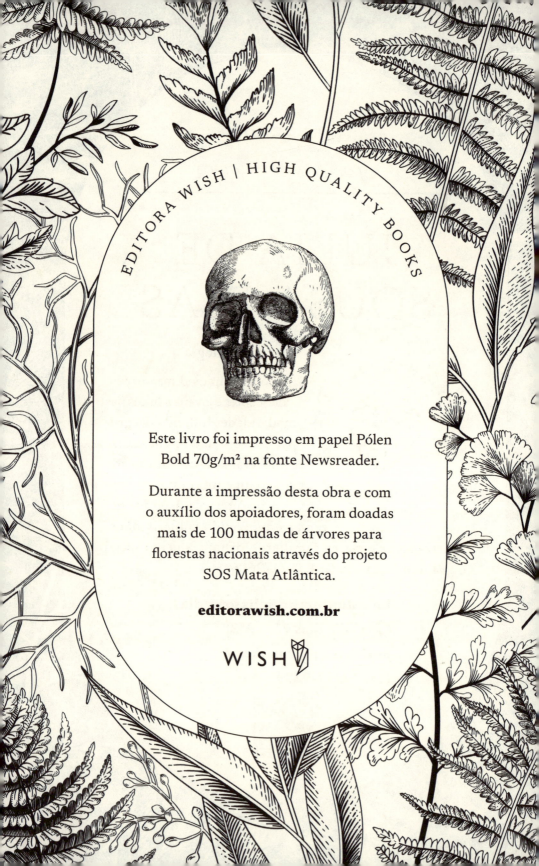

EDITORA WISH | HIGH QUALITY BOOKS

Este livro foi impresso em papel Pólen Bold 70g/m² na fonte Newsreader.

Durante a impressão desta obra e com o auxílio dos apoiadores, foram doadas mais de 100 mudas de árvores para florestas nacionais através do projeto SOS Mata Atlântica.

editorawish.com.br